Über die Autorin:

Julia Yovanna Susanne Brühl wurde am 16.01.1990 in Starnberg geboren.

Sie wuchs als die ältere zweier Schwestern im südwestlichen Raum Münchens bei ihren Eltern auf.
Als sie 18 Jahre alt war, nahm sie die lang ersehnte Gelegenheit wahr, mit ihrer Familie aufs Land nach Wasserburg am Inn zu ziehen, ihrer Wahlheimat.
Nachdem sie es zur fachgebundenen Hochschulreife auf dem Wirtschaftszweig gebracht hatte, beschloss sie, finanziell unabhängig zu werden und begann mit 20 Jahren eine Ausbildung zur Einzelhandelskauffrau.
Inzwischen lebt und arbeitet sie mit ihrem Mann im Berchtesgadener Land.
Im Sommer 2016 fasste sie sich ein Herz und erfüllte sich ihren Kindheitstraum:
Ein Buch zu schreiben.
Inspiriert durch die Erlebnisse ihrer Reisen, lässt sie ihren Kriminalroman in dem Land spielen, das sie inzwischen gut kennen und lieben gelernt hat: Norwegen.
Bereits seit frühester Kindheit eine eifrige Leserin, ließ sich J. Brühl von verschiedensten Autoren beeinflussen.
Auf diese Weise entstand ihr eigener, mitunter heiterer und amüsanter, Schreibstil.
Dieses Buch ist nicht nur ein Versuch, den Leser mit einer spannenden Geschichte so lange zu fesseln, bis er es fertig gelesen hat, sondern auch, auf etwas aufmerksam zu machen, das ihr sehr am Herzen liegt:

Unsere einzigartige Natur, die es zu bewahren gilt.

Julia Brühl

Blutige Nordlichter

Ein Norwegen-Krimi
mit Hintergedanken

epubli

Impressum

Verlag: Julia Brühl
Kontakt: j.yovanna@yahoo.de
Druck: epubli ein Service der
neopubli GmbH, Berlin

ISBN 978-3-7418-9663-7

Printed in Germany

Bibliografische Information der Deutschen Nationalbibliothek
Die Deutsche Nationalbibliothek verzeichnet diese Publikation in der Deutschen Nationalbibliografie; detaillierte bibliografische Daten sind im Internet über http://dnb.d-nb.de abrufbar.

Dieses Buch widme ich meiner Familie, die mir stets den Rücken gestärkt hat und allen, die Norwegen und Kriminalromane lieben.

Inhaltsverzeichnis

Prolog

Weiße Rentierflechten, rote, grüne, braune, gelbe Moose, Sonnentau und violettes Fettkraut so weit das Auge reicht. Hier und dort sind ein paar Felsen zu sehen, deren weiße quarzhaltige Stellen wie Sterne am Boden leuchten.
Vereinzelte Birken sind die einzigen größeren Pflanzen in dieser ansonsten baumlosen Landschaft. Die Gegend oben im Fjell ist atemberaubend!
Keine Spur menschlichen Lebens weit und breit. Wo gibt es heutzutage noch einen Himmel ohne Kondensstreifen der Flugzeuge, der in seinem kräftigen Blau nur von ein paar harmlosen Quellwolken unterbrochen wird?
So weit ist der Horizont, wenn man auf dieser Anhöhe im Norden Norwegens steht...
In der Ferne ist ein kreisender Adler zu sehen, der sich gemächlich mit Hilfe der Thermik nach oben schraubt.
Stolz darauf, allein zu Fuß bis hierher auf diese Anhöhe auf über 1.500 Meter über dem Meeresspiegel gekommen zu sein, stellt Erik seinen Rucksack ab und blickt sich zufrieden um.
Von einem der vielen größeren Felsen, die verstreut in der Gegend herumliegen, hat er einen guten Rundumblick. Abwesend wedelt er mit der rechten Hand, um den Schwarm Mücken, der beharrlich um seinen Kopf kreist, abzuwehren. Ein wenig Wind wäre angebracht, er würde die lästigen Blutsauger davonblasen, die als einzige diese Idylle gehörig beeinträchtigen können.
Erik schließt die Augen und atmet tief die reine, klare Luft ein.

Zeit für einen wohlverdienten Snack! Er erinnert sich daran, dass er noch ein paar Müsliriegel hat, die sich irgendwo unten im Hauptfach seines Rucksacks befinden müssten. Bei dem Gedanken daran, endlich etwas zwischen die Zähne zu bekommen, läuft ihm das Wasser im Mund zusammen.
Es war schließlich ein weiter Weg bis hierher gewesen. Erik springt von seinem Felsen herunter, bückt sich nach seinem Rucksack und zieht einen (sogar intakten und noch nicht zerbröselten!) Nussriegel hervor.
Während er sich mit dem Rücken an den Stein, der ihm als Aussichtspunkt gedient hatte, anlehnt, schält er seinen Riegel aus der Verpackung. Seine Jacke, die er außen an seinem Rucksack befestigt hatte, dient ihm als Sitzunterlage. Mit einem zufriedenen Blick in die Umgebung, beißt er genüsslich ab.
Zu genüsslich! Beinahe den halben Riegel hat er im Mund, so groß hat er in seinem Heißhunger zugeschnappt. Das bisschen Speichel, das sich in seinem Rachen angesammelt hatte, reicht nicht aus, um diesen trockenen Happen geschmeidig zu machen.
Erik schiebt einen Teil in die linke Backe, während er versucht, ein angekautes Stück hinunter zu schlucken. Es brennt in seiner Kehle, als er das viel zu große Stück hinunterzwingt.
Er muss husten. Einmal, zweimal, ein drittes Mal.
Er schlägt sich mit der Faust auf die Brust um seiner gepeinigten Luftröhre Erleichterung zu verschaffen, doch dabei verschluckt er versehentlich auch noch das andere Stück-

chen Nussriegel, das er vorsichtshalber in seiner Backentasche aufbewahrt hatte.
Dieser zusätzliche Bissen biegt zu allem Überfluss auch noch falsch ab, genau wie der erste: in die Luft- statt in die Speiseröhre.
Sein Husten kommt in heftigen Intervallen, mit Tränen in den Augen ringt er nach Luft. Er stützt seine Hände auf den Knien ab und ein plötzlich aufkommender Würgereiz zwingt ihn, seine gebückte Haltung beizubehalten.
Doch es bleibt bei einem Reiz, nichts erlöst seine blockierte Speiseröhre. Erik glaubt, kurz vor dem Erstickungstod zu stehen. Keuchend und wimmernd ringt er nach Luft. Er schlägt sich erneut mit den Fäusten mehrmals auf die Brust und als das auch nichts hilft, umklammert er mit beiden Händen seinen Hals, ja, er tut in seiner Not sogar etwas, vor dem es ihm immer gegraut hat: er versucht, tief in seinen Mund hineinzugreifen, um zumindest einen Brechreiz auszulösen, wenn er schon nichts zu fassen kriegen sollte. Doch leider ist es zwecklos.
Panik breitet sich von seiner Magengrube aus und lässt ihn in kaltem Schweiß auf die Stirn treten. Das Erstickungsgefühl wird allmählich übermächtig. Niemand ist bei ihm, der ihn mit ein paar erlösenden, kräftigen Schlägen auf den Rücken zwischen die Schulterblätter erlösen kann.
Hustend und würgend fällt er auf die Knie. Die Tränen stehen ihm in den Augen. Er hat das Gefühl, die Galle kommt ihm hoch und er glaubt, sich gleich, endlich, übergeben zu können.

Die Natur um ihn herum scheint das alles nicht zu interessieren, es ziehen keine düsteren, schwarzen Wolken am Himmel auf, die sein Dilemma dramatisch untermalen. Die Sonne strahlt nach wie vor weiter fröhlich von diesem malerischen Himmel herunter und die vielen wilden fleischfressenden Pflanzen laben sich mit Genuss an der einen oder anderen geschnappten Mücke. Einmal an einem klebrigen Tropfen des Sonnentaus festgehangen, gibt es für die kleinen Insekten kein Entkommen mehr. Genau wie in den eingerollten Blattfängen des Fettkrautes, werden hier die kleinen Insekten bei lebendigem Leibe verdaut.

Verdauungsprobleme oder gar eine Beeinflussung ihrer Photosynthese kennen sie nicht.

Die kleinen, unscheinbaren und zerbrechlichen Organismen kennen keine solchen Schwierigkeiten, wie sie der Zweibeiner, der sie gerade so rücksichtslos zerdrückt, gerade hat.

Was stellt sich dieser seltsame Mensch denn so an? Er, der der so großen und übermächtigen Rasse der Menschen angehört, die doch in jeder Hinsicht stets meint, sich über die Natur stellen zu können?

Ist das intelligenteste Wesen des Planeten Erde nicht in der Lage, das zu tun, was ausschlaggebend dafür war, dass sich vor 4, 57 Milliarden Jahren erste primitive Einzeller entwickeln konnten, nämlich zu atmen?

Wenn Sonnentau Gefühle für andere Lebewesen empfinden würde, er täte sich kringeln vor Schadenfreude, dass die Tautropfen nur so flögen! Doch so ist ihm der kniende, nach Luft ringende Zweibeiner einfach nur egal und er ist froh, wenn er nicht komplett von ihm erdrückt wird.

Eriks Augen sind inzwischen stark hervorgequollen, er liegt zusammengekrümmt auf dem weichen, leicht feuchten Moos. Seine Hände umklammern wie Klauen seinen Hals. Ihm wird schwarz vor Augen.
Ein letztes Röcheln kommt über seine Lippen, dann ist es erst einmal still auf der Anhöhe.

1.) Erster Akt: Lomsdal – Visten Sommer 2016

Weiter, weiter, nur nicht stehen bleiben. Der Rucksack blieb wieder einmal im nassen Geäst hängen, fahrig zog sie an ihrem Schulterriemen und war wieder frei. Ihre schwarzen schulterlangen Locken, die sonst wild in alle Richtungen abstanden, hingen ihr in patschnassen Strähnen in die Augen und behinderten ihre Sicht. Sie wirkte auf den ersten Blick zart und zierlich, doch sie war zäh wie Hosenleder, das hatte sie bereits auf unzähligen Wanderungen durch die Natur bewiesen.
Sie hielt sich ein paar Zweige, die damit drohten, ihre Augen auszustechen, zur Seite und hastete weiter durch den knöcheltiefen Morast. Ihre vor Schmutz starrenden Stiefel verursachten bei jedem Schritt durch den Sumpf schmatzende Geräusche. Zwischendurch gab es glücklicherweise vereinzelte größere Steine, auf denen sie normalerweise lieber balancierte, als sich nasse Füße zu holen, doch mittlerweile kam es ihr eher auf Bequemlichkeit an – also lief sie einfach quer durch, statt zu riskieren, auf den spiegelglatten Steinen auszurutschen.
Mühsam versuchte sie, nicht von dem schwer erkennbaren Pfad abzukommen. Darauf musste sie sich nun konzentrieren: einfach auf dem Weg bleiben, nicht abkommen. Das war nun das Wichtigste, darauf kam es im Moment an!
Sie atmete kurz tief durch und schaffte es tatsächlich für ein paar Minuten an nichts anderes zu denken, als an diese Mission. Es gelang ihr nicht immer, nicht von den nassen Steinen abzugleiten, einmal landete sie schmerzhaft auf dem Hintern und riss sich dabei die linke Hand auf. Blut floss aus einem langen Kratzer unterhalb ihres Handgelenkes. Jani war nicht wehleidig. Sie wischte die Hand in ei-

ner nebensächlichen Bewegung an der ohnehin schon vor Dreck starrenden Trekkinghose ab und verschwendete keinen weiteren Gedanken daran.
Nichts Ernstes, also weiter. Kein Grund, sich aufhalten zu lassen.
Sie hatte es eilig. Sehr eilig. An ihr hing ein Menschenleben. Das Leben des einzigen Menschen auf der Welt, der ihr wirklich etwas bedeutete. Für ihn würde sie bis ans Ende der Welt durch Moore gehen, sollte es regnen und ihre Beine schmerzen, so sehr sie wollten. Ihr Wille war stärker.
Dicht vor ihr flog plötzlich ein schwarzer Vogel aus dem Gebüsch und flatterte mit lautem Gezeter davon. Janina blieb wie angewurzelt stehen. Mit klopfendem Herzen hielt sie einen kurzen Moment inne, um ihren rasenden Puls zu beruhigen und ärgerte sich eine Sekunde darüber, dass sie so schreckhaft war. „Nur eine blöde Amsel!“
Dann wischte sie sich kurz mit dem Ärmel über das Gesicht hastete wieder los.

Als der Pfad ein klein wenig breiter wurde und nicht mehr ihre gesamte Aufmerksamkeit erforderte, kehrten ihre viele Gedanken mit einem Mal zurück – plötzlich, mit einem Schlag, der sie kurz straucheln ließ.
Es ist tatsächlich passiert. Das Unglück, von dem sie gedacht hatten, es ausschließen zu können, indem sie es einfach ignorierten, ist eingetroffen. Sie war nun auf sich allein gestellt. Warum mussten sie auch so viel Pech auf einmal haben? Wie so oft in Janinas Leben hatte sich ein Unglück zum nächsten gesellt...und dann, dann ist auch noch das Pech dazu gekommen!
„Wie weit ist es noch bis zur nächsten Straße, verdammt?“

Die Straße, dass sie einmal sehnsüchtig nach einer Straße verlangen würde, sie, die den Lärm der stinkenden Autos verabscheute!
Aber darum ging es im Moment nicht. Es galt so schnell wie möglich zur nächsten Ortschaft zu gelangen. Hoffentlich würde es ihr dort gelingen, eines der vorbeifahrenden Autos zu stoppen. Viel Verkehr gab es ja nicht gerade in dieser Gegend – mit ein Grund, warum sie überhaupt hierher gekommen waren, Hendrik und sie.
Sie warf einen nervösen Blick auf die Uhr: 21:16 Uhr. Ein weiterer Blick nach oben in Richtung der wolkenverhangenen Sonne, beruhigte ihre flatternden Nerven. Kein Grund zur Sorge, es ist trotz des Regens noch taghell. Das ist ein großer Vorteil an norwegischen Sommern. Die Dunkelheit, die den Winter über Monate andauert und nur von farbenfrohen Nordlichtern erhellt wird, existiert im Sommer schlichtweg nicht.
Gegen 03:00 Uhr morgens hatten sie letzte Nacht so etwas wie eine Dämmerung erlebt, bevor es wieder heller wurde.
Eine magische Situation.
Und hilfreich in ihrer aktuellen Lage, denn so würde sie auf jeden Fall an der Straße gesehen werden – falls denn jemand auf der E6 nördlich von Trofors, einem kleinen Ort im Norden Norwegens, unterwegs sein sollte.
Ihre Kommilitonen und Bekannten, die von ihrer dreiwöchigen Tour zu Fuß durch den Nationalpark erfahren hatten, hatten teilweise so ihre Bedenken geäußert.
Aber den beiden etwas auszureden, war absolut zwecklos, das wussten sie alle. Also wurde wohlweislich allgemein darüber geschwiegen. Hatten sie vielleicht doch Recht gehabt? Hätten sie lieber eine andere, sicherere Route wählen sollen?

Janina schüttelte den Kopf, dass die Wassertropfen nur so flogen. Nein, diesem Gedanken wollte sie keine Chance geben! Hendrik und sie hatten alles richtig gemacht.
Der hochgewachsene Norweger, der sich in den Fjorden besser zurecht fand, als mit Navi in jeder noch so gut beschilderten Stadt, hatte an alles gedacht. Ihre Reise war bis ins kleinste Detail geplant gewesen, sie hatten trainiert, sind vorab mit Gepäck weite Märsche gegangen und hatten sogar für den – sehr unwahrscheinlichen – Fall, dass ihnen ein Bär begegnen sollte, Pfeffersprays mitgenommen. Wie stolz sind sie vor nun mehr neun Tagen gewesen, als sie nach ihrer ersten Tagesetappe im Zelt gelegen sind und festgestellt hatten, dass sie außer dem Öko - Spülmittel, dass sie sonst immer dabei haben, nichts vergessen hatten. Und wer braucht schon Spülmittel, wenn man in glasklaren Bächen sein bisschen Geschirr mit ein wenig Sand wieder sauber machen kann?
Janina schluckte, als in ihrem Kopf das lachende Gesicht ihres Partners auftauchte, wie er so in seinen Schlafsack gekuschelt neben ihr gelegen hatte.
Mit strahlend weißen Zähnen, braungebrannt, mit weißblonden, verwuschelten Haaren und einem Dreitagebart.
Wie glücklich waren sie noch vor so kurzer Zeit gewesen!
Heute morgen, als das Wetter noch schön gewesen war und sie baden wollten, was hatten sie da für einen Spaß gehabt. Mutterseelenallein sind sie gewesen, die letzten Wanderer hatten sie vor ein paar Tagen aus der Ferne gesehen.
Sie musste daran denken, wie er sie mit seinen eisblauen Augen, die vor Schalk nur so sprühten angeblickt hatten, bevor er sich mit Anlauf auf sie gestürzt hatte, um sie sich zu schnappen und mit seinem zappelnden, quietschendem

Bündel splitterfasernackt in den kalten See zu springen, neben dem sie ihr Zelt aufgestellt hatten.

Das Wasser war so kalt gewesen, dass sie, als sie schließlich schimpfend und lachend wieder ans Ufer gekrabbelt war, nicht sagen konnte, ob sie aus Schreck, Widerstand oder wegen des verflixt kalten Wassers gekreischt hatte. Das alles war heute geschehen und kam ihr doch so unwirklich vor, als wäre es ein Traum gewesen.
Sie wurde jäh wieder in die raue und ebenfalls nasse Wirklichkeit zurückgerissen, als sie in einer großen Pfütze den Halt verlor und mit rudernden Armen um ihr Gleichgewicht kämpfen musste, um nicht dort hineinzufallen.
Sie bemühte sich, so gut es ging, ihre Konzentration auf den sogenannten „Weg" zu richten und trotzdem an die schönen Bilder in ihrem Kopf zu denken – um nicht wieder in Tränen auszubrechen. Der viele Regen reichte nämlich völlig aus, da konnte sie verquollene Augen nicht auch noch gebrauchen.
„Komm schon, Jani, immer schön weiter laufen, dann ist er bald gerettet und sobald er wieder fit ist, sind wir wieder draußen irgendwo unterwegs!" sagte sie im Stillen zu sich und merkte, wie der Kloß, von dem sie gedacht hatte, er wäre endlich verschwunden, plötzlich wieder da war.
Blinzelnd stolperte sie weiter. Obwohl der Regen nachgelassen hatte, musste sie sich trotzdem ständig die Augen freiwischen, um etwas sehen zu können.
Mit einem leichten Schluckauf trottete sie weiter.
Ein Blick auf ihr GPS brachte Erleichterung, noch etwa 300 Meter, dann hatte sie ihr erstes Ziel erreicht. Im Kopf legte sie sich einen Plan zurecht: Ein Auto anhalten, dem Fahrer grob erklären, was geschehen ist und dabei bloß

nicht zu viel erzählen, sonst würde ihre Geschichte wahrscheinlich unglaubwürdig erscheinen und er oder sie würde sie am Ende nicht mitnehmen. Dann darum bitten, in Mosjøen zur dortigen Polizei gebracht zu werden. Denen würde sie ebenfalls ihre Geschichte berichten müssen und sie hoffte inständig, dass man ihr Glauben schenken und umgehend eine Rettungsmannschaft zusammenstellen würde.

Eine schnelle Truppe, die Hendrik rasch einsammeln und ihm vor allem Schmerzmittel verabreichen konnte. Ein Schauer lief ihr bei dem Gedanken den Rücken herunter, dass der Ärmste, stundenlang mit Prellungen, Schrammen und mindestens einem gebrochenen Schienbein auf kaltem Stein liegen musste, bis Hilfe kommen würde. Schlechtes Gewissen stellte sich ein.

‚Nein, falscher Gedanke' schalt sie sich, ‚ich konnte nicht zu ihm herunter, es war einfach zu gefährlich und er hatte es auch energisch verboten!'

„Bleib ja da oben, ich halte es hier schon irgendwie aus, aber verlauf dich nicht!" Hatte er ihr hoch gerufen und dann mit schmerzverzerrtem Gesicht noch ein herzhaftes „hellvetes dritt!" hinterher gerufen, was zu Deutsch so viel wie „verdammte Kacke" heißt und mit „hallvettes drrrritt!" korrekt ausgesprochen wird. Richtig knurrig muss es klingen, damit es auch authentisch wirkt.

Doch ihre Sorgen blieben. Hatte er sich nicht vielleicht doch schwerer verletzt, als er zugegeben hatte?

"Nein!", rief sie sich zur Ordnung, „ich habe mir absolut nichts vorzuwerfen".

Sie hatte alles richtig gemacht und keinen Grund, sich etwas vorzuwerfen. Nun würde sie weiter alles richtig machen, sich an ihren Plan klammern und ihn retten!

Eine Szene, die sich vor ein paar Tagen ereignet hatte, trat ihr mit einem Mal vor Augen. Hendrik und sie sind nach einem erfrischenden Bad im See auf der Wiese gelegen. Sie hatten sich auf den Rücken gelegt und die Wolken über sich betrachtet. Da hatte er sich zu ihr umgedreht, sie mit liebevollem Blick angesehen und ihr eine verirrte Haarsträhne hinter das Ohr geklemmt.

In seiner ruhigen Art und mit seiner tiefen Stimme hatte er zu ihr gesagt: „Janina, einmal ganz allgemein gesprochen: wenn mir irgendetwas zustoßen sollte, dann wage es ja nicht, auch nur eine einzige Sekunde daran zu denken, zu verzweifeln oder dich selbst aufzugeben, du musst immer weiter machen, ja? Denn sonst werde ich…" Er schien damals bemerkt zu haben, wie ein Schrecken durch ihre Glieder gefahren war, weil er so ernste Reden geschwungen hatte und sich bemüht, ein Lächeln auf seine strenge Miene zu zaubern. „Dann werde ich dich selbst aus Wallhalla noch…" Da hatte er überlegen müssen, wie er denn aus dem Totenreich noch irgendetwas erreichen wollte und sie hatte grinsend gefragt: „wirst du wohl was, du gefallener Krieger, mir der nächsten Walküre baden gehen?" Da hatte er sie lachend an sich gedrückt und ihr ins Ohr geflüstert, dass seine Barthaare an ihrem Ohrläppchen gekitzelt hatten: „Jani, versprich mir einfach, dass du niemals aufgibst, mir zu Liebe."

Sie erinnerte sich daran, wie unangenehm ihr sein plötzlicher Ernst gewesen war. Warum sprach er jetzt über solche Themen?

Sie hatte sich an ihn gekuschelt und ihm geantwortet: „Ja, mein Schatz, mach' ich. Aber für dich gilt das Gleiche." Sein Kuss war die einzige Antwort, die er ihr gegeben hatte.

Jetzt, als sie auf sich allein gestellt war, erinnerte sie sich daran, wie unangenehm ihr diese vielleicht auch ungewollt dramatische Rede vorgekommen war. Seltsam, dass genau jetzt so ein Fall eingetreten war, in dem sie Hartnäckigkeit beweisen musste.
Sie fröstelte.

Ein weiterer Blick auf das GPS bestätigte ihre Vermutung: es waren nur noch ein paar Minuten durch den knöcheltiefen Schlamm bis zur Straße.
Mit zitternden Beinen erreichte sie den Straßenrand.

Sie hatte großes Glück. Es gelang ihr, das erste Fahrzeug, das aus nördlicher Richtung kam, anzuhalten – es hätte auch nur weiterfahren können, wenn es über sie hinweg gefahren wäre, denn sie hatte all ihren Mut zusammen genommen und sich mitten auf die linke Spur gestellt mit dem festen Vorsatz, nicht einen Millimeter zur Seite zu weichen.

Der beleibte, etwas schmuddelig wirkende Norweger, der sie zuerst verwundert aus seinem Holzlaster betrachtet hatte, bremste, öffnete die Tür und sprach sie gleich in überraschend gutem, jedoch stark akzentuiertem Englisch an.
Er stellte sich als Peer vor und bot ihr mit einer einladenden Geste an, auf dem Beifahrersitz Platz zu nehmen.
Hier kennt jeder jeden, wen man nicht kennt, der ist nicht von hier, also hätte es für ihn auch keinen Sinn gemacht, sie in der Landessprache anzusprechen.
Die Wahrscheinlichkeit, dass es sich bei ihr um eine Touristin handelte, war einfach die größte.

So einfach war das.
Davon, dass sie fließend norwegisch sprach, konnte er ja nichts ahnen. Doch Janina war Studentin, sie studierte indogermanische Sprachen. Als sie ihm also in fließendem Norwegisch eine knappe Schilderung ihrer Lage gab und ihn inständig darum bat, zu der nächsten Polizeistation gebracht zu werden, hob er verblüfft die Augenbrauen.
Er ließ sie einsteigen und versprach, sie zur nächsten Ortschaft mitzunehmen und fuhr los.

„Es ist nun nicht mehr weit, wir sind in einer Minute da", brummte der LKW-Fahrer wohl schon zum hundertsten Mal in seinen zauseligen angegrauten Bart.
Janina nickte und bemühte sich, ihm dankbar zuzulächeln, doch das misslang ihr wohl kläglich, denn der dicke Mann auf dem Fahrersitz richtete seinen Blick rasch wieder auf die Straße.
Ihre Sorge um Hendrik war einfach zu groß, um ein anständiges Lächeln zustande zu bekommen.

Auf der Wache angekommen, bekam sie aus den Augenwinkeln mit, wie Peer sich hastig einem fassförmigen Polizisten zuwandte, den er allem Anschein nach kannte, was sie nicht verwunderte.
Aufgeregt sprach der LKW-Fahrer auf ihn ein, während sie von dem anderen Herren, offenbar dem Kommissar, in sein Büro gebeten wurde. Peer warf immer wieder neugierige Blicke in ihre Richtung und Janina war sich dessen bewusst, dass er über sie sprach. Glücklicherweise waren die beiden weit genug von ihr entfernt, sodass sie nicht mitanhören musste, was gesprochen wurde. Es war ihr auch egal, was dieser hinterwäldlerische, aber immerhin hilfsbereite

LKW-Fahrer zu erzählen hatte. Sie hoffte nur, dass die Polizei ihr glauben würde.

Doch diese Sorge war unbegründet: Kommissar Johnsen hörte ihr aufmerksam zu und schritt, nachdem sie geendet hatte, sofort zur Tat.

Er stutzte nur ein einziges Mal während sie ihm die Geschehnisse berichtete:

Bei der Nennung des vollen Namens ihres Freundes.

Sie musste ihn wiederholen, damit er sicher gehen konnte, sie richtig verstanden zu haben. Anschließend stellte er ihr wenige, gezielte Fragen und versprach ihr, alles in seiner Macht stehende zu tun, um ihrem Partner zu helfen.

Er bat sie, im Vorraum zu warten, bis alles in die Wege geleitet war und sobald sie die Türe hinter sich geschlossen hatte, trat sein Kollege und bester Freund Thor Weyn an seinen Schreibtisch heran.

„Habe ich das richtig erlauscht? Hendrik Hendriksen? So soll ihr Freund heißen?“ Weyns Stirn hatte sich in tiefe Falten gelegt.

„Ja, der Name ist in der Tat ungewöhnlich.“

Johnsen hatte die Hände vor der Brust verschränkt und dachte nach.

„Glaubst du ihr oder nicht?“

Der Kommissar wog nachdenklich den Kopf hin und her.

„Sie macht einen ziemlich erschöpften Eindruck. Aber ich halte sie für völlig klar im Kopf...ich denke, ich glaube ihr. Es ist durchaus plausibel, dass sich ein Unfall der Art ereignet haben könnte, wie sie ihn beschrieben hat.

Sie ist nicht von hier und so wie sie aussieht, mag es durchaus stimmen, dass sie mehrere Stunden bei dem Sauwetter durch die Pampa gelaufen ist.“

Weyn nickte zustimmend.

„Wenn wirklich jemand verletzt irgendwo im Fjell liegen sollte, müssen wir auf jeden Fall etwas unternehmen. Wir dürfen das Risiko nicht eingehen, dass dort draußen jemand verreckt!“
Entschlossen erhob Johnsen sich von seinem Stuhl.
„Also los, an die Arbeit, Thor!“
Nicht ohne eine gewisse Aufregung, stellten die beiden in kurzer Zeit eine achtköpfige Mannschaft zusammen.
Eine Rettungsmannschaft, mit Helikopter und allem Drum und Dran. Endlich war hier mal etwas los!
In einer Region, in der gerade einmal 9662 Menschen lebten, gab es nicht allzu viele Unfälle; Morde geschahen in dieser friedlichen Region noch seltener. Das war auch der Grund, weshalb der Kriminalhauptkommissar Jørn Johnsen auch (oder besser gesagt: hauptsächlich) andere, nicht kriminalistische Einsätze, leitete.

Natürlich musste sie mitfliegen, sie war ja die Einzige, die die Stelle kannte, an der ihr Partner verunglückt war. Nervös klebte Janina an der Fensterscheibe und starrte stumm durch die Regentropfen, die in Bächen am Glas herunterrannen, hinunter.
Immer wieder legte ihr Johnsen, der neben ihr Platz genommen hatte, beruhigend eine Hand auf die Schulter und Janina gab sich die allergrößte Mühe, auch nur annähernd gefasst zu wirken, so wenig sie es in ihrem Inneren auch war.
Sie war viel zu aufgewühlt, um zur Ruhe zu kommen. Ihre Finger zitterten pausenlos. Um ihre Nervosität vor den anderen zu verbergen, verbarg sie die Hände, auch um sie aufzuwärmen, in ihre Jackentaschen.

Gegenüber von ihr hatte sich der Arzt Platz genommen. Er sollte vor Ort Erste Hilfe leisten und Hendrik, gemeinsam mit seinem Helfer, während des Weiterfluges ins Krankenhaus versorgen.
Sein Anblick beruhigte Janina jedoch keineswegs. Misstrauisch hatte sie den Mann mit den schlecht geschnittenen Haaren, die an den Schläfen bereits sehr licht wurden, beäugt, als er auf Johnsens Anruf hin am Helikopterstartplatz erschienen war.
Der Arzt hatte ein Gerstenkorn an seinem rechten Augenlid und eine Stimme, die klang als knarze eine rostige Türe in den Angeln. Beim Rasieren hatte er sich geschnitten und ein weißes Pflaster zierte sein faltiges Kinn. ‚Zumindest Pflaster konnte er schon mal korrekt aufkleben.' Janina wunderte sich über sich selbst, dass sie in so einer Situation zu solchen Anflügen an Sarkasmus in der Lage war. Sie wendete angeekelt den Blick von ihm ab und hoffte, dass seine medizinischen Fähigkeiten ausreichen würden, um Hendriks Schmerzen bis zum Erreichen des Hospitals wenigstens einigermaßen zu lindern.

Dann würde er sicherlich in besseren Händen sein…wenn bis dahin nur alles gutginge!

Trotz der tief hängenden Wolken und der veränderten Perspektive aus der Luft, erkannte sie die Stelle sofort wieder. Es war am Ostufer des Hundalvatnet, eines großen Sees Luftlinie nur etwa 10 km von Mosjøen entfernt. Luftlinie, wohlgemerkt. Sie jedoch hatte den verschlungenen Weg über teils nicht erkennbare Pfade bis zur E6 20 km südlich dieses Ortes nehmen müssen, also gut das doppelte! Gute

acht Stunden hatte ihr Gewaltmarsch gedauert. Nun war es bereits nach Mitternacht, doch immer noch hell.
„Da!“ Rief sie aufgeregt, als sie eine krumme Birke wiedererkannte, und tippte an die Glasscheibe, wo sie mit ihrem Finger Abdrücke hinterließ.
„Hier unten!“
Sie zappelte aufgeregt auf ihrem Sitz herum. Jede Spur von der Erschöpfung, die sie überkommen hatte, als sie im Präsidium warten musste, bis die Suchmannschaft parat gewesen war, war von ihr abgefallen.
Hier war die Stelle, an der sie ihren Rucksack ausgeleert und nur das Allernötigste mitgenommen hatte, um schneller fortzukommen. Der fast leere Rucksack hatte so gut wie nichts mehr gewogen. Sie hatte nur ihr GPS, ein (leider nutzloses, da sie hier keinen Empfang bekommen hatte) Handy und für alle Fälle den Kompass drin gelassen.
Ihr treuer Gefährte auf so vielen Touren hatte ihr auf dem Weg nach Osten das Gefühl gegeben, nicht ganz allein auf dieser Welt zu sein; es hatte einfach etwas ungemein tröstliches, ihren alten Freund, den „Jackie“, wie sie ihren Rucksack mit der Pfote darauf nannte, auf dem Rücken zu spüren. Darauf hatte sie nicht verzichten wollen.

Der Pilot hatte die Stelle ebenfalls ausgemacht und ging nun unterhalb davon vorsichtig stückchenweise tiefer, die steile Klippe entlang, immer weiter hinunter.
Alle Augen richteten sich auf den Klippenrand, an dessen oberen Ende ein weißer Sack zu erkennen war. Das war die große Tüte, in dem sie ihren Rucksackinhalt verborgen hatte.
Dann sahen es alle Insassen des Helikopters gleichzeitig: auf einem Felsvorsprung, auf dem vielleicht drei Männer

sitzend Platz gefunden hätten, war ein grüner Haufen zu sehen.
„Das ist sie! Da! Ich habe ihm die Plane und den Zeltsack herunter geworfen, damit er nicht so nass wird! Darunter muss er liegen!"
Johnsens Augen richteten sich auf die junge Frau, deren Stimme sich vor Aufregung überschlug.
Er legte ihr beruhigend die Hand auf den Arm und sagte:
„Wir werden uns jetzt vorsichtig an die Felswand herantasten und dann jemanden abseilen, der Ihren Freund an einem Rettungsseil befestigt. Dann kann er an Bord hochgezogen werden. Es wird nicht mehr lange dauern, bis er hier bei uns ist."
Sie war ihm dankbar für seine Worte, die ihre Angst eine wenig linderten.

Der Pilot hielt seine Maschine auf gleicher Höhe wie die Oberkante des Felsens in der Luft und bugsierte sie noch ein Stück näher heran.
Der Hubschrauber befand sich nun sehr nah an der Felskante. Alle Augen richteten sich nach unten.
Etwa vier bis fünf Meter unterhalb der schief gewachsenen Birke, neben der die Tüte mit dem Inhalt ihres Rucksacks lag, erspähte Janina die Plane. Obwohl der Helikopter sich etwa 30 Meter über ihr befand, knatterte sie ungestüm in dem rauschenden Wind, den die Rotoren verursachten. Die Zeltplane wölbte und wand sich wie ein lebendiges Wesen, doch sie flog nicht davon.
Sie wurde nur noch an einer Ecke festgehalten, auf der ein schwerer Stein lag, den Hendrik wohl unter größter Anstrengung auf sie gewälzt haben musste. Janina versuchte unter dem sich bewegenden Haufen Plastik Hendriks

blonden Schopf auszumachen, doch sie konnte ihn nicht erkennen.
Der Hubschrauber vollführte eine gekonnte kleine Wende, um in die richtige Position für die geplante Rettungsaktion zu gelangen. Dadurch entstand ein stärkerer Luftzug, infolgedessen auch der große Stein das sich wehrende Ungetüm nicht mehr halten konnte und es freigab.
Mit großem Bedauern sah Janina ihre blaue Plane auf den See hinuntersegeln.
Doch das dunkelgrüne Zelt, das unter der Plane verborgen gewesen war, lag noch an Ort und Stelle. Wie eine grüne Rollade umwickelte sie ein längliches Gebilde.
Janina vermutete, dass Hendrik sich in drei Schichten gewickelt haben muss: Zunächst in den Schlafsack, dann darüber das Zelt und dann die Plane.
Schnell wurde der Rettungsassistent, der bereits während des Anfluges seine Abseilweste angelegt hatte, an der ausgeklappten Seilwinde heruntergelassen. Er verschwand mit einer eleganten Bewegung durch die Hubschraubertüre aus Janinas Augen. Kurz bevor er den Vorsprung erreicht hatte, kam er wieder in ihr Gesichtsfeld.
Es herrschte gespanntes Schweigen unter den Besatzungsmitgliedern, als er auf dem schmalen Sims landete.
Die Füße des Rettungssanitäters erreichten den Boden.
Er rang für einen Augenblick schwankend um sein Gleichgewicht und Janina hielt den Atem an. Der Rotorenwind war stark, doch der geübte Rettungsassistent rutschte nicht ab, sondern fand mit nach vorne ausgestreckten Armen sein Gleichgewicht wieder. Als er einen sicheren Stand hatte und sich hinunter kniete, um das Zelt anzuheben, traten Janina Schweißperlen auf die Stirn. Sie konnte

Hendriks Kopf nicht sehen, denn der Sanitäter verdeckte ihr den Blick mit seinem Rücken.
Nachdem er kniend das Zelt nach seinem Inhalt untersucht hatte, stand er wieder auf. Er hob die Hand zu seinem Headset und es hatte zunächst den Anschein, dass er etwas in sein Mikrofon sagen wollte, doch dann senkte er den Arm wieder und griff mit beiden Händen nach der Zeltwand.
Mit Schwung zog er daran, sodass Hendriks Rucksack, der das Zelt gehalten hatte, zur Seite rutschte und es freigab.
Nun kam zum Vorschein, was darunter verborgen gelegen hatte.
Janina presste sich an die Scheibe, der Hubschrauber
wurde von einer Windboe ins Schwanken gebracht und der Felsvorsprung verschwand für einen Moment aus ihren Augen.
Dann war ein leises Raunen an Bord zu hören.
Jetzt konnten alle Insassen sehen, wie der Assistent mit einem erhobenen Arm das Zelt im Wind flattern ließ, mit der anderen Hand hielt er sich am Felsen fest. Zu seinen Füßen lag ein großer Rucksack. Sonst nichts.
Endlich meldete sich er sich über Funk. Der Rettungsassistent hieß mit Nachnamen Skogler, wie Janina nun erfuhr, als der Pilot im nun folgenden Gespräch seinen Namen nannte. Doch was Skogler sagte, verstand Janina nicht.
Nicht akustisch gemeint, sondern inhaltlich.
Janina hörte die rauschende Stimme über ihren Kopfhörer, die mit leicht irritierter Stimme Meldung machte: „Hier ist nichts!“
Es herrschte verwirrtes Schweigen an Bord.

Janina saß wie gelähmt auf ihrem Platz und starrte auf Skogler, der unschlüssig dastand und auf weitere Anweisungen wartete.
Kommissar Johnsen war der Erste, der die Stille durchbrach. Er wandte sich ihr zu und fragte über sein Headset:
„Sind wir hier auch wirklich richtig?"
Stummes Nicken.
Johnsen sprach erneut durchs Mikro:
„Haben Sie sich vielleicht geirrt, hat er doch von seiner Absturzstelle hochklettern können?"
Janina schüttelte heftig den Kopf. „Nein, auf gar keinen Fall! Sie sehen doch selbst, wie weit unten sich die Stelle befindet! Außerdem hat er ein gebrochenes Bein!"
Sie sah ihn an, als wäre er verrückt geworden.
Johnsen wandte sich nun an den Piloten.
„Holen Sie Skogler wieder an Bord und landen Sie bitte oben, so nahe wie möglich am Klippenrand."
„Verstanden", rauschte es über Janinas Kopfhörer via Funk.
Sie sah zu, wie Skogler Zelt und Rucksack an dem Seil, das eigentlich für die Rettung des Verunglückten gedacht war, befestigte, um sie an Bord des Hubschraubers zu bringen.
Janina biss sich auf die Lippen, um die Worte zurückzuhalten, die sich ihr aufdrängten. Wie kann das sein? Hendrik muss doch da unten liegen! Er wartet doch auf seine Rettung!'
Skogler wurde wieder an Bord gehievt und beschrieb den anderen, was er vorgefunden hatte: nämlich nichts außer dem Rucksack, der unter der Zeltwand gelegen hatte.
Janina erkannte ihn als Hendriks und griff nach ihm, wie ein Durstleidender nach einem Glas Wasser. Skogler stand ein wenig verloren vor ihr und sagte vorsichtig:

„Frau Schwalb, ich habe die Befürchtung,..." Er sprach seinen Satz nicht zu Ende und wie auf ein stummes Signal blickten alle gleichzeitig in die Tiefe, wo 50 Meter unterhalb des Vorsprungs das dunkle Wasser gegen die steilen Granitfelsen schwappte.
Viele, spitze Granitfelsen, sehr tief unterhalb des Vorsprungs.
„...er weg ist", beendete Kommissar Johnsen zaghaft den angefangenen Satz.
In diesem Moment verlangsamten sich die Rotoren. Sie waren gelandet.

Janina war seit 24 Stunden auf den Beinen, hatte seit einem verspätetem Frühstück nichts mehr gegessen, außer unterwegs ein paar verschluckte Regentropfen und einem Glas Wasser, das ihr Johnsen angeboten hatte, nichts getrunken.
Dann kam der Schreck, die Angst um ihren Hendrik, die Strapazen des langen Fußmarsches und nun auch noch das!
Langsam, Wort für Wort drangen die Silben der Worte in ihr Gehirn ein, die der Mann, der ihr gegenüber saß, gesprochen hatte: „Er ist weg".
Das war nun endgültig zu viel.
Janina konnte nicht mehr.
Sie hatte alles aus sich herausgeholt, nun war sie leer.
ihr gepeinigter Körper trat in Streik.
Sie sackte bewusstlos auf ihrem Platz zusammen und hatte zum dritten Mal an diesem unglücklichen Tag Glück.
Glück, dass ein Arzt an Bord war, der sie in ihrer Ohnmacht umsorgte, bis sie ein sauberes Bett in der kleinen Klinik am Rande von Mosjøen bekam.

Die Suche der Mannschaft dauerte nicht lange und brachte nicht das gewünschte Ergebnis. Janinas Sachen in der Tüte wurden eingesammelt und mitgenommen. Doch ihren Freund fanden sie nicht.
Johnsen gab die Order, zunächst die junge Frau in die Klinik zu bringen und dann wieder zu kommen, um die Suche fortzusetzen.
Die Rotorblätter begannen sich erneut schneller und immer schneller zu drehen. Der Helikopter erhob sich in die Luft und flog durch den strömenden, nicht enden wollenden Regen zurück nach Osten.

Eine aufmerksame junge Schwester, die sonst im Moment nicht viel zu tun hatte, saß auf einem Klappstuhl neben ihrem Bett, als sie wieder aufwachte. In einem Krankenhaus, in einem Ort, in dem nur so wenige Einwohner leben und es noch eine zweite, modernere und viel größere Klinik gibt, in der die ohnehin spärlichen Patienten untergebracht werden – Norweger sind bekanntlich robust – hatte sie selten allzu viel zu tun.

Mia, die kleine, natürlich - wie auch sonst hier in Norwegen - blonde Krankenschwester mit dem herzförmigen Gesicht, hatte die Geschichte der gelockten Schwarzhaarigen erfahren und empfand großes Mitleid mit ihr. Schließlich war sie etwa im gleichen Alter und hatte erst vorigen Monat ihren Liebsten geheiratet. Mit 23 Jahren zu heiraten war ihren Freundinnen zwar noch arg früh erschienen, aber sie war sich sicher, dass sie und ihr „gagibaer" für einander geschaffen sind. Auch wenn er es hasste, vor anderen als Gummibärchen bezeichnet zu werden, insgeheim, wenn die beiden allein waren, nannte sie ihn nur so. Es

war einfach der passendste Spitzname für ihr Schleckermäulchen.
Ihre Hochzeit lag gerade einmal einen Monat zurück und mit Freude dachte sie daran zurück. Wie schön war doch ihr großer Tag gewesen! Wie sehr sich alle für die beiden gefreut haben.
Wenn sie daran dachte, dass ihrem gagibaer etwas zustieße, Gott bewahre, dann wurde ihr ganz anders zumute. Die zierliche Gestalt mit den sorgsam hochgesteckten Haaren bekam allein bei diesem Gedanken nervöses Herzklopfen. Sie dankte Gott dafür, dass Thorsten keinen gefährlichen Beruf ausübte, doch wie schnell sich unvorhersehbare Unglücksfälle ereignen können, wusste sie aufgrund ihrer Arbeit nur zu gut.

Sie warf einen Blick auf die friedlich schlummernde Janina und ließ ihren Gedanken freien Lauf.
Wie viele Tragödien hatte sie schon miterlebt und war dabei gewesen, wenn Patienten verstarben, oder, in einem besonders schweren Fall, der ihr beinahe noch schlimmer vorkommt: für den Rest des Lebens an den Rollstuhl gefesselt waren.
Wie schon öfter, musste sie an einen bestimmten Vorfall denken.
An den armen Jungen, der sich beim Spielen auf einer Scheune in der Entfernung verschätzt hatte und statt auf dem Dach des angrenzenden Stalles, fünf Meter tiefer auf dem Betonboden gelandet war. Alle, einschließlich seiner Eltern und ihm selbst, wünschten damals, er hätte den Sturz nicht überlebt.
Stattdessen wurde ihm das zweifelhafte Glück zuteil, diesen Unfall mit schwersten Verletzungen zu überleben. Mia

hatte miterlebt, wie der Krankenwagen den 12 – Jährigen mit dem gebrochenen Genick in die Notaufnahme geliefert hat. Tage- und nächtelang kämpften die Ärzte um sein Überleben. Die gesamte Belegschaft hatte mitgefiebert und als sicher war, dass er am Leben bleiben würde, war genauso klar, dass er bis ans Ende seiner Tage nie wieder auf eigenen Beinen stehen würde.
Er blieb vom Kopf abwärts gelähmt, konnte gerade einmal seinen Kopf und die Arme bewegen.
Das Sprechen hatte er nicht verlernt, und mit sehr viel Mühe brachte er es irgendwann wieder fertig, mit den Fingern feinfühligere Bewegungen auszuführen. Alltägliche Dinge, wie das Zähneputzen, bereiteten ihm mit einem Mal große Mühe und er musste es erst wieder lernen.
Dieser Junge erwies sich als einer der größten Kämpfer, den Mia je getroffen hatte. Seinen Namen hatte er der großen Freude seiner Eltern über ihr erstes und einziges Kind zu verdanken.
Matthis, „das Geschenk Gottes", genannte Kind wurde mit einem Schlag – einem ultimativ harten Schlag – erwachsen.
Er zeigte seiner Familie, wie sehr er sie liebte und er gab sein Bestes, so selbstständig werden und fröhlich zu sein, wie es ihm nur möglich war. Das Rollstuhlfahren lernte er rasch und auch für die vielen kleinen Dinge des Alltags, die ihm schwer zu schaffen machten, fand er nach und nach Lösungswege. Auch wenn er nun auf die Hilfe anderer angewiesen war, versuchte er mit eisernem Willen zunächst alles selbst zu erledigen und bat erst im letzten Moment – mitunter auch beschämt – um Hilfe.
Sein großer Traum war es, an den Paralympics teilzunehmen. Da er, als er noch gesund war, mit Begeisterung Bas-

ketball gespielt hatte, ist er mittlerweile in einem Basketballklub für Rollstuhlfahrer.
Mia hält es für eine großartige Sache, dass seit 1960 auch Rollstuhlbasketball eine anerkannte Disziplin bei den paralympischen Sommerspielen ist.
Da Mia Matthis Familie kannte und gelegentlich seine Mutter im Ort traf, wusste sie, dass er vor kurzem seinen 16. Geburtstag mit einer großen Party gefeiert hatte und es gar nicht mehr abwarten konnte, bis er endlich 18 Jahre alt war und seinen Führerschein machen konnte. Ja, er hatte sich von verschiedenen Ärzten die Bestätigung geben lassen: er würde später mit einem speziellen Auto für Behinderte fahren dürfen! Und wenn er erst 20 wäre, würde er an dem Paralympics 2020 teilnehmen.
Bis dahin trainierte er weiter verbissen.

Durch Matthis hatte Mia eine wichtige Lektion fürs Leben gelernt:
Menschen brauchen Ziele im Leben, Dinge, die sie antreiben und natürlich auch Erfolgserlebnisse, für die es sich lohnt zu kämpfen.

Dieser Junge war Mias Antrieb. Immer wenn sie ihre positive Einstellung zu verlieren drohte und, gerade zur dunklen Jahreszeit, wenn viele Bewohner des hohen Nordens in depressive Stimmungen verfallen, dachte sie an diesen lebenslustigen Blondschopf.
Matthis, dieser bedauernswerte Junge, konnte allem etwas Positives abgewinnen und er wurde dem Namen gerecht, den seine Eltern für ihn gewählt hatten.
Er hatte gelernt, sich selbst, ganz ohne Arroganz, als das zu sehen, was jeder Mensch ist:
Ein Geschenk Gottes.
Dabei war es ihm völlig egal, ob, oder von welchem Gott.
Ein Lächeln huschte über Mias Gesicht, als sie daran dachte, wie sie einmal versucht hatte, Matthis Gott nahe zu bringen. Er hatte ihren Schilderungen von Jesus Christus aufmerksam zugehört. Dann hatte dieser Junge im Rollstuhl ihr geantwortet, dass er sich über Religion nie große Gedanken gemacht hatte.
Ihm ging es einzig und allein darum, dass jeder Mensch in der Lage ist, Dinge zu tun, die kein Tier vermag. Sein Glaube bezog sich auf die Macht in seinem Inneren...

„Hallo?“
Ein eindringlicher Ruf riss Mia jäh in die Wirklichkeit zurück. Sie war so in ihre Gedanken vertieft gewesen, dass sie gar nicht mitbekommen hatte, wie Janina erwacht war.

Sie hatte lange und tief geschlafen und als sie mit brennendem Hals erwachte, den sehnlichen Wunsch gehabt, es wäre alles nur ein Traum gewesen. Doch so viel Glück wurde ihr nun nicht vergönnt.
Wenigstens brachte sie nicht den Klassiker „wo bin ich?“ zu fragen, denn dass dies hier ein Krankenzimmer sein musste, drang sogar in ihr benebeltes Gehirn hinein.
„Bitte etwas zu trinken“, krächzte sie und Mia reichte ihr rasch ein bereitgestelltes Glas Wasser. Janina leerte es in einem Zug und hielt es ihr bittend erneut hin. Mia füllte nach.
Als der größte Durst gelöscht war und ihr Magen vernehmlich knurrte, erinnerte sie sich daran, wo und vor allem, warum sie hier war. Ein Wasserfall an Fragen sprudelte aus ihrem Mund.
Alle körperlichen Bedürfnisse waren vergessen, sie brauchte Antworten!
Sie brauchte, wollte, sehnte sich nach ihrem Hendrik.

Mia gab sich die größte Mühe, ihr Auskunft zu geben, doch es gab leider nicht viele Antworten, nur einen verlassenen Rucksack seinen verschwundenen, scheinbar schwer verletzten Besitzer. Noch immer gab es keine Ergebnisse von der Tauchmannschaft, die den Grund des Hundalvatnet nach Hendriksen durchkämmten.
Zu ihren vielen Fragen konnte die arme Krankenschwester nur hilflos den Kopf schütteln, was Janina nahezu in den Wahnsinn trieb. Die zierliche Pflegerin versuchte sich lieber in der Ausübung ihrer Tätigkeit:
Gegen die Kopfschmerzen hatte sie ein Mittel und ein Telefon stünde ebenfalls bereit, falls Janina ihre Familie anrufen wollte.

Die Tabletten nahm sie gerne an, doch das Telefon lehnte sie ab.

Sie hatte niemanden anzurufen. Der Draht zu ihren getrennt lebenden Eltern war nicht der Beste. Sie würden sich nur aufregen und ihr Vorwürfe machen, da sie immer gegen ihre Ausflüge und Touren gewesen waren. Und ihren Bruder, der sie besser verstand, würde sie in Äthiopien momentan, sicherlich nicht erreichen und selbst wenn, warum sollte sie ihre Probleme auch noch in seine Welt tragen? Er hatte als Kinderarzt dort genügend andere Probleme und, dachte sie zynisch, Hendrik hatte er von Anfang an nicht ausstehen können.
Nein, danke, bloß nicht telefonieren.
Sie dachte daran, den Kommissar anzurufen, doch auch diesen Einfall verwarf sie wieder, denn der trat gerade mit einem leisen Klopfen an den Türrahmen in ihr Zimmer.
Sie blickte ihn erwartungsvoll an.
Er hatte eine ernste Miene aufgesetzt.
Kommissar Johnsen hatte schlechte Nachrichten zu übermitteln. Es waren sogar sehr schlechte und er hasste es, der Überbringer schlechter Nachrichten zu sein! Doch er hatte sich vorgenommen, diese so gut wie möglich loszuwerden.

Mit einem aufgesetzten, leider ganz und gar nicht überzeugend wirkenden Lächeln, trat er an ihr Bett.

Erik erwacht mit einem widerlichen, bitteren Geschmack im Mund. Als er die Augen aufschlägt, sieht er zunächst nur verschwommen. Ein abartiger Geruch steigt ihm in die Nase. Es ist der säuerliche Geruch nach Erbrochenem. Mühsam dreht er sich auf die Seite und wischt sich das Gesicht mit dem Ärmel seines Flanellhemdes ab. Angewidert blickt er auf den Zipfel seines Ärmels, der voller Kotze ist. Rasch wischt er ihn im Moos ab und muss sich dabei sehr bemühen angesichts der ekelhaften Lache, in der er gelegen hatte, nicht auch noch seinen Mageninhalt zu entleeren. Allzu viel dürfte sowieso nicht mehr darin sein, wenn er...nein, so genau wollte er nicht hinsehen.
Stöhnend richtet er sich auf und blickt sich um. Irgendwo müsste es hier doch einen Bach oder zumindest eine Pfütze geben, in der er sein Gesicht und seine Hände waschen konnte. Den Mund auszuspülen wäre auch angebracht.
Er zieht sein Hemd aus, wickelt es mit spitzen Fingern zusammen und befestigt es, sodass der beschmutzte Teil innen ist, an einem Außenriemen seines Rucksacks. Dann schultert er diesen und begibt sich noch leicht benommenen Schrittes in Richtung der Hütte, die von Anfang an sein Ziel gewesen war. Die Schönheit der Natur lässt ihn mit einem Mal völlig kalt. Er verflucht den trockenen Riegel, der ihm beinahe den Erstickungstod gebracht hatte und wünscht sich nichts sehnlicher, als schnellstmöglich diesen abscheulichen Geschmack auf der Zunge und den dazugehörigen Geruch los zu werden.

Mit leicht tapsigen Schritten marschiert der sonst so trittsichere Norweger mit dem markant geschnittenen, jetzt ein wenig blassem Gesicht, weiter.
Seine weißblonden Haare sind kurz geschnitten, an den Schläfen sind sie so hell, dass der Betrachter nicht sicher sein kann, ob sie noch blond oder bereits als erste Anzeichen seines fortgeschrittenen Alters weiß geworden waren. Würde man ihn fragen, so gäbe er die ehrliche Antwort, dass er schon immer so ausgesehen hatte. Ein Spiegelbild seines Bruders Roal, der nur zwei Minuten jünger ist als er selbst.
Erleichtert atmet er auf, als er in einem kleinen Birkenhain die urige Blockhütte entdeckt.
Ein paar Meter davor fließt ein fröhlich plätschernder Bach vorbei. Dankbar taucht er seine Hände hinein. Wieder und wieder spült er den Mund aus, kann sich gar nicht oft genug mit den nassen Händen über das Gesicht und die Unterarme wischen. Als er endlich das Gefühl hat, wieder sauber zu sein, zieht er vorsichtig sein Hemd aus der Verschnürung und wäscht auch dieses gründlich im eiskalten Wasser. Mit knackenden Knien erhebt er sich von dem Bächlein und setzt seinen Weg fort. Er fühlt sich jetzt schon viel besser.
Zufrieden, alles gereinigt zu haben, verfliegt auch sein Ärger darüber, dass er sich so übel verschluckt hatte und er freut sich einfach darüber, noch einmal glimpflich davon gekommen zu sein. Das wäre ja etwas gewesen, durch einen Müsliriegel den Tod zu finden! Bei diesem Gedanken schleicht sich ein schiefes Grinsen auf sein schmales, bärtiges Gesicht. Da hätte er wieder etwas zu erzählen, wenn er in zwei Tagen

zurück bei seinem Bruder ist, mit dem er zusammen in einer bescheidenen Wohnung in Trondheim lebt!
Der wäre ja zu gerne mitgekommen, doch leider hatte seine Arbeit es nicht zugelassen, dass auch er ein paar Tage in einer der schönsten Gegenden Norwegens verbringen durfte.
Doch Erik ist mitunter auch mal gerne allein. So hat er Zeit, über sich und sein Leben nachzudenken und kann die Natur in ihrer ganzen Schönheit in sich aufnehmen.
Er umrundet einen großen Felsen und hängt sein triefend nasses Karohemd im Vorbeigehen über den Wipfel einer krummen Birke.
Die letzten Schritte zur Hütte sind getan und er freut sich bereits darauf, sich innen seines Rucksacks zu entledigen und mit einer Tasse heißen Kaffees hinter das Holzhäuschen in die Sonne zu setzen.
In Gedanken hatte er bereits die nassgeschwitzten Schuhe und Socken auf die Stufen vor der Hütte (in respektablem Abstand zu seiner Nase) geworfen und die nackten Füße auf das Geländer der Terrasse gelegt.
Fahrig nestelt er den Schlüssel aus der Deckeltasche seines 12 kg schweren Rucksacks und steckt ihn in das Schloss.
Als er ihn herumdrehen will, schwingt die Tür wie von Zauberhand von allein auf. Verwundert darüber, dass nicht wie gewohnt abgesperrt ist, tritt er ein. „Hallo, ist da wer?“, ruft er in den dunklen Vorraum, wo er, wohlerzogen wie er ist, seine Stiefel ausziehen will, um keinen Dreck hinein zu tragen. Er lässt seinen Rucksack in den Vorraum vor die kleine Garderobe plumpsen und streckt seinen Rücken, der es ihm mit einem knirschenden Geräusch dankt.

‚Schon besser…‘

Es ist ja eigentlich nicht allzu ungewöhnlich, dass bereits jemand anderes in der DNT– Hütte ist. Es geschieht zwar eher selten, dass sich auch andere Wanderer in diese entlegene Gegend verirren – zumal unter der Woche außerhalb der Ferienzeiten – aber es kommt vor.*

Also ist Erik zwar ein wenig enttäuscht, dass er die kleine Hütte wohl oder übel mit jemandem teilen muss, doch auch damit muss man eben rechnen.

Außerdem können ja wohl nur Gleichgesinnte auf dieselben Ideen wie er kommen und vielleicht ergibt sich bei dieser Gelegenheit ja auch eine nette neue Bekanntschaft? Mit etwas Glück sogar eine weibliche? Über diesen Gedanken lächelnd, bückt er sich hinunter, um seine Bergstiefel aufzuschnüren.

Da spürt er plötzlich einen höllischen Schmerz am Hinterkopf und ehe er weiß, wie ihm geschieht, wird ihm schon zum zweiten Mal an diesem unglücklichen Tag schwarz vor Augen.

Bewusstlos sackt er über seinem Rucksack zusammen.

*Der DNT ist eine ähnliche Einrichtung wie der Deutsche Alpenverein und unterhält für Mitglieder diverse Hütten, die in den mehr oder weniger entlegenen Gegenden der Fjells verteilt stehen. Mit einem Standartschlüssel, den jedes DNT – Mitglied erhält, ist es ihm möglich, eine oder mehrere Nächte in einer solchen Unterkunft zu verbringen. Die Verpflegung muss dabei selbst mitgebracht werden und es ist eine Ehrensache, die Räumlichkeiten genauso sauber wieder zu verlassen, wie sie vorgefunden wurde.
Auch die eine oder andere Kleinigkeit, wie ein wenig Essen oder einem Päckchen Zucker, die der Wanderer erübrigen kann, wird deponiert, damit der nächste davon Gebrauch machen kann.
Dafür darf man sich auch an den Dingen bedienen, die der Vorgänger zurückgelassen hat.
Ein einzigartiges System, das auf gegenseitigem Respekt und Vertrauen beruht.

2.) Der Asiate

„Guck mal, Mama, hinter uns sitzt Chackie Chan!" Genervt blickte der Mann, der in der Tat entfernt an den asiatischen Schauspieler erinnerte, über den Rand seiner Zeitung direkt in die großen Kulleraugen eines kleinen Jungen. Der hatte sich auf seinen Sitz gestellt und nach hinten umgedreht. Mit Müh und Not war der freche Fratz groß genug, um über die Rücklehne schauen zu können und nun quäkte er auf seinen Zehenspitzen stehend, lauthals herum.

Angewidert glotzte der Asiate auf die Rotzglocke unter der Nase des vielleicht Vierjährigen und fragte sich, warum die Kinder von heute nicht mehr anständig erzogen wurden. Er starrte dem Jungen unverwandt an, während seine Mutter peinlich berührt versuchte, ihren Nachwuchs wieder zurück auf seinen Hintern zu befördern und im Flüsterton mit ihm schimpfte.

Ihre gepresst klingende Entschuldigung hatte der Mann mit einem eiskalten Blick aus seinen tiefschwarzen Augen und einem kaum merklichen Nicken angenommen.

Die Mutter musste insgeheim ihrem Buben Recht geben: der Mann hinter ihr sah Chackie Chan wirklich sehr ähnlich. Als sie sich für sein Benehmen entschuldigte, ahnte sie jedoch nicht, dass der Passagier hinter ihr kein Wort von dem, was ihr Sohn gerade gepiept hatte, verstanden hatte.

Dazu müsste er nämlich der nordischen Sprache Herr sein. War er aber nicht.

Zu seinem Sprachschatz zählten kultivierte Sprachen, die er fließend beherrschte. Darunter fielen Französisch, natürlich Englisch, zwei Dialekte Chinesisch und Vietnamesisch. Aber dieses raue Gekrächze verstand er beim besten Willen nicht. Trotzdem, so eine Ungezogenheit, einfach auf fremde Leute zu zeigen und herum zu kreischen!

Er hasste es, angestarrt zu werden und fühlte sich demzufolge sehr unwohl, als er bemerkte, dass dieses Gewürm ihn nun in den Mittelpunkt der allgemeinen Aufmerksamkeit gebracht hatte. Er beschloss, die neugierigen Blicke zu ignorieren und vertiefte sich erneut in seine Lektüre. In seinen gelblichen Händen - ganz normal für einen Menschen aus dem Osten - auch wenn die Dame neben ihm immer wieder einen bedauernden Blick auf ihn warf, als hätte er eine schwere Krankheit, hielt er einen flachen Bildschirm, auf dem er einen interessanten Text zu lesen schien. Er spürte den Blick seiner neugierigen Sitznachbarin und sah sie mit wütend blitzenden Augen an, woraufhin sie ihre Nase sofort wieder in ihre „Gala"steckte .
‚Alte Schachtel', dachte er sich, ‚fliegt wohl auch zum ersten Mal in was für einem Provinzloch lande ich denn hier, dass es überhaupt keine anständigen Leute gibt? Wahrscheinlich bin ich auch noch der erste Asiate, der diesen gottverdammten Flughafen am Ende der Welt betreten wird!'
Er warf einen letzten Kontrollblick nach rechts und runzelte dann die Stirn, als er versuchte, seine Gedanken wieder auf seine Lektüre zu lenken. Er hatte sich noch einiges vorgenommen. Schließlich musste er so viel wie möglich über seine Mission von vornherein im Kopf haben.
Regel Nummer eins: nichts notieren, damit einem nichts nachgewiesen werden konnte. Deshalb hieß es stets: Hirn anschalten, mitdenken, merken. Keine Beweise.

Es konnte nicht mehr lange dauern, bis sie zur Landung ansetzen würden. Die Zeit galt es zu nutzen.
Eine Viertelstunde später war es so weit.
Seufzend blickte er aus dem Fenster und legte brav seinen Gurt an, als der Pilot die Durchsage machte, dass sie nun zur Landung ansetzen würden.
Die Dame neben ihm beobachtete aus ihren Augenwinkeln, wie er sorgfältig sein Tablet zunächst in eine graue Hülle mit dem obligatorischen angebissenen Apfel schob und anschließend in einer schwarzen Tasche verschwinden ließ. Zuvor hatte sie noch einen kurzen Blick auf den Text werfen können, in den sich ihr Sitznachbar vertieft hatte. Es war die englische Version der örtlichen Nachrichten, ganz zuoberst war irgendetwas vom Lomsdal – Visten – Nationalpark gestanden und daneben das Foto eines jungen, gutaussehenden Mannes abgebildet. Irgendwie hatte sie den Eindruck, dass der Schlitzaugenmann sich weniger für den Text, als vielmehr für dieses Foto interessiert hatte. Die an sie herantretende Stewardess, die sie freundlich darauf hinwies, ebenfalls ihren Gurt anzulegen, lenkte ihre Gedanken in eine andere Richtung.

3.) Die Suche

Janina richtete sich in ihrem Bett auf und versuchte, ihre Gedanken zu ordnen.
„Kommissar... sie stockte“ Mia half ihr flüsternd: „Johnsen“. Janina, die die unscheinbare Krankenschwester bereits wieder vergessen hatte, drehte sich überrascht in ihre Richtung und nickte ihr dankbar zu. Dann wandte sie sich wieder ihrem Besuch zu. „ Kommissar Johnsen, wie, was...?“ Der Angesprochene unterbrach sie lächelnd mit einem „Guten Morgen, schön, Sie mit etwas mehr Farbe im Gesicht zu sehen! Ich wusste doch, dass Sie bei Mia in den besten Händen sind.“

Mia errötete leicht und stand auf, um dem Kommissar die Möglichkeit zu geben, auf dem einzigen Stuhl in diesem kargen Raum Platz zu nehmen. Doch der zog es vor zu stehen und ignorierte den frei gewordenen Stuhl.
Bevor ein zu langes Schweigen entstehen konnte, fuhr Johnsen fort: „ Frau Schwalb, ich möchte gleich zur Sache kommen.“ Er strich sich mit der linken Hand durch sein Haar, eine Geste, die er stets unbewusst vollführte, wenn er auf der Suche nach den richtigen Worten war.

Janina traten Schweißperlen auf die Stirn.
‚ Verdammtes Bett, die Decke ist viel zu warm!‘
Leicht verschwommen war sie sich der Tatsache bewusst, dass sie einen erbärmlichen Anblick bieten musste. Am liebsten wäre sie aufgesprungen und hätte sich auf Augenhöhe mit dem Kommissar unterhalten, der so seltsam herumdruckste.

Er hatte eine schlechte Nachricht, das fühlte sie in jeder Faser ihres Körpers!
Doch Mia hielt sie zurück.
„Frau Schwalb, es ist besser, wenn sie liegen bleiben, Sie wirken doch noch recht blass. Und außerdem…" Sie zupfte zaghaft an dem Ärmel von Janinas Hemd, um sie daran zu erinnern, dass sie außer eines gepunkteten Krankenhemdes nur noch mit einer Unterhose bekleidet war.
Janina nickte ihr dankbar zu und beschränkte sich darauf, sich möglichst aufrecht hinzusetzen.
Ihre Nerven lagen blank und ihr Bauchgefühl gab alarmierende Signale.
Aufmerksam sah sie Johnsen in seine dunkelblauen Augen. Was sie darin lesen konnte, versprach ebenfalls nichts Gutes.
Leise huschte Mia aus dem Raum und schloss mit einem leisen Klicken die Tür hinter sich.
„Frau Schwalb,…" begann der Kommissar, räusperte sich und begann dann erneut zu sprechen.
„Frau Schwalb, es ist folgendermaßen,…die ursprüngliche Suchmannschaft ist erweitert worden. Mittlerweile durchkämmt die Bergrettung das gesamte östliche Steilufer des Sees, in dem auch eine Tauchmannschaft aktiv ist."
Johnsen machte eine kurze Pause und versuchte aus den Augen der jungen Frau eine Reaktion vorherzusehen. Als er merkte, dass sie anscheinend noch unschlüssig war, was seine Worte bedeuten sollten, fuhr er rasch fort.
„Wir hatten zunächst die Hoffnung, mithilfe der Wärmebildkamera des Hubschraubers in der weiteren Umgebung fündig zu werden, doch leider brachte auch der Suchflug keine Ergebnisse. Deshalb haben wir beschlossen, die Gegend zu Fuß zu durchsuchen." Erkannte sie, dass eine Wär-

mebildkamera nur dann keine Ergebnisse bringen konnte, wenn der Gesuchte keine Wärme mehr ausstrahlte, also bereits *erkaltet* war?
Wohl eher nicht, fuhr es ihm durch den Kopf. Mist.
Er fuhr sich erneut durch die Haare. Seine Handflächen begannen feucht zu werden und er überlegte fiebrig, wie er nun am besten fortfahren sollte.
„Sehen Sie, Frau Schwalb, wir tun unser Möglichstes, um ihren Freund wiederzufinden, doch es besteht die Möglichkeit…“
„Welche Möglichkeit?“ Janina saß stocksteif in ihrem Bett, die Augen vor Schrecken weit aufgerissen.
Johnsen holte tief Luft. Nun kam der Teil, den er gefürchtet hatte, der unangenehmste, auf den er sich einfach unmöglich vorbereiten konnte!
„Die Möglichkeit“, begann er erneut, „dass Herr Hendriksen weiter abgerutscht und in den See gefallen sein könnte“.
„Ja, deswegen sucht ja auch eine Tauchmannschaft, das habe ich schon kapiert!“ Blaffte Janina.
„Richtig, aber die ist bis jetzt auch noch nicht fündig geworden.“
„Wie kann das sein?“ Die Verzweiflung in ihrer Stimme stach im ins Herz und raubte ihm die Worte.
Für einen Moment stand er nur still da und ließ ihren verständnislosen, nahezu vorwurfsvollen Blick auf sich ruhen.
Er ließ sich einen Augenblick Zeit, bevor er fortfuhr: „Frau Schwalb, ich habe mich informiert.
Auch wenn es sich bei dem Hundalvatnet nur um einen See handelt, so doch um einen sehr großen, in dem durch seine vielen Zu- und Abflüsse stellenweise eine starke Strömung herrscht. Die Tauschmannschaft wird, sobald es

geht, erweitert und in nördlicher Richtung weiter suchen, denn es besteht der Verdacht, dass er durch die starke Strömung in nördliche Richtung abgetrieben worden ist. Ich bin zuversichtlich, dass unsere Männer ihn finden werden, nur…"

Er fasste sich ein Herz. So leid es ihm auch tat, er musste ihr die Wahrheit sagen.

„Ich bedauere sehr, Ihnen das sagen zu müssen, doch es besteht die nicht geringe Wahrscheinlichkeit, dass er bei einem weiteren, tieferen Sturz ums Leben gekommen ist."

Er hielt den Atem an. Nun hatte er es hinter sich gebracht. Er unterdrückte den aufkeimenden Fluchtreflex, als er sah, wie seinem Gegenüber die Tränen in die Augen stiegen. Heulende Frauen waren ihm ein Graus.

„Aber warum sollte er denn ins Wasser gefallen sein? Er lag doch sicher auf dem Vorsprung und ich habe doch Hilfe geholt?" Janinas Stimme überschlug sich und ihre Mundwinkel zuckten verdächtig.

Johnsen trat unwohl von einem Bein aufs andere. Dann kam er an ihr Bett heran und hielt ihr ein verknittertes Taschentuch unter die Nase.

Janina ignorierte seine anteilnehmende Geste und ließ die Tränen hemmungslos die Wange hinunterrollen.

Sie konnte nicht anders, als ungläubig in dieses mitleidig blickende Gesicht mit den tiefblauen Augen zu starren. Eine Woge des Zornes schwappte ohne Vorwarnung in ihr hoch und durchflutete sie jetzt.

Sie hatte einen Verdacht: Log er sie etwa an? Sie stellte ihn zur Rede.

„Es gab keinen Grund, warum Hendrik weiter abgestürzt sein sollte! Warum finden Sie ihn nicht, Herr Johnsen?

Er ist ein Stück hinter mir gegangen und als ich seinen Schrei gehört hatte, bin ich zurück gelaufen und habe ihn einige Meter unterhalb des Weges auf dem Vorsprung liegen sehen. Warum sollte er weiter abgerutscht sein? Er hatte mir doch gesagt, es würde alles gut werden, er würde auf meine Rückkehr warten! Und ich bin doch so schnell es ging gelaufen und habe Hilfe geholt!"
Die Erinnerung schmerzte. Sie hatte alles gegeben, in der Hoffnung, ihn retten zu können und das alles sollte nun vergebens gewesen sein?
Sie konnte förmlich die spitzen Steine fühlen, die ihr in Hände und Knie gestochen hatten, als sie auf den Boden fallen gelassen hatte, um zu ihm nach unten zu sehen. Er war für sie unerreichbar gewesen. Und doch hatte ihr Freund trotz seiner Schmerzen ruhig und gefasst gewirkt.
Warum hatte er nicht noch ein wenig ausgehalten?
„Glauben Sie, Herr Kommissar, dass er die Besinnung verloren hat und deshalb heruntergefallen ist oder dass ihm am Ende die Schmerzen zu unerträglich geworden sind und er freiwillig gesprungen ist?"
Der Kommissar nickte nachdenklich. „Ja, das ist alles im Bereich des Möglichen."
Zitternd vor Fassungslosigkeit griffen Janinas Hände nach dem Bettlaken und krampften sich zusammen.
Johnsen regierte diesmal professionell, empfahl ihr, ihre Verwandten anzurufen, sich noch bis zum Mittag auszuruhen und bot an, ihr einen Rückflug zu organisieren. Zum Flughafen würde er oder sein Kollege sie bringen. Auf jeden Fall wäre es das Beste für sie, wieder nach Hause zurückzukehren. Allerdings müsste sie vorher noch einmal auf das Revier kommen, um ihre Aussage zu Protokoll zu geben.

Er vermied es tunlichst, ihr auf die Frage, warum Hendrik von dem Vorsprung gefallen war, zu antworten.
Dann reichte er ihr seine Hand, die sich trotz mehrfachen Abwischens an der Hose immer noch schwitzig anfühlte. Janina dagegen konnte ihre nur schwer von dem Leinenbezug lösen. Dementsprechend verkrampft fiel ihr Händedruck aus.
Mit einem gemurmelten Abschiedsgruß verließ der Norweger den Raum und schickte Mia wieder hinein.
Die brachte ein Mobiltelefon mit und bemühte sich, ihre Patientin zu einem Telefonat zu überreden, das ihr sicher Trost spenden würde, wie Mia glaubte.
Doch Janina fühlte sich wie gelähmt und starrte tatenlos auf das Gerät, das ihr auf den Schoß gelegt worden war.
Achselzuckend ließ die Krankenschwester sie wieder allein. Doch sie war von hartnäckiger Natur und kam eine halbe Stunde später wieder und nötigte ihre Patientin diesmal geradezu, jemanden anzurufen. Dieses Mal reagierte Janina und wählte die Nummer der Praxis ihres Bruders in Äthiopien. Während das Wartesignal ertönte, verspürte sie plötzlich den sehnlichen Wunsch, ihr großer Bruder Mirko wäre hier und würde sie in den Arm nehmen.
Doch sie erreichte ihn nicht. Nur eine englischsprachige Sprechstundenhilfe nahm ihren Anruf entgegen und teilte ihr mit, dass er sie, sobald wie möglich, zurückrufen würde.
Enttäuscht legte sie auf und ließ sich wieder auf ihr Kissen fallen.

Mia hatte diskret den Raum verlassen, als sie merkte, dass am anderen Ende der Leitung jemand abgehoben haben

musste, um nicht zu stören. Diese junge Frau tat ihr unendlich leid!
Sie begab sich zur Kantine, um den beiden anderen Patienten und dann zuletzt auch der armen Frau Schwalb in Zimmer 8 das Mittagessen zu bringen. Auf die Bitte des netten Kommissars hin legte sie auch ein leichtes Beruhigungsmittel bereit.
Als sie aus dem Fenster auf die Straße sah, hielt sie verwundert einen Moment in ihrer Bewegung inne. Draußen stand ein kleiner, dunkelhaariger Mann in einem feinen Hemd, der gar nicht in diesen Ort passen wollte. Den hatte sie noch nie gesehen. Etwas an ihm verlieh ihm ein fremdartiges Aussehen und sie führte es auf seine gelblichen Gesichtsfarbe und den schlitzförmigen Augen zurück.
Nachdem sie ihn einen Moment lang angestarrt hatte, zuckte sie mit den Achseln. Was sollte es, im Moment hatte sie zu tun. Mit hastigen kleinen Schritten trug sie das erste Tablett in Zimmer Nummer 5, in dem die greise Dame mit dem Wasser in den Beinen lag. Das Tablett mit der Suppe für Janina blieb derweil noch stehen.
Der Mann auf der Straße hatte sich umgedreht und hielt seinen Blick auf die zugigen Fenster des kleinen Krankenhauses gerichtet.
Ein leichtes Stirnrunzeln schlich sich auf seine Stirn, als er versuchte, etwas durch die hellgrauen Gardinen an den Fenstern der Mosjøen – Klinik zu erkennen. Er konnte sehen, wie sie sich bewegten, als Mia am Fenster vorbeiging.
Da lächelte er.

4.) August 2000 in einem Randbezirk von Oslo

Die „Gräfin“ war außer sich! Sie schleuderte nun schon die vierte teure Porzellantasse mit Schwung auf den bereits mit Scherben übersäten Küchenboden. Ja, natürlich ist es schade um die schönen und vor allem teuren Tassen, doch es ist die beste Methode um ihrer Wut Herr zu werden.
Hinter ihr stand mit eiserner Miene und verschränkten Armen eine schlaksige blonde Frau, die der „Gräfin“ wie aus dem Gesicht geschnitten war. Sie zuckte nicht einmal mit der Wimper, als ihre Mutter das Geschirr mit Schwung auf dem Boden zerdepperte. Sie kannte die heftigen Reaktionen ihrer Mutter bereits und ließ sich dadurch nicht mehr verunsichern.
Ihr Entschluss stand fest. Sie würde den Mann, den sie erwählt hatte heiraten, auch gegen den Willen der herumtobenden „Gräfin“. Und sie würde ihre Hochzeit genauso wenig bereuen, wie ihre gerade geäußerte Aussage, dass sie dann eben auf ihr Erbe verzichten und ohne den Segen ihrer Mutter heiraten würde. Damit hatte die mit Klunkern besetzte Lady mit dem – mittlerweile verschmierten – rot gemalten Lippen nämlich nicht gerechnet: Dass man mit Geld nicht alles erreichen kann!
Was nun genau der Auslöser für die Porzellanzerdepperei auf dem Küchenboden war – die Widerspenstigkeit ihrer Tochter, den „falschen Mann“ zu heiraten, oder die Erkenntnis, keinerlei Macht über deren Entscheidung zu haben – war völlig unwesentlich.
Fazit war, dass diese Furie jegliche Haltung verloren und das letzte Restchen Tochterliebe, das die Blonde mit dem Pferdeschwanz noch irgendwo in ihrem Herzen für sie

empfunden hatte, soeben mit einer handbemalten Meißener Porzellantasse in tausend Stücke zersprungen ist.

Die Tochter der „Gräfin" warf einen letzten Blick auf den Scherbenhaufen zu ihren Füßen, ließ ihre Augen nach oben wandern zu der wutverzerrten Fratze mit verrutschter Perücke, drehte sich auf dem Absatz um und ging.
Mit weit ausholenden, schnellen Schritten und ohne einen Abschiedsgruß an ihre ungeliebte Erzeugerin, die gerade eine der etwas massiveren Teekannen in die Hand genommen hatte und zum Wurf ausholte, ging sie fort.
Als sie am Porträt ihres Vaters vorbeikam, hielt sie kurz inne und schaute zu seinem gutmütig auf sie herab blickenden Gesicht auf. Bei ihm verabschiedete sie sich im Stillen und bedauerte zum wohl einhundertsten Mal, dass er und nicht die tobende Alte in der Küche früh an Herzversagen verstorben war. Sie schämte sich nicht für diesen Gedanken.
Im Gegensatz zu ihrer Mutter, hatte sie ihren Vater vergöttert.
Dann verließ sie die Villa mit stolz wiegenden Hüften auf Nimmerwiedersehen.

Die Gräfin hatte sich so in Rage gewütet, dass es einen Moment dauerte, bis sie bemerkte, dass sie alleine gelassen worden war.
Sie hatte gerade eine mit balzenden Pfauen verzierte Kanne in der erhobenen Rechten, als ihr auffiel dass es verdächtig ruhig hinter ihr geworden war. Sie hielt verblüfft inne, drehte sich dann um und gewahrte überrascht, dass sie mit der Zerstörung dieses einzigartigen Kunstwerkes niemanden beeindrucken würde.

Sie zögerte kurz und stellte das Gefäß dann vorsichtig wieder an seinen Platz zurück.
Nachdenklich geworden, schob die mit den Schuhen die Scherben ein wenig zusammen. Schade um das schöne Porzellan.
Nun war sie weg, ihre nichtsnutzige Tochter, dabei hatte sie bis jetzt noch einen Funken Hoffnung gehabt, dass sie doch zur Vernunft kommen würde!
Dass man auf ihren Taugenichts von Sohn nichts geben konnte, war ihr bereits vor Jahren klar geworden, als dieser ihr verkündet hatte, er wollte Florist werden. Damals war sie geschockt gewesen.
„Florist"? Hatte sie entgeistert wiederholt. „Was soll denn das sein?" Sie hatte damals bereits Schlimmes geahnt.
„Na Gärtner", hatte er stolz verkündet. „Mutter, ich werde Gärtner und bitte dich um eine kleine finanzielle Hilfe, damit ich meine eigene Gärtnerei eröffnen kann!"
Die Gräfin war ausgerastet. Ähnlich wie heute, mit dem Unterschied, dass sie damals noch weicher gewesen war und ihr Sohn bekommen hatte, was er wollte.
Nach langem Hin und Her hatte sie ihm unwillig diesen absonderlichen Wunsch erfüllt. Doch die Hoffnung, dass aus ihm einmal ein Geschäftsmann werden würde, der das Familienerbe fortführen würde, das ihr so am Herzen lag, diese Hoffnung wurde begraben.

Zum Glück gab es noch ihren Neffen, Olaf.

5.) Zurück in Oslo

Die Gestalt, die aus dem Flieger stieg, wirkte ausgezehrt. Das Gesicht der eigentlich so hübschen jungen Frau wirkte und ihre braunen Augen blickten traurig. Die Locken, die sich sonst immer lustig um ihren Kopf in alle Richtungen ringelten, hingen platt herunter.

Janinas Gehirn lief auf Autopilot.

Seit dem Frühstück, mit dem die liebevolle Krankenschwester sie nahezu gefüttert hatte, hatte sie nichts mehr gegessen, die Snacks im Flieger hatte sie ignoriert, ihren schmerzenden Magen bemerkte sie nicht. Sie fühlte einen viel tieferen Schmerz in ihrem Herzen.
Janina bemerkte nicht, dass sie die ganze Zeit von allen Seiten beobachtet wurde. Es entging ihr sogar das kleine Mädchen, das auf sie gezeigt hatte, als sie an der Gepäckausgabe die Rucksäcke geholt hatte. Das Kind hatte seine Mutter am Ärmel gezupft und ihr viel zu laut mitgeteilt, dass „die Frau da“ aber ganz schön traurig aussähe. „Psst“, hatte die Mama gezischt und dabei mahnend den Zeigefinger auf die Lippen gelegt. Doch das war gar nicht nötig gewesen. Janina hätte es nicht einmal bemerkt, wenn die Queen persönlich sie am Schalter der Passkontrolle nach ihrem Ausweis gefragt hätte.
Das „Drama von Lomsdal – Visten“, dem „wohl wildesten, gefährlichsten Nationalpark Norwegens“, war in aller Munde. Es gab anscheinend sogar in einem Kaff wie Mosjøen einen Journalisten, der es verstand, eine Sensation aus einer schrecklichen Geschichte zu machen. Dabei dürfte

ihm dies nicht allzu schwer gefallen sein. Hatte doch die verschwundene Leiche eines eigentlich topfitten Bergsteigers etwas Mysteriöses. Dieser Meinung waren auch die vielen Zeitungsleser in Norwegen. Hätte sich der Unfall in Schottland am Loch Ness und nicht hier abgespielt, hätte wohl sofort wieder jemand das Märchen von Nessie ausgegraben...
Selbstverständlich musste erst noch ein wenig Zeit vergehen, bis Hendrik Hendriksen für tot erklärt wird, doch inoffiziell glaubte niemand mehr daran, dass er lebendig gefunden wird.
Die Zeitung ergötzte sich ausgiebig darüber, dass der Unfall bereits vor drei Tagen geschehen sei und „ohne medizinische Versorgung und Nahrung quasi keine Überlebenschance hätte“. Es fehlte nur noch die Verwendung des Wortes „Fischfutter“ in dem reißerischen Artikel. Doch so weit zu gehen, traute sich die örtliche Presse dann doch nicht.

Wie gut, dass Janina von diesen so lieblosen Gedanken mancher Zeitungsleser nichts wusste. Der Gedanken daran, sich eine Zeitung zu kaufen, um zu lesen, was über dieses Ereignis geschrieben wurde, kam ihr gar nicht in den Sinn.
Da Janina einen starken Widerwillen dabei verspürte, jetzt alleine in die Wohnung zu fahren, rief sie ihre ehemalige Vermieterin an, bei der sie ihr erstes Semester verbracht hatte, bevor sie mir Hendrik zusammen gezogen war. Die Nielsens waren sehr großzügige Leute, die Janina gern hatten und selbstverständlich wurde ihr sofort Unterkunft gewährt.

Sie hatte Glück, dass die Wohnung im Moment ohnehin leer stand. Sie sollte kommenden Monat renoviert werden, erzählte Frau Nielsen ihr am Telefon.
Leider könnte sie Janina jedoch nicht abholen, da sie wegen eines verstauchten Fußes nicht Auto fahren konnte und ihr Mann in der Arbeit sei.
Janina hörte dies mit Erleichterung. Für sie war es die Hauptsache, ein Dach über dem Kopf zu haben.
Die Taxifahrt würde ihr noch ein wenig Zeit geben, sich wieder zu sammeln und auf die Ankunft bei den Nielsens vorzubereiten.
Sie bedankte sich herzlich und gab eine Schätzung ab, wann sie ungefähr bei der Wohnung sein könnte. „Ich werde die Zeit nutzen, und noch einmal oben nach dem Rechten sehen!“ Frau Nielsen meinte mit „oben“ die kleine Wohnung im ersten Stock.
„Bitte machen Sie sich keine Mühe, ich bin einfach nur froh, dass ich vorerst wieder bei Ihnen einziehen darf“, erwiderte Janina, die sich sicher war, dass bei der ordentlichen Frau Nielsen alles in bester Ordnung war.
„Ach Kindchen, ich möchte doch, dass Sie es so schön, wie möglich hier haben...ich glaube, ich werde Jan noch anrufen und bitten, dass er für heute Abend etwas vom Metzger mitbringt...“ Janina musste lachen. Sie hätte fast vergessen, wie wahnsinnig fürsorglich die gute alte Frau Nielsen war. „Nein, das braucht es wirklich nicht, Frau...“
„Keine Widerrede! Sie sind heute zum Abendessen eingeladen! Das sind Sie uns schuldig, wo wir Sie doch so spontan hier wieder aufnehmen.“
Janina konnte das Augenzwinkern in ihrer Stimme heraushören.

Sie gab sich geschlagen. „Na gut, vielen Dank. Bis später dann."

„Bis später, Janina."

Mit dem ersten Lächeln auf dem Gesicht, seit sie hier in Oslo war, legte Janina auf. Sie wusste, dass Frau Nielsen es gut mit ihr meinte. Irgendwie schaffte es die gute Frau auch immer, es nicht mit ihrer Fürsorge zu übertreiben.

Wenn ihre Untermieterin früher ihre Ruhe gewollt hatte, hatte sie diese auch immer bekommen. Dies war eine äußerst angenehme Eigenschaft der älteren Dame.

Janina schob ihre Transporthilfe, auf dem die beiden schweren Rucksäcke thronten, durch den Flughafen zu dem Parkplatz, an dem die Taxifahrer auf Kundschaft warteten.

Sie wählte das erstbeste Taxi und stieg ein.

Auf der Fahrt war sie schweigsam. Ihre Gedanken drifteten in die Vergangenheit. Wie schon viele Male zuvor, durchlebte sie auch jetzt wieder die Situation, als ihr Freund hilflos einige Meter unter ihren Füßen auf dem Felsen gelegen hatte. Seine Worte hallten in ihrem Kopf „Jani, geh und hol Hilfe. Es wird alles gut, ich komme klar, mach schon!"

Er hatte seine Augen vor Schmerz zusammengekniffen und seine Lippen waren zu einem schmalen Strich zusammengepresst. Unwillkürlich schüttelte Janina den Kopf um ihre letzte Erinnerung an Hendrik vor ihrem inneren Auge zu vertreiben.

Sämtliche Versuche des Taxifahrers, ein Gespräch zu beginnen, scheiterten. Schließlich gab er sich geschlagen und drehte stattdessen das Radio auf.

Nachdem sie die Rucksäcke mit der Hilfe des Fahrers vor die Haustüre getragen, ihn bezahlt und an der Türe geläutet hatte, ertönten unregelmäßige, leicht humpelnd klingende Schritte. Die Tür öffnete sich und zum ersten Mal seit Hendrik nicht mehr da war, wurde Janina herzlich in den Arm genommen.
Sie schloss die Augen und erwiderte die innige Umarmung. Es vergingen mehr als ein paar Wimpernschläge bis Janina die liebe alte Dame, der durch Janinas festen Griff bereits der Nacken schmerzte, losließ. Frau Nielsen fasste Janina sanft an den Schultern und hielt sie fest, sodass sie beide Auge in Auge gegenüber standen.
Die Worte, die sie an Janina richtete, so schlicht sie auch klangen, erwärmten ihr Herz.
Sie sagte nur: „Es ist schön, dass du wieder bei uns bist, Janina."
Janina konnte dazu nur nicken und bückte sich nach den Rucksäcken, die sie mehr ins Haus schob als trug.
Frau Nielsen schloss sanft die Türe und hinkte ihr nach.
Herr Nielsen kam wenig später von der Arbeit nach Hause und begrüßte sie ebenfalls hocherfreut.
Herr und Frau Nielsen hörten ihr aufmerksam und betroffen zu, als Janina ausführlich schilderte, was ihr im Norden widerfahren war.
Die beiden boten ihr an, sie zu unterstützen, wo es ihnen nur möglich war und Janina spürte, dass sie hier vorerst gut aufgehoben war.
Es war verrückt, aber die Fürsorge, mit der sich das ältere Ehepaar um sie kümmerte, war viel größer, als die, die sie jemals von ihren Eltern erwarten konnte.
An diesem Abend ging Janina spät ins Bett.

Das schlechte Gewissen, das sich bei dem Gedanken einstellte, ihre Eltern könnten zuerst über die Medien von dem Unfall erfahren, hielt sie wach. Doch sie beschloss, sich darüber keine Sorgen zu machen und verschob das Telefonieren auf später...vielleicht morgen...irgendwann... Dann fiel sie in einen tiefen traumlosen Schlaf.

6.) Einschlafprobleme

Nachdem die Suchmannschaft drei Tage lang jeden Stein über und die Taucher jeden unter Wasser umgedreht hatten, bis letzteren zuerst die Sauerstoffflaschen und dann allen anderen die Motivation ausgegangen war, stellten sie die Suche ein.
Hendrik Hendriksen war und blieb verschwunden. Unter den Tauchern war man sich einig, dass sein von den Fischen angeknabberter Körper von der Strömung in die Tiefen des Sees hinabgezogen worden ist.
Quasi unauffindbar, bei der Größe und Tiefe des Sees.

Die Erinnerung an die verzweifelte Hilflosigkeit der jungen Frau machte Johnsen schwer zu schaffen und ließ ihn in der Nacht nach seinem Besuch im Krankenhaus grübelnd im Bett wach liegen.
Er lag auf dem Rücken und starrte an die Decke. Er fragte sich, wie es ihr jetzt wohl ginge. Sie hatte ihm erzählt, dass sie jemanden kannte, bei dem sie gut aufgehoben wäre, doch entsprach das auch der Wahrheit?
Wie sehr sehnte er sich in diesem Moment danach, jemanden zu haben, der jetzt neben ihm läge und mit dem er seine Gedanken teilen könnte. Unruhig wälzte er sich auf die Seite.
Janina verschwand einfach nicht aus seinem Kopf. In seiner Vorstellung konnte er sehen, wie sich in den vorwurfsvoll blickenden Augen der jungen Frau Schwalb sein eigenes Gesicht spiegelte. Wie kümmerlich und unfähig kam er sich vor!
Seine Mitarbeiter hatten zwar eine Erklärung für das Verschwinden des Leichnams gefunden, doch warum war der

Körper gänzlich spurlos verschwunden? Er musste doch irgendwo aufzufinden sein! Er schämte sich dafür, dass er nicht in der Lage gewesen war, ihr in irgendeiner Weise helfen zu können. Nicht einmal einen Leichnam konnte er ihr bieten, damit sie wenigstens Gewissheit hatte und richtig um ihn trauern konnte.
Was könnte er denn anderes tun, um die Trauer der Frau zu lindern, außer ihren Freund zu finden? Nichts. Und nicht einmal das war ihm bis jetzt gelungen...er hasste es, hilflos zusehen zu müssen, wie andere litten.
Johnsen fühlte sich als totaler Versager.

Bilder vergangener Tage mischten sich in seine düsteren Gedanken.

Sein Vater, der ihm die Liebe zur Natur gelehrt und mit ihm die Berge und Täler Nordnorwegens erkundet hatte, stand mit einem Male beinahe lebensecht vor ihm. Johnsen konnte sich noch genau an die gutmütigen Augen dieses liebevollen Mannes erinnern, der früher immer für ihn da gewesen war.
Wie sehr wünschte er sich in diesem Moment seinen Vater zurück.
Nie würde Johnsen die Wärme vergessen, die dieser Mann ausgestrahlt hatte. Nie würde er die Tage vergessen, an denen die beiden Seite an Seite über das Fjell gewandert waren, sich abends ein kleines Lagerfeuer entzündet hatten und bis spät in die Nacht zusammengesessen und geredet hatten.
Als kleiner Junge hatte Johnsen es genossen, den alten Geschichten zu lauschen, die sein Vater im flackernden

Schein des Feuers zum Besten gegeben hatte. Er war ein ausgesprochen guter Geschichtenerzähler gewesen.
Als der kleine Jørn in die Pubertät gekommen ist, hatte sein Vater ihm das erste Dosenbier seines Lebens in die Hand gedrückt und ihm geduldig die vielen Fragen, die sein verwirrter Sohn auf dem Herzen gehabt hatte, beantwortet.
Jørn Johnsen hatte diesen alten Mann sehr geliebt, der ihm und seiner Mutter früh genommen worden war. Er war erst Anfang 60 gewesen, als er an Krebs gestorben war. Johnsen hatte zu dieser Zeit gerade die Polizeischule beendet und war ständig im Dienst gewesen.
Er dachte nur ungern an diese ungute Zeit, die nach dem Ableben seines Vaters angebrochen war, zurück.
Denn den Kummer seiner Mutter hatte Johnsen nicht lindern können, so sehr er sich auch bemüht hatte.
Schlechtes Gewissen stellte sich bei ihm ein. Er hätte vielleicht mehr tun können. Beispielsweise hätte er eher seinen schlecht bezahlten Beruf vernachlässigen und sich stattdessen mehr um sie kümmern sollen. Aber nein, er hatte sich dazu entschieden, seine Mutter im Stich zu lassen und Karriere zu machen. Grandios. Ganz der liebende Sohn.
Zwar hatte er sie so oft wie möglich angerufen, doch besucht hatte er sie viel zu selten. Nun war es zu spät. Aus Kummer um ihren verstorbenen Gatten war seine Mutter mit gerade einmal 63 Jahren ihrem Mann ein halbes Jahr später gefolgt.
Um das gemeinsame Grab kümmert sich der Friedhofsgärtner. Johnsen hielt es für unsinnig, sie jetzt, wo die beiden nichts mehr davon merkten, mit Blumen beschenken zu wollen.

Zu Lebzeiten hätte er es tun sollen.
Diese schweren Vorwürfe plagten ihn seit Jahren. Er hatte mit Weyn, seinem Kollegen und Freund darüber gesprochen. Der hatte ihm auf die Schulter geklopft und versichert, es hätte keinen Sinn, sich das Leben unnötig schwer zu machen, er hätte weder Schuld am Tode seines Vaters, noch an dem seiner Mutter, denn schließlich könne ein Sohn niemals einen Ehemann ersetzen.
Doch auch diese gut gemeinten Worte halfen nur wenig und auch vier Jahre nach der Beerdigung seiner Mutter hatte er häufig schlaflose Nächte, in denen er nichts tat, als über solche Dinge nachzugrübeln.
Johnsen war überhaupt ein Grübler.
Das war auch der Grund, warum es so schlecht mit seinen Beziehungen klappte. Die Frauen merkten einfach recht bald, dass er nicht bei der Sache war, dass er in Gedanken woanders war. Wenn er nicht gerade gedanklich bei seinen verstorbenen Eltern war, dann beschäftigte ihn die Arbeit. Als Kriminalhauptkommissar trug er eine große Verantwortung und schaffte es nur selten, seine Arbeit nicht mit nach Hause zu nehmen.
Es gelang ihm einfach nicht, seine Gedanken voll und ganz auf seine Freundinnen zu konzentrieren. Immer gab es andere Dinge, die ihm wichtiger erschienen und seine volle Aufmerksamkeit erforderten.

Deshalb war es bereits mehr als einmal vorgekommen, dass er sich irgendwann, ohne eine für ihn erkennbare Vorwarnung seiner wütenden Freundin gegenüber sah, die schimpfend und ihre Sachen in den Koffer werfend, mit knallenden Türen die Wohnung verließ.

Oder einfach fortblieb. Schlicht und ergreifend gar nicht mehr zu ihm kam. Still und heimlich aus seinem Leben verschwunden war, seine Anrufe ignorierte und nicht zuhause war, wenn er an der Tür klingelte, bis eines Tages, beim wiederholten Versuch ein anderer Mann die Haustür öffnete und ihm unmissverständlich zu verstehen gab, dass er sich nie wieder blicken lassen sollte.

Mitunter auch ein äußerst schlagkräftiger anderer Mann. Im wortwörtlichen Sinn. Mit Unbehagen musste Johnsen an den Fitnessstudioleiter denken, den sich seine letzte Exgefährtin geangelt hatte. Ihre Liebschaft musste bereits eine Weile nebenher gelaufen sein, bis sie mit ihm reinen Tisch gemacht hatte. Er hatte natürlich nicht den blassesten Schimmer davon gehabt.
Als er eines Abends von der Arbeit heimgekommen war, hatte er eine leere Wohnung vorgefunden. Sie und ihre Sachen waren weg, kein Abschiedsbrief, nichts hatte sie ihm hinterlassen.
Da war es ihm wie Schuppen vor die Augen gefallen. Ihr letzter Verflossener kam ihm in den Sinn, von dem Johnsen wusste, dass er immer noch an ihr interessiert war. Hatte er es also geschafft, Marit wieder herumzukriegen!
Dieser Gedanke hatte ihn so in Rage gebracht, dass er zum Auto gelaufen und in überhöhter Geschwindigkeit zu der ihm bekannten Adresse des Exfreundes gefahren war. Gut, dass er wusste, dass zu diesem Zeitpunkt keine Streife in der Innenstadt unterwegs und keine Blitzer aufgebaut waren.
Und selbst wenn dem so gewesen wäre...

Am Ziel angekommen, hatte er Sturm geläutet und sich an der Haustüre einen heftigen Disput mit besagtem Lover geliefert.
Welch eine Schmach, dass er derjenige gewesen war, dem die Hand ausgerutscht war! Der andere hatte siegessicher gegrinst, sich zu ihm nach vorne gebeugt und drohend geflüstert:
„So, Bulle, nun hau ab, oder ich zeige dich wegen Körperverletzung an!"
Im Hintergrund hatte Johnsen die aufgeregte Stimme von Marit gehört, die immer lauter geworden war, je näher sie zum Eingang gekommen ist.
Da hatte er sich schleunigst kleinlaut verdrückt.
Das war wahrlich der peinlichste seiner Fehlschüsse gewesen. Er konnte von Glück reden, dass das Muskelpaket, den sein Kinnhaken wohl eher gekitzelt, als geschmerzt hatte, tatsächlich nichts gegen ihn unternommen hatte. Nicht auszudenken, was geschehen wäre, wenn das unter seinen Kollegen die Runde gemacht hätte.
Anscheinend hatte Marit sich auch noch einen anständigen Kerl geangelt...Scheiße!
Er wälzte sich wieder auf den Rücken, verschränkte die Hände vor der Brust und schloss die Augen. Der Vorfall gehörte bereits seit einigen Jahren der Vergangenheit an.
Inzwischen hatte er aufgehört, sie zu zählen, seine Liebschaften. Er hatte es aufgegeben, „ich liebe dich" zu sagen. Auch wenn er durchaus männliche Bedürfnisse hatte, glaubte er nicht mehr daran, noch wahre Liebe empfinden zu können.
Begehren und Liebe waren für ihn nicht mehr miteinander verbunden.

Johnsen hatte es sich zur Gewohnheit gemacht, in unregelmäßigen Abständen ein Bordell aufzusuchen, wenn ihn das Bedürfnis überkam, von einer Frau in die Arme genommen zu werden.
Es befand sich am anderen Ende der Stadt, wo er hoffte, nicht erkannt zu werden. Bislang hat dieses Vorgehen gut geklappt.
Johnsen hatte beschlossen, sich damit zu begnügen und die letzten drei Jahre war er völlig zufrieden gewesen.
Doch die rotgeränderten Augen der Frau Schwalb, ihre schwarzen, wirren Locken, die in ihr blasses Gesicht hingen, die schmalen Hände, die das Bettlaken so fest umklammert hielten, dass die Knöchel weiß hervorstanden; diese Bilder bekam er einfach nicht aus seinem Kopf. Sie gingen ihm zu Herzen.

Das Wetter war schön und Weyn hatte sich bereit erklärt, ihn gemeinsam mit seinem ungestümen jungen Hund Phil, den seine Kinder nach dem Musiker Phil Collins benannt haben, zu begleiten. Sie nahmen eine andere Route als die, die Janina Schwalb in jener Nacht gegangen war. Sie erreichten den See von Nordenosten her. Zunächst ging es in Johnsens betagtem, aber zuverlässigen Jeep eine Schotterstraße entlang bis zu einer Hütte am Nordufer des Sees, wo ein Bootshaus stand. Mit dem Motorboot fuhren sie weiter zu der Unglücksstelle.

„Da sieht man ja gar nichts!“ Brummte Weyn missmutig, als sich das Motorboot, sanft auf den Wellen wippend, dem Felsüberhang näherte. „Entweder wir sind zu weit weg, um etwas erkennen zu können, oder zu dicht dran

und haben wir den Felsen vor der Nase, der uns den Blick versperrt."
Johnsen nickte zustimmend. „Lass es uns ein wenig westlicher versuchen, vielleicht finden wir ja eine Stelle, an der das Ufer flacher wird und wir an Land gehen können."

Sie mussten nicht lange suchen. Gleich hinter einem moosbewachsenem Felsen kam eine geeignete Anlegestelle in Sicht.
„Auf geht's, Phil, hüpf rein!" Weyn gab seinem großen Hund einen kräftigen Stoß und mit einem freudigen Jaulen sprang der kräftige Husky ins Wasser.
Die beiden Männer gingen lachend vor der Wasserfontäne in Deckung, die der zappelnde Hund beim Aufprall ins Wasser verursachte.
Mit strampelnden Beinen hielt Phil sich an der Oberfläche und schlabberte dabei aufgeregt das Seewasser.
Er drehte sich kurz zu seinem Herrchen um, japste freudig, als er sah, dass er ihm folgte und paddelte dann ans Ufer.
Dort angelangt, schüttelte er sich die Wassertropfen aus dem hellbraunen Pelz und hatte sofort eine interessante Fährte aufgenommen. Schwanzwedelnd verschwand er im Dickicht.
Es dauerte ein wenig, bis die beiden Männer endlich auch am Ufer standen und das Boot vertäut hatten.
„Na, da geht es ja ganz schön weit hoch." Weyn hatte den Kopf in den Nacken gelegt. „Lass uns versuchen, einen Weg nach oben zu finden", schlug Johnsen vor. Weyn schüttelte den Kopf. „ Wie willst du denn da nach oben kommen? Sieh dich doch um, wir stehen hier wie auf einer Lichtung: Eine Seite Wasser, eine Seite dichtester Wald und eine Seite Steilwand. Ich bin doch kein Gecko!"

Johnsen zuckte mit den Schultern. „Ich glaube auch nicht, dass wir es schaffen, die Wand hochzuklettern, aber irgendwohin muss doch dein Philly auch verschwunden sein, oder?“
Weyn stutzte. Richtig, wo war denn der Hund abgeblieben?
Die beiden Männer gingen auf den mit Farn und Birken überwucherten Hang zu.
Es stellte sich heraus, dass sie ohne ein Buschmesser keine Chance auf ein Durchkommen hatten.
Weyn, dessen größte Gabe nicht gerade die Fähigkeit war, Geduld aufzubringen, pfiff ärgerlich nach seinem Hund. Nichts rührte sich. Er pfiff erneut, diesmal lauter. Die beiden Polizisten warteten lauschend. „Na, wenn der jetzt nicht gleich kommt, dann setzt es was!“ Schimpfte Weyn.
Es ertönte ein dritter, durchdringender Pfiff.
Johnsen verkniff sich den Kommentar, dass es schlecht „etwas setzen“ konnte, wenn das Tier gar nicht da wäre und beschloss, es stattdessen mit Rufen zu versuchen.
Auf das vierte „Phiiiiilly!“ antwortete ein helles Heulen und mit einem fröhlichen Kläffer sprang der Hund völlig mit Kletten übersät aus dem Geäst.
„Ja fein, dass du wieder da bist, komm her, mein Junge!“ Strahlte Weyn und kraulte Phil am Kopf.
Als er begann, einzelne Kletten aus seinem Fell zu ziehen, fiel sein Blick auf das Maul des Hundes. Er legte er eine strenge Miene auf: „ und was hast du denn da schon wieder...“
Johnsen unterbrach ihn. „ein Seil!“ Er hat ein Seil gefunden. Die beiden sahen sich an.
„Aus, Philly, gib her, ja brav.“ Weyn hielt das angesabbertes Seil mit spitzen Fingern hoch. Phil, der erwartete, dass

jetzt ein tolles Spiel beginnen würde, stellte die Ohren auf und winselte.
Johnsen ergriff das Wort. „Wie kann es sein, dass hier drei Tage lang eine Suchmannschaft herumstöbert und dein Rabauke findet ein abgerissenes Seil, das stark genug ist..." er legte den Kopf in den Nacken. „...um sich von dem Felsvorsprung" er deutete nach oben, „abzuseilen?"
Weyn nickte. „Lass uns schnell versuchen, irgendwie nach oben zu kommen, ich will unbedingt wissen, ob es oben eine Möglichkeit gibt, es zu befestigen", schlug er vor.
Es stellte sich jedoch als unmöglich heraus, durch das Dickicht hindurch und dann die steile Felswand hinauf zu gelangen. Die beiden Männer setzten sich erneut ins Boot und fuhren ein Stück am Ufer entlang zu einer geeigneteren Stelle.
Von dort aus marschierten sie erst querfeldein, dann auf dem Weg, den auch Hendrik und Janina genommen hatten bis zu der Stelle, an der sie bereits mit der Suchmannschaft gestanden hatten.
Weyn, der eine Zeit lang nachdenklich geschwiegen hatte äußerte sich mit einem Räuspern. „Ich glaube, ich weiß, warum Phil das Seil gefunden hat. Phil ist doch auf die Jagd abgerichtet. Sieh her:" Er hielt das Seil hoch. „Es muss in einem Haufen Fuchskot gelegen haben!" Er verzog das Gesicht. „Und ich habe genau hineingefasst."
Johnsen runzelte die Stirn. „Einmal angenommen, Hendriksen hätte sich abgeseilt, warum hat er dann sein Seil nicht mitgenommen?"
In dem Moment raschelte es plötzlich im Gebüsch und heraus trat ein blonder, gutaussehender Mann mit einem verwegenen Blick in den wasserblauen Augen.

Gesicht und Haare waren zerzaust und starrten wie auch die Kleidung vor Dreck. Kleine Äste hingen ihm im den Haaren und Schrammen waren auf seinen Unterarmen zu sehen.
Johnsen und Weyn fehlten die Worte. Das war eindeutig der Gesuchte!
Hendriksen stieß ein höhnisches Lachen aus und zauberte plötzlich wie aus dem Nichts eine Waffe hervor.
Er hielt eine Pistole auf die beiden Freunde gerichtet und noch bevor Johnsen reagieren konnte, ertönte ein lauter Knall und Weyn sackte in sich zusammen.
Dann richtete er den Lauf auf Johnsen.

Johnsen erwachte von seinem eigenen Schrei. Er lag schweißgebadet in seinem völlig zerwühlten Bett.
Er griff nach dem Wecker, der auf seinem Nachttisch stand, hielt ihn mit beiden Händen fest und starrte auf den wandernden Sekundenzeiger. Das regelmäßige Ticken der Uhr half ihm allmählich, seinen Atem zu beruhigen.
Was für ein Albtraum! Er war so realistisch gewesen, dass er immer noch glaubte, noch den Nachhall des Schusses in den Ohren zu haben.
Mühsam sortierte er seine Gedanken. Richtig, heute war tatsächlich eine Bootsfahrt geplant, ähnlich wie in seinem Traum würden sie diese Schotterstraße mit Weyns alter Kiste und in Phils Begleitung fahren. Ob sie tatsächlich etwas finden würden?
Grübelnd stellte Johnsen den Wecker zurück, stand auf und ging ins Bad, um sich eine Ladung kaltes Wasser ins Gesicht zu spritzen.
Das war eine Wohltat! Wieder und wieder tauchte er beide Hände in den Wasserstrahl und benetzte damit sein Ge-

sicht. Er drehte den Hahn wieder zu, rubbelte sich mit dem Handtuch trocken und betrachtete sein Spiegelbild.
Dunkle Augenringe und zerzauste Haare waren das Ergebnis dieses Albtraumes.
‚Ich sehe ja fürchterlich aus.' dachte er und beugte sich weiter nach vorne.
Die ersten weißen Härchen waren an seinen Schläfen zu erkennen. Alt wurde er auch noch.
Er beschloss, lieber das Licht wieder auszumachen und zurück ins Bett zu gehen. Solche Anblicke rufen sicherlich weitere Albträume hervor.
Er legte sich hin und drehte sich auf seine Einschlafseite nach rechts. Könnte es wirklich sein, dass Janinas Freund, den sie so sehr vermisst, am Leben war? Aber warum sollte er seinen Tod vorgetäuscht haben?
War womöglich eine andere Frau im Spiel?
Vor seinem geistigen Auge tauchte wieder Janinas hübsches Gesicht mit den traurigen Augen auf. Eine wilde Schönheit war sie, das musste er ihr zugestehen. Charakterlich fand er sie auch eher anziehend. Was mochte wohl alles in ihr stecken?
Er fiel allmählich wieder in einen unruhigen, leichten Schlaf.
Bis zum Morgen waren es noch mehr als 4 Stunden, doch es war bereits – oder immer noch – hell draußen.

7.) Stavanger

Ein paar Stunden bevor Johnsen von seinen Albträumen heimgesucht wurde, tigerte ein bulliger, solariumgebräunter Mann Ende Vierzig in seinem Appartement in Stavanger umher. Seine licht gewordenen Haare trug er nahezu zu einer Glatze geschoren, was seine schief gewachsenen Ohren unvorteilhaft hervorhob. Er zog immer die selben Kreise um den Glastisch herum, zum Fenster hinüber und wieder zurück. Währenddessen zog er intensiv an einer dicken Zigarre und blies Rauchwolken in die Luft. Die Schwaden hingen wie dichter Nebel in der Luft. Wenn er sich durch sie hindurch bewegte, verzerrten sie sich und begannen sich aufzulösen. Sein tragbares Telefon hielt er fest an sein bereits gerötetes rechtes Ohr und gab mit energischem Ton Anweisungen durch. Seine Stimme hallte durch die weiten Flure des Appartements. Er war gestresst. Er duldete keinerlei Verzögerungen mehr.
Die ganze Geschichte zog sich schon viel zu lange hin, wer weiß, wie lange es die Alte noch machen würde, ihr Gesundheitszustand verschlechtere sich zusehends.
Die Antworten, die vom anderen Ende der Leitung kamen, waren gewohnt knapp und eintönig. Der Mann am anderen Ende der Leitung hatte verstanden und würde seinen Auftrag in Kürze erfüllt haben. Ob es sich negativ auf das vereinbarte Honorar auswirkte, wenn er länger als vorgesehen bräuchte? Der Auftraggeber antwortet diesmal beinahe ebenso knapp mit einem geknurrtem:
„Mach einfach schnell, du bekommst das, was dir zusteht, auf mein Wort ist Verlass!"
Das schien dem anderen zu genügen, denn er schwieg. Schweigen heißt ja bekanntlich „zustimmen".

Olaf Gertsen legte auf und drückte die Zigarre in einem Aschenbecher auf dem Fensterbrett aus. Er ging zu seiner Wohnzimmervitrine und holte sich ein Glas und eine Flasche Bourbon heraus. Sein Plan war nicht gescheitert, noch konnte alles gelingen, auch wenn es länger dauerte als gehofft. Er goss sich ein, prostete dem schlecht gelungenen Porträt einer wuchtigen älteren Dame zu, das neben seiner Vitrine an der Wand hing und leerte sein Glas in einem Zug.
Nachdenklich betrachtete er das Porträt.
Hätte sie ihm doch wenigstens mehr vertraut. Aber nein, die werte Lady hatte Zeit ihres Lebens allen ihren Mitmenschen Misstrauen entgegengebracht. Gegen alles und jeden hatte sie eine Absicherung gehabt. Er musste zugeben, dass ihre Vorsicht oftmals angebracht gewesen war, immerhin war bis jetzt noch keines ihrer Geschäfte, von denen er die meisten übernommen hatte, aufgeflogen.
Er schüttelte den Kopf und schenkte sich nach.
Dass es so plötzlich mit ihr dahingehen würde, damit hatte er nicht gerechnet.
Über die Tragik seines Lebens sinnend, blickte er auf das Meer hinaus.
Auf die Idee, das Fenster zu öffnen, um frische Luft herein zu lassen, kam er nicht.

Genau 553 km weiter nordöstlich schloss Mia gerade das Fenster in Zimmer 26.

Die kleine Mia war guter Dinge, denn sie war ziemlich stolz auf sich. Sie hatte sich für eine Weiterbildung zur Stationsschwester beworben und war mit einer Empfehlung nach Oslo geschickt worden, um dort in der Kristia-

na–Klinik alles darüber zu lernen, was sie als solche wissen musste.
Sie gab sich große Mühe, den vielen Anforderungen gerecht zu werden, auch wenn es bedeutete, nächtelang durch zu arbeiten und – noch schlimmer: ein paar Monate lang von ihrem Geliebten getrennt zu sein. Wann immer es ging, telefonierten die beiden. Sie hatten sich immer etwas zu erzählen und Mia war froh um ihren Zuhörer.
Torsten hörte ihr stets aufmerksam zu und gab ihr das Gefühl, dass sie alle Hürden die vor ihr standen, bewältigen könnte.
Die hiesigen Oberärzte waren arroganter als die in Mosjøen, doch wenigstens gab es zwei Stationsschwestern, mit denen sie sich gut verstand.
Im Moment hatte sie Nachtdienst und drehte ihre stündliche Kontrollrunde. Aus der Intensivstation war ein leichtes Schnarchen zu hören. Sie öffnete leise die Tür und trat an das Bett heran, in dem eine alte, runzlige Frau lag. Atmung, Herzschlag, Schlafverhalten, alles in Ordnung. Sie warf einen Blick auf die am Fußende in einer Mappe befindliche Krankenakte:
Frau Gertsen, 81 Jahre alt, zwei Schlaganfälle, zur Zeit im künstlichen Koma.
Die christlich erzogene Mia sprach eine kurze Fürbitte für die alte Frau, hängte die Akte zurück und setzte ihren Rundgang fort.

8.) In der gemeinsamen Wohnung

Nachdem Jani bei den Nielsens ihre erste Nacht verbracht und sich zu einem gemeinsamen Frühstück zu ihnen an den Küchentisch gesetzt hatte, brachte sie stockend die Bitte hervor, in Hendriks und ihre gemeinsame Wohnung gebracht zu werden.

Herr Nielsen erklärte sich sofort bereit, Janina dorthin zu fahren, bevor er selbst zu seiner Arbeitsstätte fahren würde. „Das ist doch überhaupt kein Problem, Janina! Ich habe schon darauf gewartet, dass du mich darum bitten würdest."

Sie lächelte ihn dankbar an.

Die Fahrt verlief schweigend, der taktvolle ältere Mann wollte die junge Frau nicht in ihren Gedanken stören, mit denen sie offensichtlich schwer beschäftigt war. Er setze sie vor der Tür des mehrstöckigen Gebäudes ab, winkte noch kurz und drehte wieder um.

Janina sah das Auto um die Ecke verschwinden und blieb einen Moment auf der Schwelle stehen. Sie biss sich auf die Lippen und schloss kurz die Augen. Dann steckte sie den Schlüssel ins Schloss, drehte ihn herum und riss mit Schwung die Tür auf. Der Geruch abgestandener Luft strömte ihr entgegen.

Es war einfach unumgänglich, dass sie Kleidung zum Wechseln, Schuhe,Toilettenartikel, Geld und allerlei sonstige Dinge holte. Sie hatte vor, zunächst ihre Sachen in die Wohnung der Nielsens zu bringen und dann erneut mit Hendriks Mutter und seinem Sandkastenfreund Sven dessen Sachen zu holen und gemeinsam zu entscheiden, was damit geschehen soll.

Vermutlich würde alles zunächst einmal in Hendriks Jugendzimmer in seinem Elternhaus wandern und es würde seine Zeit brauchen, bis sich jemand dazu aufraffen würde, Hendriks Besitztümer in Augenschein zu nehmen und auszusortieren.
Eine grässliche Arbeit, an die sie gar nicht denken wollte.

Sie lief durch die Wohnung und begann, alle Fenster zu öffnen, um einmal ordentlich durchzulüften.
Dabei musste Janina an Hendriks Eltern denken.
Sie haben den Vorfall schlecht aufgenommen und werden es wohl lange nicht akzeptieren können, ihren verschollenen Sohn für tot zu erklären*.
Demnach müsste noch ein Jahr vergehen, ohne dass er tot oder lebendig gefunden wird.
Janina war heilfroh, dass der Kommissar nach dem Unglück die Aufgabe übernommen hatte, Hendriks Mutter über den Unfall ihres Sohnes zu informieren. Das anschließende Telefonat mit seinen Eltern war dann immer noch schlimm genug für Janina gewesen.
Man stelle sich das vor: sie hatte sich vor Hendriks Mutter rechtfertigen müssen, die ihr die Schuld gab, ihren Sohn zu diesem Ausflug überredet zu haben. Dann hatte auch noch Hendriks Vater das Telefon an sich gerissen. Der hatte sie genau wie seine Ehefrau mit Anschuldigungen überhäuft, bis Janina aufgelegt hatte. Sie hatte sich dafür verflucht, dass sie sich dazu hinreißen lassen hatte, mit ihnen zu sprechen.
Sie konnte gut verstehen, warum Hendrik früh begonnen hatte, selbstständig zu werden und das Elternhaus bereits mit 18 Jahren verlassen hatte, um auf eigenen Beinen zu stehen. Seinen klammernden Eltern zu entkommen, muss-

te einem Gefängnisausbruch nahekommen! Weg von der Mutter, die ihr einziges Kind viel zu sehr behütet und fort von den vielen vorgeschriebenen Regeln des strengen Vaters.

Es behagte ihr nicht, daran zu denken, dass sie wohl irgendwann wünschen würde, seine sterblichen Überreste mögen gefunden werden, um sie wenigstens Gewissheit über seinen Verbleib zu haben.
Nachdem sie alle Fenster geöffnet und die Post aus dem Briefkasten auf den Küchentisch gelegt hatte, stellte sie das Radio an. Sie suchte nach einem Sender mit fröhlicher Musik, um ihre triste Stimmung zu vertreiben und machte sich ans Werk. Mit den Beatles und „Rocky Rackoon" begann sie damit, die Dinge einzusammeln, die sie zwar nicht unbedingt jeden Tag brauchte, die sie jedoch vermisste.

*In Norwegen scheint die Gesetzeslage ähnlich wie in Deutschland zu sein. Sie hatte nach ihrer Ankunft in Oslo am Laptop ihrer Vermieters folgendes gegoogelt:

Abschnitt 1. Des Verschollenheitsgesetzes:
Voraussetzungen der Todeserklärung. Lebens- und Todesvermutungen:

§ 1. (1) Verschollen ist, wessen Aufenthalt während längerer Zeit unbekannt ist, ohne dass Nachrichten darüber vorliegen, ob er in dieser Zeit noch gelebt hat oder gestorben ist, sofern nach den Umständen hierdurch ernstliche Zweifel an seinem Fortleben begründet werden.

(2) Ist der Verschollene unter Umständen vermisst, die eine hohe Wahrscheinlichkeit seines Todes begründen, so wird die in Absatz 1 bestimmte Jahresfrist von dem Zeitpunkt ab berechnet, ab dem er vermisst worden ist.

Die Sonne kam durch die Wolken und Janina erwischte sich dabei, dass sie begonnen hatte, zu der Musik aus dem Radio zu pfeifen. Nachdem sie damit fertig war, Dinge aus dem Badezimmer die sie benötigte und diverse Kleidungsstücke einzupacken, ging sie ins Wohnzimmer und hielt nach persönlichen Dingen Ausschau.
Allen voran war da ihre Holzschatulle, in der sie ihre Briefe aufbewahrte. Es war eine alte, schöne mit Ornamenten verzierte, kleine Kiste – ihre Schatzkiste, die sie von ihrer verstorbenen Großmutter geerbt hatte.
Ihre Großmutter war eine starke Persönlichkeit gewesen, die sich durch nichts und niemanden Grenzen setzen ließ. Ihre größte Leidenschaft war das Reisen gewesen und sie hatte im Laufe ihres Lebens viele Länder, ob nah oder fern bereist und stets daran gedacht, Andenken mitzubringen. Dieses Holzkistchen stammte von einer Amerikareise und sie hatte es von einem Beothuk, einem Ureinwohner Neufundlands geschenkt bekommen.
In einem Anflug von Melancholie öffnete sie es, obwohl sie sich eigentlich vorgenommen hatte, zügig ihre Packaktion zu erledigen und so schnell es ginge, wieder zu fahren, um nicht in verzweifelter Trauer zu versinken.
Zuoberst lag ein Umschlag, in dem sich ein Brief befand, den sie für Hendrik geschrieben hatte. Er war für ihren Jahrestag bestimmt gewesen, sie hatte vorgehabt, ihm den Brief nach ihrer Rückkehr von ihrem letzten gemeinsamen zu Urlaub geben.
Nun musste sie ihm den Brief wohl ins Grab legen.
‚Dann ist es wenigstens nicht ganz leer', dachte sie bitter und schluckte den dicken Kloß im Hals hinunter.
Sie nahm das Geschriebene aus dem Kuvert, setzte sich an den Küchentisch, faltete das Papier auseinander und be-

gann zu lesen, was sie in ihrer geschwungenen und doch geraden Handschrift für ihn aufgesetzt hatte.
Beim Lesen musste sie ein paar Mal unwillkürlich nicken. Sie konnte immer noch jeden ihrer Sätze von tiefstem Herzen bestätigen.
Sie erinnerte sich noch gut daran, wie sie sich eines Abends, nach einem frustrierenden Tag in der Uni, an dem alles schief gegangen war, was hätte schief gehen können, im Schein einer Kerze an diesen Tisch, an dem sie auch jetzt saß, gesetzt hatte und einfach aufgeschrieben hatte, was ihr durch den Kopf gegangen war.

Lieber Hendrik,

Du sollst wissen, dass ich noch nie in meinem Leben einen Liebesbrief geschrieben habe, doch ich glaube, nun ist es an der Zeit, dass ich endlich diesen Versuch wage, in der Hoffnung, mich vor Dir nicht völlig zu blamieren. :-)
Als ich Dich kennenlernte, fühlte ich mich, wie wahrscheinlich auch der gesamte Rest meiner Kommilitoninnen, zunächst von deinem Äußeren angezogen.
Du bist ein äußerst gutaussehender Mann, Hendrik und deine Natürlichkeit und Dein herzliches Lachen haben mich vom ersten Moment an verzaubert (...doch das vergisst Du am besten ganz schnell wieder, sonst wirst Du noch eingebildet!:-))
Doch das allein ist es nicht, das ich so sehr an Dir liebe.
Es ist Dein Wesen. Kein anderer Mann ist mir je begegnet, der so ist, wie Du. Du bist derjenige, der mit mir das Fernweh, die Sehnsucht nach der unberührten, reinen Natur teilt.
Seit ich denken kann, träume ich von der großen Freiheit und sehnte mich als Kind nach meinem 18. Geburtstag, von dem ich glaubte, er würde sie mir endlich schenken – doch weit gefehlt!

Gefangen in meinem alltäglichen Trott hatte ich kaum Gelegenheit, meine Sehnsüchte und Wünsche auszuleben und dem zuweilen tristen Alltag zu entfliehen.
Du hast mir gezeigt, dass Freiheit im Kopf beginnt, hast mich einfach genommen und bist mit mir hinaus ins Fjell gefahren.
Durch Dich habe ich gelernt, auch einmal etwas zu wagen und meine Möglichkeiten zu nutzen.
Dafür bin ich Dir zutiefst dankbar!
Wir beide haben ein gemeinsames Ziel:
Wir wollen die Natur in all ihrer Schönheit, Stärke, aber auch Härte und Grausamkeit erleben. Leben bedeutet für Dich, wie für mich, die Stille der Berge und Täler ohne Lärm und Verschmutzung der Menschen zu erleben.
Es macht uns nichts aus, zu schwitzen, frieren, hungrig, schmutzig und zerschunden abends das Zelt aufzubauen, wenn wir dafür in klarem Wasser baden, die Sonne auf der Haut spüren und die Tiere in ihrem ungestörten Dasein beobachten dürfen.
Ich bin überglücklich, Dich gefunden zu haben, ein Leben ohne Dich kann und will ich mir nicht mehr vorstellen!

In tiefster Verbundenheit,

Deine Jani

‚Naja, das mit der „tiefsten Verbundenheit“ hört sich doch ein wenig kitschig an, und auch der Rest ist vielleicht manchmal ein bisschen altbacken formuliert, doch erstens trifft der Text es genau auf den Punkt und zweitens: was spielt das jetzt noch für eine Rolle?'
Janinas nüchterne Betrachtungsweise war ihr Selbstschutz. Ihr Leben ging schließlich weiter, auch ohne ihn. Das hatte sie ihm sogar versprochen.
Sie gab sich einen Ruck, legte den Brief vorsichtig zurück und verschloss das Kästchen wieder, bevor sie aufstand, in die Hände klatschte und sich wieder an die Arbeit machte.

Sie war zügig und methodisch vorgegangen, hatte bereits drei große Koffer vollgepackt und bemühte sich gerade, noch eine Regenjacke durch den halb zugezogenen Reißverschluss des letzten Koffers zu stopfen, als ihr plötzlich innehielt.
Siedend heiß war ihr etwas eingefallen: ‚Unser Versteck!'
Sie stemmte sich auf die Öffnung, zog mit ganzer Kraft den Reißverschluss des Koffers zu, betete, dass er halten möge und ging noch einmal in das Schlafzimmer zurück .

Hendrik war ein leidenschaftlicher Bastler. Er widmete sich mit Begeisterung allem, was mit Holz zu tun hatte, und hatte schon einige Male ein gewisses Geschick im Umgang damit bewiesen. Er hatte sogar einen Teil des Mobiliars ihrer Wohnung in der Werkstatt seines Onkels selbst gezimmert.
Es war sein Einfall gewesen, im Schlafzimmerschrank ein Geheimfach einzubauen. Hendrik und Janina hatten darin ihren Bargeldvorrat und ein wenig geerbten Goldschmuck und ähnlichen wertvollen Kleinkram aufbewahrt.

Hendrik hatte dem Geheimversteck zudem seine Tagebücher anvertraut. Das Geheimfach war eher spielerisch gemeint und wenn, dann zum Schutz vor Dritten gedacht.
Es wäre ihr im Traum nicht eingefallen, in seinen Büchern zu lesen und das wusste er auch. Nicht einmal jetzt, wo er verschwunden war, hatte sie daran gedacht. Nein, sie hatte ihm einmal geschworen, ihm diese Bücher mit ins Grab zu legen, damit alle seine Geheimnisse und Gedanken mit ihm gehen würden.
Sie hatte schlichtweg vorgehabt, den kleinen Stapel Tagebücher mitzunehmen, und sie in ihrer Nähe aufzubewahren, um einen Teil von ihm bei sich zu wissen. Und zum Schutz vor seiner Mutter, die ihre neugierige Nase sicherlich hineinstecken würde, was ihr wie ein Frevel vorkam.
Als sie nun das Geheimfach, einen doppelten Boden in der Schrankoberseite, öffnete und hineinfühlte, ertastete ihre Hand sofort ihre kleine Schatulle. Sie hob sie behutsam heraus und legte sie auf ihren Koffer. Sie würde sich noch eine Tüte nehmen müssen, um sie transportieren zu können...
Dann kehrte sie zurück und streckte die Hand erneut in das Fach, um die Bücher zu holen. Sie tastete immer tiefer hinein, fühlte nichts, holte sich einen Stuhl, stieg hinauf und blickte verwundert in das Fach hinein.
Es war leer!

9.) Hamburg

Die Pilzsammler, normalerweise trifft es immer die armen, unschuldigen, naturverbundenen Schwammerljäger, die im Wald nichts Böses ahnend nach den schmackhaften Schwämmen suchen. Doch dieses Mal war es anders. Dieses Mal war es ein betrunkener, nach Erbrochenem stinkender, grauhaariger Kerl, namens Sören der mit einer Flasche Bier in der Hand nach Hause torkelte. Der unrasierte Mensch war zum Leidwesen seiner Mitfahrer in einen Bus gestiegen, hatte dort herumgepöbelt und war, nachdem es dem Fahrer zu bunt geworden war, hinausgeworfen worden.

Der Busfahrer und einer seiner Stammfahrgäste packten den nicht mehr zurechnungsfähigen Trunkenbold, einer links, einer rechts, beide mit von ihm abgewandten Gesichtern und schleiften ihn die Stufen des Fahrzeuges hinunter.

Sie ließen ihn gleichzeitig los, froh, ihn nicht mehr anfassen zu müssen und wischten sich synchron die Hände an den Hosen ab.

Der murrende Expassagier drohte umzukippen, sobald er losgelassen worden war und während sich der Fahrer bereits umgedreht hatte, um so schnell wie möglich seine Fahrt fortzusetzen, gab sich der hilfsbereitere der beiden, der Fahrgast einen Ruck und stützte ihn, bis dieser Halt an einem Zaun fand.

Es wurde ihm nicht gedankt. Zwei leere, trübe Augen, die nicht begriffen, warum er denn nicht mehr weiter mitfahren durfte, blickten ihn an.

Ein wenig peinlich berührt, richtete der Büroangestellte seine Krawatte und machte, dass er wieder in seinen Bus kam.
Zurück blieb ein sich suchend umherblickender Sören.
Ob er wohl zu der Erkenntnis gelangte, dass er im Hamburger Hafenviertel gelandet war?
Ein tiefer Seufzer entfuhr seinen rissigen Lippen. Er hatte zur Zeit auch einfach kein Glück.
Letztes Wochenende hatte er Hausverbot in seiner Stammkneipe bekommen. Das war der Grund, weshalb er dieses Mal ein wenig weiter weg in ein anders Lokal gegangen war, um seinen Frust im Alkohol zu ertränken. Anfang der Woche hatte er seinen Job verloren, in dem daraus resultierenden Streit hatte ihm seine Freundin den Laufpass gegeben und dann war heute auch noch sein 50 Geburtstag, der schrecklichste Ehrentag, den er je gehabt hatte.
Ihm war das alles einfach zu viel gewesen. Sören hatte nur eine Lösung aus dieser Tragödie gesehen:
Trinken bis ins Delirium.
Er blickte mit glasigen Augen nach rechts zum Kai und brabbelte leise wirres Zeug vor sich hin. Plötzlich tauchte ein Laternenpfahl vor ihm auf. Nachdem er ihn erst höflich gebeten hatte, den Weg frei zu machen, versuchte er es erneut, bestimmter, wurde jedoch wieder ignoriert. Mit einer lauten Schimpftirade schwankte er um den sturen Pfahl herum und holte mit seiner halbleeren Flasche zum Schlag aus. Da wollte wohl einer Ärger!
Es kam, wie es kommen musste: Die Flasche ging zu Bruch, ein Splitter bohrte sich tief in seine Hand und der plötzliche Schmerz jagte ihm einen gehörigen Schrecken ein. Mit einem überraschten Schrei wankte der verletzte Mann nach links, weg vom Hafenwasser und torkelte jammernd

in eine Containergasse, die blutende Hand an sich gedrückt.
Im Schatten der Container war es stockdunkel. Er stolperte und fiel hin. Aber diesmal hatte er Glück gehabt: er hatte sich nicht erneut verletzt, er war weich gefallen. Und siehe da: da liegt ja noch einer! Bestimmt genauso eine arme Sau wie er! Mit schwerfällig gehorchender Zunge sprach Sören die Gestalt am Boden an.
Doch genau wie zuvor der Laternenpfahl ihn keines Wortes gewürdigt hat, blieb auch dieser Mann stumm.
Der verirrte Sören war zu betrunken, um die Situation zu erfassen. Wie ein gehänseltes Kind fühlte er sich nicht wahrgenommen und von Gott und der Welt verlassen. Niemand nahm Notiz von ihm und zu allem Übel wurde ihm jetzt auch noch schlecht. Er trat ein paar Schritte zurück und übergab sich.
Schließlich kauerte er sich in einer dunklen Ecke nieder und schlief halb sitzend ein. Sein lautes Schnarchen hallte durch die Containergasse. Doch das schien niemanden zu stören.

Erst am nächsten Morgen sollte Sören mit brummendem Schädel aufwachen, angewidert die Nase rümpfend, an sich herunterblicken und sich wage an den Ignoranten aus der Vornacht erinnern.
Die Hoffnung, eine noch ärmere Kreatur als er selbst war, zu finden, würde sein Antrieb sein, um sich zwischen den Containern auf die Suche zu begeben.
Er würde dann um ein Haar in seiner bereits leicht angetrockneten Lache aus Erbrochenem ausrutschen, die Beine in die Hand nehmen, und aus sicherer Entfernung mit zitternden Händen das Handy aus der Tasche ziehen.

Die Polizisten, die in kurzer Zeit auftauchen würden, hätten dann einiges zu tun.
Allen voran die leidgeprüfte Spurensicherung, die es mit einem von DNA-Spuren übersäten Tatort zu tun bekommen würde.

...stand in geschwungenen Lettern auf der Innenseite der Uhr eingraviert, die der Großvater gerade von seiner Geliebten zur Hochzeit geschenkt bekommen hat. Noch wusste er nicht, dass er einmal Vater zweier Töchter werden wird und sogar fünffacher Großvater.
Alles, was er wusste war, dass er sprachlos über diese wunderschöne Taschenuhr war. Sie baumelte an einer silbernen Kette und legte sich schmeichelnd kühl in seine Handfläche. Mit leisem, regelmäßigen Ticken bewegten sich die filigranen Zeiger über das nostalgische Ziffernblatt. Öffnete man sie mit Hilfe des kleinen Knöpfchens an der Oberkante, so sprang sie lautlos auf und offenbarte ihr Innenleben. Hier sauste die Unruh in ihrem beharrlichen Rhythmus und auf der Innenseite des Deckels ist ihrer beider heiligster Tag verewigt.
Es war nicht der Tag ihrer Trauung.
Es war der Tag an dem sie sich kennen und sogleich auch lieben lernten, der 22.08.1883.
Ein Datum, das niemanden sonst interessierte außer die beiden.
Sein Herz machte einen Sprung. Sprachlos vor Glück nahm er seine Geliebte in die Arme und küsste sie zärtlich auf ihre weichen Lippen.
Auch sie strahlte. Ihm gefiel also ihr Geschenk!
Dann traten beide Hand in Hand an das Geländer ihres Balkons, um den Sonnenuntergang zu betrachten.
Die Uhr würde noch zwei Generationen in Familienbesitz bleiben und sollte noch eine bedeutende Rolle spielen.

133 Jahre später hielt ein alter Mann die selbe Taschenuhr liebevoll in seinen rauen Händen.

Die Uhr musste jeden Morgen aufgezogen werden, sonst blieb sie stehen. Bedächtig drehte der alte Herr an dem kleinen Rädchen. Als er fertig war, ließ er den Deckel aufspringen und fuhr sachte mit den Fingern über die Gravur an der Deckelinnenseite. Ein Datum und der Name einer Stadt standen dort. Dahinter war eine Liebeserklärung zu lesen.
Eine selten hübsche Taschenuhr, wie er fand. Zu schade, dass er nichts über ihre Geschichte wusste. Sie gehörte ihm ja nicht einmal.
Er lauschte eine Weile sinnend dem beruhigenden Ticken der Taschenuhr und blickte dabei sehnsüchtig aus dem Fenster, bevor er sie wieder auf ihren Platz zurücklegte.
Wenn sie nur reden könnte, sie könnte viele Abende mit ihren Geschichten füllen.
Und wenn sie wüsste, welche Bedeutung sie für manch einen auch heute noch hat, würden ihre Zeiger dann immer noch wie seit über 100 Jahren so fröhlich und leicht über das Ziffernblatt wandern?

11.) Am Hundalvatnet

Da das Bootshaus zum DNT gehörte, bei dem Johnsen schon seit Jahrzehnten Mitglied war, kostete es ihn nur einen einzigen Anruf, um sich eine Bootsfahrt auf dem Hundalvatnet zu organisieren. Gegen 9:00 Uhr tuckerten Johnsen, Weyn und dessen Hund gen Süden. Zuerst wollten sie sich einmal den verhängnisvollen Vorsprung vom Wasser aus ansehen.

Johnsen hatte ein Dejavù. Die Anfahrt mit dem Jeep, die Bootsfahrt, der Blick nach oben auf die steile Felswand – alles war genau wie in seinem Traum. Nur blieb leider - oder vielleicht zum Glück?- die Suche am Ufer ergebnislos. Einer Eingebung folgend, bat er seinen Kollegen, wieder zurück ins Boot zu steigen und den Motor anzulassen. Er wollte einmal das gesamte Ufer des Sees abfahren.
Dadurch würde sich ihre Fahrt zwar erheblich in die Länge ziehen, doch für heute standen keine wichtigen Termine an und wenn sie das DNT – Boot erst abends zurückbringen würden, ginge das auch in Ordnung. Johnsen kannte seinen Verein. Solange er den Tank wieder nachfüllte, gab es keine Probleme. Einen vollen Benzinkanister hatte er vorsorglich in Weyns Jeep deponiert.
Johnsen beschloss, diese kleine Auszeit einfach zu genießen, sollten sie nichts finden.
Man konnte sich schließlich Schlimmeres vorstellen, als in einer herrlichen Gegend bei strahlendem Sonnenschein eine stundenlange Bootstour zu unternehmen. Andere mussten ihre Ermittlungsarbeiten in abgasverpesteten Großstädten durchführen.

Weyn startete den Motor und fuhr erneut los, seinen schwanzwedelnden Phil neben sich stehend und den grübelnden Kommissar auf der Sitzbank. Johnsen traute sich nicht, von seinem Traum zu erzählen und blickte stumm auf die vorbeirauschenden Birken am Ufer. So fuhren sie ein paar Minuten schweigend dahin, jeder in seine Gedanken vertieft.
Mit einem Mal fiel bei Johnsen der Groschen. Er wandte sich mit aufgeregter Stimme an seinen Kollegen: „Thor, halte bitte Ausschau nach Buchten, fahre so nah es geht, am Ufer entlang und in jede Bucht hinein, in die wir passen!"
Weyn zuckte erschrocken zusammen, der Ausruf seines Freundes war wie aus dem Nichts gekommen.
Ein wenig verwundert über diese plötzliche Anweisung, nickte er und strengte seine Augen an.
„Was hoffst du denn zu finden?", fragte er ihn nach einer Weile.
- „Ein Boot," war die knappe Antwort.
Weyn hakte nach. „Ein Boot, das Hendriksen genommen hat?"
- „Oder mit dem er woanders hin gebracht worden ist. Das können wir schließlich noch nicht ausschließen." Weyn verstand. Hendriksen konnte genauso gut einen Komplizen gehabt haben, der ihn fortgebracht hatte. Vorausgesetzt natürlich, dass Hendriksen nicht doch irgendwo mausetot herumtrieb. Weyn dachte nach. Hatte jemand Hendriksen aus dem Weg schaffen wollen? Die Frage war nur: Wieso der Aufwand? War es richtig gewesen, Frau Schwalb so unverrichteter Dinge abreisen zu lassen? Was sie nicht in höchstem Grade verdächtig?

Weyn wusste, dass ein Großteil der Morde in Europa Beziehungstaten waren. Auch wenn Frauen dabei seltener zur Gewalt neigten als Männer – man durfte bei einer Ermittlung keine noch so geringe Wahrscheinlichkeit außer Acht lassen.
Weyn warf einen heimlichen Blick auf den geistig abwesend wirkenden Jørn und beschloss, seine Gedankenspiele vorerst für sich zu behalten.

Auf diese Weise, jede größere Bucht absuchend und hinter jeden massiveren Felsen schauend, setzten sie die Fahrt fort.
Mal ging es schneller voran und zwischendurch drosselte Weyn die Geschwindigkeit, wenn es galt, einen Blick in eine verwinkelte Felsnische oder in dichtes Gebüsch am Ufersaum zu werfen.
Sie waren bereits eine halbe Stunde unterwegs. Johnsen schätzte, dass sie in etwa weiteren 40 Minuten wieder am Ausgangspunkt angelangt sein müssten, wenn sie weiterhin mit 30-40 Stundenkilometern fuhren.
Von ihrem Ausgangspunkt, der Absturzstelle aus müssten sie dann wieder zurück zur Bootsanlegestelle fahren, wo Weyns Auto stand. Das würde sie eine weitere knappe Viertelstunde kosten.
Als der Kommissar wieder einmal eine Einbuchtung am Ufer ausfindig machte und Weyn, der beinahe daran vorbei gefahren wäre, darauf hinwies, wurden sie endlich fündig.
Weyn pfiff bewundernd durch die Zähne. „Vielleicht hast du Recht gehabt!“ Er steuerte das Motorboot ans Ufer und stieg aus, um es zu vertäuen. „Nein, Philly, bleib! du bleibst schön an Bord, du Schlingel.“ Weyn packte den Hund am

Halsband und band ihn, sein protestierendes Gewinsel und den traurigen Blick aus den bernsteinfarbenen Augen ignorierend, am Boot an.
„Sonst reißen mir die von der Spurensicherung den Kopf ab", fügte er beinahe entschuldigend als Erklärung hinzu und klopfte seinem Hund auf den Rücken. Phil hörte den versöhnlichen Ton in der Stimme seines Herrchens und legte sich brav hin.
Seine zuckenden Ohren verfolgten jedoch jeden Schritt seines Herren, der sich zu seinem Kollegen und Freund umdrehte, der bereits ausgestiegen und an das kleine Boot am Uferrand, herangetreten war. Das Boot war mit einer Plane abgedeckt worden, die es mit ihren Carmouflagefarben sehr gut tarnte.
Die Plane war jedoch verrutscht und das weiße Heck des Bootes spitzte darunter hervor. Das war ihr Glück gewesen, denn ohne diesen verräterischen hellen Fleck wären sie an dieser Stelle vorbeigefahren.
Mit einem Taschentuch hob Johnsen eine Ecke der Abdeckung hoch und lugte darunter.
„Ruf bitte Björn an. Sag ihm dass wir uns am nördlichsten Zipfel des Sees befinden, von hier aus führt einer der wenigen guten Wege nach Norden zum Vefsnfjord. Eine selten gute Möglichkeit, von hier schnell wegzukommen...
und was auch immer er dir erzählen möge, bitte beharre darauf, dass sie trotz der Kosten mit dem Heli kommen sollen, denn es gibt keine andere Möglichkeit, diese entlegene Stelle zu erreichen!
Der einzige Weg, der von hier aus wegführt, endet am Fjord, am Ufer des Meeres, wo es weder Häuser, eine weiterführende Straße, noch einen Hafen gibt. Nur einen Steg und eine Bootsanlegestelle für Angler."

Weyn schaute ihn verblüfft an.
„Du scheinst sich ja sehr gut hier auszukennen!“
Johnsen nickte nur. Es war nicht der rechte Zeitpunkt, um über seine Vergangenheit zu reden.
Weyn fragte gar nicht erst, warum sein Kollege das alles nicht selbst in die Wege leitete. Er wusste nur zu gut, dass Johnsen Telefonate mied, so gut es eben ging.
Also gehorchte er und wählte die Nummer der Spurensicherung. Der Kollege, der den Anruf entgegennahm, klang zwar nicht gerade begeistert von diesem abgelegenen Zielort und warnte, dass es ein bis zwei Stunden dauern könnte, bis sie ankämen, doch innerlich jubelte auch er, als er auflegte. Im Polizeipräsidium brach reger Trubel aus, als diese Nachricht die Runde machte.
Vielleicht gab es ja doch noch eine Spur nach der ganzen erfolglosen Suche!
Und abgesehen davon...ein Ausflug ins Grüne war eine willkommene Abwechslung zu dem grauen Büroalltag.
Weyn legte auf.
„Es dauert eine Weile, hat es geheißen.“
- „Gut, dann haben wir noch ein wenig Zeit, um uns in Ruhe umzuschauen.“
Bemüht, einen möglichst großen Bogen um das Boot zu machen, um keine Fußabdrücke in seiner Nähe zu hinterlassen, sahen sich die beiden Beamten aufmerksam die Umgebung an.
Dabei vermieden sie, so gut es ihnen möglich war, alle überflüssigen Schritte, die eventuelle Spuren zunichte machen konnten.
Es dauerte wirklich über eine Stunde, bis der Hubschrauber endlich kam. Johnsen und Weyn stellten sich vor das DNT - Boot und winkten. Der Pilot hatte sie schnell ent-

deckt und landete in einiger Entfernung auf einer matschigen, aber tragfähigen Wiese.
Die weißen Mondmenschen stiegen aus und stapften ihnen entgegen.
„Grüß dich, Jørn, hei Thor, na was haben wir denn da schönes?"
Der Chef der Spurensicherung hatte ursprünglich Medizin studiert, was an seiner Sprechweise gelegentlich zu erkennen war.
Er bediente sich gerne Formulierungen wie „wie geht es uns" oder „was haben wir", typische Floskeln, die jeden Patienten ein gequältes Lächeln entlockten, wenn der Arzt sie benutzte.
Johnsen erklärte kurz, dass er das Boot auf DNA-Spuren abgesucht haben wollte, die Füllmenge des Tanks wissen müsse - leider hatte dieses alte Boot keine intakte Tankanzeige - und dass untersucht werden solle, ob das Gefährt insgesamt überhaupt fahrtüchtig sei. Kurzum, ob nicht ein verschollener Mann vor kurzem damit gefahren sein könnte.
Björn, der Chef, machte große Augen. „Du meinst also, unser verschwundener Wandersmann ist irgendwie von dem Felsvorsprung heruntergekommen, hat sich in ein Boot gesetzt und ist hierher, zum Nordufer gefahren? Und seine Verletzung?"
- „Ach ja genau, es wäre interessant, wenn ihr Blut fändet. Selbstverständlich muss dann damit ein DNA-Abgleich gemacht werden.
Ihr habt ja vom Rucksack unseres Verschollenen DNA-Spuren genommen?"
Björn nickte. „Er wäre der Erste, der nicht ein Haar, eine Schuppe oder sonst etwas verloren hätte. Lass uns nur ma-

chen. Aber gib uns ein wenig Zeit, damit wir gründlich vorgehen können."

Johnsen war vorerst zufrieden. Björn wandte sich mit einem „so, dann wollen wir mal!" an seine beiden Gefolgsleute und stiefelte auf das Boot zu.

Die drei Männer zogen sich Gummihandschuhe an, stülpten sich Haarhauben über und machten sich ans Werk.

Johnsen hatte nicht vor, ihnen dabei untätig zuzusehen.

„Thor, komm, schnapp' dir den Hund, wir gehen Gassi!"

„Wohin willst du denn noch, doch nicht etwa…?"

Thor ließ die Mundwinkel hängen. Johnsen grinste.

„Oh doch, genau das! Wir gehen den Weg entlang und schauen, ob man ihm immer noch bis zum Fjord folgen kann."

Er warf einen weiteren Blick auf Weyns missmutiges Gesicht und fügte hinzu: „Ich kann ja mit dem Piloten reden, dass er uns dann später aufsammelt."

Diese Aussicht hob Thors Laune sichtlich und er ging los, um den Hund zu holen, der sich freute, dass ihm endlich wieder ein bisschen Aufmerksamkeit zuteil wurde.

Janina war völlig durch den Wind und ließ sich auf dem Küchenstuhl nieder. ‚War es möglich, dass er die Bücher woanders versteckt hatte? Aber das hieße ja, dass er ihr misstraut hatte! Oder hatte er sie mitgenommen? Nein, das konnte auch nicht sein, sie hatte seinen Rucksack ja bereits ausgepackt.‘
Also mussten sie irgendwo anders versteckt sein. Nachdem Janina eine Weile nachdenklich dagesessen hatte, wurde sie wieder aktiv. Forschend blickte sie sich im Zimmer um. Dann stand sie auf, ging in die Küche, drehte die Musik lauter und machte sich auf die Suche nach Hendriks Heiligtum.
Sie klopfte alles in der Wohnung ab, was aus Holz bestand, in der Hoffnung, ein weiteres Geheimfach zu finden. Sie legte sich flach auf den Bauch und schaute unters′ Bett, sie durchsuchte jede Nische, fasste sogar zwischen Hendriks zusammengelegte Jeanshosen in seinem Schrank. Nichts. Dann fiel ihr Blick auf das Bücherregal.
Sie trat darauf zu und stöberte zwischen den Büchern herum. Waren die Tagebücher etwa hinter den Romanen und Reisebüchern der beiden versteckt?
Leider fand sie auch hier nichts. Verzweifelt hob sie die Hände. Sie war kurz davor, aufzugeben.
Enttäuscht zog sie ein Fotoalbum aus dem untersten Fach und schlug es auf den Knien auf. Sie blätterte durch Hendriks Jugendfotos. Er hatte sich in den letzten sechs Jahren nicht groß verändert. Nachdem sie ein paar Seiten durchblättert hatte, schlug sie es wieder zu und warf es kurzerhand auf den Haufen, der später in ihre Tasche sollte. Sie

hatte keine Zeit, herumzutrödeln, sie musste die Tagebücher finden! Noch einmal begab sie sich auf die Suche.

Nach gefühlt stundenlanger Suche gab sie endgültig auf und ließ sich rücklings aufs Bett fallen. Wo könnte er sie nur versteckt haben? Könnte er sie jemandem - nicht ihr?! - anvertraut haben?
Auf die Schnelle fiel ihr nur Sven ein, Hendriks bester Freund.
Sie fuhr erschrocken zusammen.
Oh Gott, Sven! Den hatte sie ja ganz vergessen. Er wusste ja noch gar nichts von Hendriks Tod. Sie bezweifelte, dass Hendriks Eltern ihn informiert hatten, da sie wusste, dass der Draht zwischen ihnen nicht der Beste war.
Schlechtes Gewissen breitete sich in ihrer Magengrube aus. Sie beschloss, ihn gleich anzurufen, doch niemand meldete sich. Sie blickte auf die Uhr. Es war gerade einmal 11:00 Uhr, eigentlich noch zu früh für die Mittagspause. ‚Vielleicht ist er gerade in einer Besprechung... wo auch immer er sein mag...in seinem Job ist er sehr viel unterwegs...ich werde es einfach später noch einmal versuchen‘, dachte sie sich.

Janina angelte den Autoschlüssel für ihren alten Fiat aus der Schublade im Hausgang, wuchtete ihr Gepäck vor die Wohnungstür und sperrte sie sorgfältig zweimal ab.
Sie wusste, dass sie viel Unnützes miteingepackt hatte, sogar vor den Fotoalben hatte sie nicht Halt gemacht. Aber sie brauchte einfach irgendetwas von Hendrik, womit sie sich beschäftigen konnte.

Sie schleppte ihre Taschen hinunter in die Garage, verstaute sie im Kofferraum und fuhr zu ihrer Dachgeschosswohnung bei den Nielsens.
Es war ein gutes Gefühl, endlich wieder im eigenen Auto zu sitzen und auch wenn es nur ein rostiger, alter Fiat Punto war:
Für sie bedeutete ein eigenes Auto mehr Unabhängigkeit.
Sie parkte ihren Wagen an der Straße zum Grundstück ihrer Vermieter und begann, ihre Taschen auszuladen.
Bis in die Abendstunden war sie beschäftigt, auszupacken und fuhr noch einmal in die Stadt, um ein paar Besorgungen zu erledigen.
Zwischendurch rief sie erneut bei Sven an und hinterließ dieses Mal eine Nachricht auf seiner Mailbox mit der Bitte, sie bald möglichst zurückzurufen. Als sie nicht mehr wusste, was sie nun noch Sinnvolles tun sollte, schnappte sie sich eines der mitgebrachten Fotoalben und legte sich bäuchlings auf ihr Bett. Sie schlug das Album auf.
Es stammte aus dem Jahr 2012, Hendriks Abschlussjahr. Ihr Blick fiel auf sein letztes Klassenfoto. Sie beugte sich dichter darüber und kniff die Augen zusammen. Seufzend rollte sie sich seitlich vom Bett und holte eine Lupe aus der Küche.
Sie beugte sich erneut über das Foto. Hendrik schien gerade über einen Scherz zu lachen, den der kleinere, stämmigere junge Mann rechts neben ihm gemacht haben muss, denn die beiden grinsen sich an. Den Fotografen ignorieren sie dabei völlig. Janina ließ ihre Lupe nach links wandern. Dort stand Sven, da war sie sich sicher. Dann müsste der kleinere Mann Roal sein.

870 Kilometer nördlich von Oslo saß Johnsen an seinem Schreibtisch und versuchte, das Telefon zu hypnotisieren. Ruft doch endlich an, Himmelherrgott! Wie lange kann denn so eine DNA-Analyse dauern? Doch nicht so lange!
Er wandte mit Mühe seinen Blick vom Telefon ab und ließ ihn über seinen Schreibtisch schweifen, auf dem wie immer alles andere als Ordnung herrschte.
Sein Blick wanderte hinüber zu Weyns penibel aufgeräumten Arbeitsplatz. Ein Seufzer entfuhr ihm. Nach Aufräumen und Papierkram sortieren war ihm nun gar nicht zumute. Seine Gedanken kreisten um Hendriksens Verschwinden.
Was könnte er denn noch bezüglich des „Verschollenen – Falls", wie sie den Fall (falls es sich denn überhaupt um einen solchen handelt) nannten, unternehmen? Er stützte nachdenklich das Kinn in seine Fäuste.
In diesem Moment kam Weyn zu ihm herüber gewatschelt. „Schau mal, Jørn, das könnte dich interessieren." Er schwenkte eine bedruckte Seite. „Was hast du denn da?"
Weyn wurde sofort die volle Aufmerksamkeit des Kriminalkommissars zuteil.
„Die Vita von unserem Verschwundenen. Er ist einmal auffällig und polizeilich erfasst worden." Johnsen flog förmlich aus seinem Stuhl und riss den Ausdruck an sich. Eilig las er die wenigen Zeilen. Er wirkte ein wenig enttäuscht, als er das Blatt wieder sinken ließ. „Es ist zwar nichts großes, aber immerhin…ich dachte mir, ich sehe zu, so viel wie möglich über den verschollenen Kerl herauszufinden."
Weyn zuckte entschuldigend mit den Schultern.
Johnsen fasste den Bericht zusammen:

„Ein Einbruch in eine Villa 2012, mit 18 Jahren, er war einer von drei Komplizen, alle entwendeten Gegenstände und das gestohlene Bargeld sind zurückgegeben worden.
Es hatte noch einen Heckmeck wegen eines verschwundenen Gegenstandes gegeben und hier steht, dass die drei deswegen eine Geldstrafe und Sozialarbeiten aufgebrummt bekommen haben. Ziemlich dürftiger Bericht…Die Strafen fielen linde aus; Verurteilung nach Jugendstrafrecht… klingt nicht gerade schwerkriminell. Ich weiß ja nicht, ob uns das weiterführt."
Weyn zuckte erneut mit den Achseln. „Ich habe mich ja nur schlau gemacht", antwortete er gekränkt.
Johnsen merkte, wie die Motivation seines Kollegen zu schwinden begann und beeilte sich, ein Lob anzuhängen, um die Stimmung zu heben.
„Ja, gute Arbeit, wir müssen so viel wie möglich in Erfahrung bringen. Weiter so!"
Glücklicherweise klappte es und Thors Miene hellte sich wieder auf, als er mit beschwingten Schritten zu seinem Schreibtisch zurückkehrte.
Johnsen ließ das Blatt achtlos auf seinen Tisch segeln, als Weyn gerade nicht hersah, warf einen letzten, finsteren Blick auf das stumme Telefon und schnappte sich seine Jacke. Er hatte soeben beschlossen, seine Mittagspause allein draußen an der frischen Luft zu verbringen.

Nur ein paar Minuten, nachdem er den Raum verlassen hatte, erwachte das Telefon auf Johnsens Schreibtisch zum Leben. Weyn zögerte keine Sekunde, stürzte hin und nahm den Hörer ab. Er meldete sich und lauschte aufmerksam, was Björn mitzuteilen hatte. Dann presste er ein „danke"

heraus, warf das schnurlose Telefon mehr auf den Tisch, als dass er es hinlegte und stürmte aus dem Zimmer.
Wo war Jørn denn nur wieder abgeblieben?

13.) Asiate auf dem Vormarsch

Ein Mann trat aus der Tür eines heruntergekommen Hauses am Rande der Innenstadt von Oslo. Er blickte sich unauffällig nach beiden Seiten um und ging dann zügig, die Hände in den Hosentaschen vergraben, die Straße hinunter.
Trotz seiner Wachsamkeit ahnte er nicht, dass jeder seiner Schritte verfolgt wurde. Eine schmale, beinahe zierlich wirkende Gestalt lehnte an der Mauer des Hauses mit der abbröckelnden Fassade, fasste in die Tasche seiner schwarzen Lederjacke und fischte dort nach seinen Zigaretten. Mit einer eleganten Handbewegung steckte der Mann sich eine Camel zwischen die Lippen, zündete sie an und blies genüsslich den Rauch in die Luft. Er schien den Unrasierten, der aus dem Haus gekommen war, keines Blickes zu würdigen und verhielt sich ganz so, als würde er auf eine Verabredung warten.
Doch seine eigentliche Verabredung war der Ahnungslose.
Sobald er einen guten Vorsprung gewonnen hatte, warf der kleine Mann, der eindeutig aus keiner nordischen Familie stammte, seine Kippe achtlos auf die Straße und nahm die Verfolgung auf.
Er heftete sich mit größtmöglichem Abstand an die Fersen des Mannes im grauen Pullover, der sich sehr vorsichtig bewegte und einmal sogar nach hinten umdrehte. Ein rasches Abtauchen hinter einem geparkten Auto brachte seinen Verfolger aus seinem Blickfeld. Die Stirn zu einem misstrauischen Runzeln verzogen, ging er weiter und trat schließlich in ein Geschäft ein.
Der Asiate beschloss, draußen vor dem Laden zu warten. Es dauerte zehn Minuten, dann kam der Mann im grauen

Pulli wieder zum Vorschein. Der Rucksack, der vorher schlaff auf seinem Rücken gehangen war, wirkte nun prall gefüllt.
Ein wenig enttäuscht las der kleine Mann das Schild, das über dem Eingang des Geschäftes prangte. Es war nur ein Lebensmittelgeschäft, offenbar war seine Observierungsperson einfach nur Essen kaufen gewesen.
Mit seinen Einkäufen auf dem Rücken, trat der Blonde den Rückweg zu seiner Wohnung an.
Nach einem strategischen Zögern, um nicht zu dicht hinter ihm herzugehen, heftete sich der Asiate erneut an seine Fersen. Doch seinen Erwartungen entsprechend und zu seinem großen Bedauern wanderte der Mann mit dem Rucksack schnurstracks dorthin zurück, wo er hergekommen war. So eine zähe Angelegenheit! Da hatte er endlich den Aufenthaltsort des mühsam Gesuchten herausbekommen und dann passierte rein gar nichts. Der faule Hund hockte den ganzen Tag in seiner Bruchbude und verließ sie offenbar nur zum Einkaufen!
Nun gut, er war erst gestern Abend zum ersten Mal hierhergekommen, „gut Ding will Weil′ haben“, wie es so schön heißt.
Zumindest hatte er nun den Aufenthaltsort des Gesuchten herausbekommen. Doch lebte er allein da oben? Und was trieb er den ganzen Tag da drinnen?
Zu schade, dass sein Boss es ihm strengstens untersagt hatte, sich den Kerl gleich zu schnappen und aus ihm herauszuquetschen, was herauszuquetschen war.
Er musste zugeben, dass seine Methode nicht die sanfteste war, doch sie erzielte in der Regel rasche und zuverlässige Ergebnisse…jedenfalls meistens…

Er war einen Blick auf seine neue Rolex, zückte sein Handy und suchte sich einen Ort, an dem er ungestört telefonieren konnte. Sein Boss hatte bereits begonnen, ihm mit seiner Ungeduld auf die Nerven zu gehen. Wenn er sich bei ihm meldete und Bericht erstattete, würde er sich sicherlich ein wenig beruhigen.
Außerdem musste er die weitere Vorgehensweise abklären. Auch wenn er sicherlich der Klügere war, er war nicht der Boss. Er seufzte leise.
So lief das eben ab bei den Profis: Keine Alleingänge, der Kunde ist König und alles muss nach Kundenwunsch geschehen...
Olaf Gertsen reagierte wie erwartet erfreut über Mitteilung, die er ihm verkündete. Er gab ihm weitere Anweisungen durch. Die ohnehin bereits schmalen Augen des Asiaten verengten sich noch weiter, als er konzentriert zuhörte.
Fassungslos legte er auf, warf einen letzten Blick hoch zu dem zugezogenen Fenster, von dem er glaubte, dass es zu der Wohnung gehören musste, die der Observierte bezogen hatte und wandte sich ab.
Nichts zu tun war nicht gerade seine größte Stärke. Er sollte tatsächlich „nichts tun", bis er erneut zur Aktion aufgerufen wurde. Da hatte er sich die Nächte um die Ohren geschlagen, hatte Leute unter Druck gesetzt, Unterlagen durchsucht und bestochen, nur um den Aufenthaltsort dieses Arsches herauszubekommen und jetzt? Abwarten und Tee trinken?
Seine Laune war im Keller. Ärgerlich stopfte er die Fäuste in die Hosentaschen, kickte eine leere Coladose aus dem Weg und stapfte dahin zurück, wo er hergekommen war.

Er beschloss, sich nicht den Tag verderben zu lassen und malte sich aus, wie er mit seiner Gage in seiner Heimat ein schönes Leben machen könnte. Dieser Auftrag würde das Highlight seiner Karriere sein und wenn er klug mit dem Geld umginge, hätte er für die nächsten paar Jahre seine Ruhe.
Der versprochene Lohn war ihm die Strapazen wert.
An die moralische Verwerflichkeit seines Tuns verschwendete er nicht einen Gedanken.
Blut an Händen war für ihn nichts Neues und gehörte zum Tagesgeschäft.
Fressen oder gefressen werden, war seine Devise.

Weyn keuchte. Joggen war gar nichts für ihn, unvorstellbar, dass es Leute gab, die freiwillig durch die Gegend rannten! Er hastete mit stechenden Lungen die Straße Mosjøens entlang zu dem kleinen Café, in dem er seinen Kollegen vermutete.
Jørn verbrachte hier gerne seine Mittagspausen und wie erhofft fand Weyn ihn an einem kleinen Tisch unter einer alten Eibe in seiner Kaffeetasse rührend. Besonderen Appetit schien er nicht zu haben, denn neben dem Kaffee lag nur eine Zeitung auf dem Tisch.
„Jørn! Da bist du ja, ich habe Neuigkeiten!“, japste Weyn. Johnsen blickte überrascht von seiner Lektüre auf.
„Jørn, die Spurensicherung hat auf dem Boot DNA - Spuren entdeckt!“
Weyn lehnte sich schwer atmend an einen Baum, um Luft zu holen. Strategische Pausen, um Spannung aufzubauen lagen im fern, er hatte einfach eine miserable Kondition.
Jørn wartete ungeduldig auf die Fortsetzung.
„Unser Vermisster ist auf jeden Fall auf dem Boot gewesen“, keuchte Weyn, „die DNA - Spuren auf dem Boot stimmen mit denen überein, die damals an seinem Rucksack festgestellt worden sind.“ Allmählich kam wieder genügend Sauerstoff in seine Lungen.
Weyn konnte seine Meinung nicht länger für sich behalten.
„Die Geschichte mit dem gebrochenen Bein stinkt zum Himmel! Und das mit der Strömung, die einen Toten einfach in der Tiefe verschwinden lassen kann, kann unser lieber Björn seiner Großmutter erzählen.“
Weyn hatte einen hochroten Kopf. Er straffte den Rücken und schob seine verrutschte Brille wieder nach oben. Dann

stemmte er die Hände in die Hüften und sah Johnsen erwartungsvoll an.
Wider Erwarten stimmte der Vorgesetzte ihm zu.
„Daran glaube ich auch nicht mehr. Hat die Spurensicherung noch etwas finden können? Blutspuren oder irgendetwas anderes? Hat er irgendetwas verloren?“
Weyn nickte ernst und Johnsen glaubte erneut an ein Dejavù.
„Ein Seil, unter der Sitzbank dieser Nussschale ist ein Seil gefunden worden.“
Jørn schwieg. Hinter seiner gerunzelten Stirn arbeitete es fieberhaft. Mühsam versuchte er Traum und Wirklichkeit auseinander zu sortieren und die Bedeutung dieses Seiles zu verstehen. Sein Unterbewusstsein hatte ihm bereits vor ihrem Ausflug einen wichtigen Hinweis gegeben, sonst hätte er diesen Traum nicht gehabt. Was war es, das er im Inneren bereits wusste, jedoch nicht greifen konnte? Er schloss die Augen und versuchte, sich zu konzentrieren und alles um ihn herum auszublenden.
Dann glättete sich seine Stirn. Seine Augen öffneten sich wieder und Weyn sah eine Idee in seinen Augen aufblitzen.

Johnsen wusste nun, was zu tun war.

15.) Nüchtern

Die Obduktion des Toten vom Hamburger Hafen brachte ein paar Überraschungen ans Tageslicht. Dass er keinesfalls eines natürlichen Todes gestorben war, war sogar dem Betrunkenen, der ihn gefunden hatte mit einem Schlag klar geworden, der ihn sofort nüchtern werden ließ.
Wie sollte man sich auch versehentlich ein Messer in den Hals rammen und sich dabei gleichzeitig selbst den linken Arm auskugeln, sodass er in unnatürlichem Winkel vom Körper abstand? Ganz zu schweigen von den unzähligen Hämatomen, die die Leiche am gesamten Körper aufwies...

Der gedrungene Mann musste Mitte - Ende zwanzig gewesen sein. Er ist, so schien es, Opfer eines Raubüberfalls geworden, denn es wurden weder Geldbörse und Handy, noch irgendein persönlicher Gegenstand wie ein Ring oder eine Armbanduhr gefunden. Das machte die Identifizierung nicht gerade einfach.
Also gab die zuständige Polizeibehörde unwillig eine Pressemitteilung heraus, in der die Bevölkerung um Hinweise gebeten wurde.
Leicht geschönte Fotos – schließlich wollte man keine Effekthascherei, sondern eine Identifizierung - wurden im Fernsehen und in der Zeitung veröffentlicht. Bekannte, Verwandte dieses Mannes und etwaige Augenzeugen der Tat, wurden dringend gebeten, sich umgehend bei der Polizei zu melden.
Nach ein paar Tagen und unzähligen falschen Hinweisen aus der hilfsbereiten und manchmal auch nur geltungsbedürftigen Gesellschaft, verschwanden die Bilder allmählich

wieder aus den Medien und machten neuen Katastrophen Platz.
Niemand schien den „Toten vom Hafen“ zu vermissen.
Niemand schien ihn gekannt oder auch nur gesehen zu haben.
Ende der Woche tauchte ein schmales Mädchen mit Sommersprossen auf der Nase in der Polizeidienststelle Hamburg Nord auf. Es zog schüchtern ein Handy aus der geblümten Handtasche.
„Das habe ich gefunden, ich glaube, dass es teuer ist, müsste ein IPhone 6 sein...“, verkündete es mit hoher Stimme. Vorsichtig legte das Mädchen das noble Gerät in die Hand des Wachtmeisters, der sie empfangen hatte. Die Aussicht auf einen Finderlohn schien ihr Gemüt genauso zu erhellen, wie die, es eventuell behalten zu dürfen, falls sich niemand melden sollte. Der Wachtmeister tätschelte dem Kind den Kopf und lobte das Kind für seine Ehrlichkeit. Brav füllte sie ein Formular aus und ging mit hüpfte leicht wie eine Feder wieder durch den Ausgang der Dienststelle.
Der Wachtmeister hatte viel zu tun und so geriet das Handy schnell in Vergessenheit.
Mehrmals am Tag vibrierte es leise in der Schublade, in die man es gesteckt hatte. Ungehört verhallte das schwache Brummen. Der Akku schwächelte bereits. Hilflos blinkte es auf, wollte etwas mitteilen, es hatte doch eine wichtige Mitteilung!
Ein letztes Vibrieren, dann verstummte es.

16.) Jani bekommt Besuch

Janina hatte gerade den Frust ihres Lebens. Sie erreichte weder Sven, noch ihren Bruder, ihre Gastgeber waren außer Hause und ihre Kommilitoninnen, mit denen sie sich am besten verstand und die sie noch hätten aufmuntern können, sind als vierköpfige Gruppe in den Süden geflogen.

Sie war also allein. Noch nie in ihrem Leben hatte sie Hendrik mehr vermisst. Sie sehnte sich nach seiner Umarmung, seinem Humor, den lustigen Sprüchen, den langen Gesprächen am Abend.

Sie versuchte sich an seine sanfte Stimme zu erinnern, mit der er ihr liebevolle Worte ins Ohr flüsterte, wenn sie aneinander gekuschelt im Bett lagen. Sie hatte solche Angst, den Klang seiner Stimme zu vergessen. Was würde man bei einem verlorenen Menschen als Erstes vergessen? Aussehen? Seine Stimme und die Art zu reden? Den typischen Geruch seines Rasierwassers, das nur an ihm so speziell duftete? Die Art, wie er sich bewegte? Vergaß man zuerst die positiven Dinge, oder die negativen? Würde sie es irgendwann einmal nicht mehr schaffen, sich daran zu erinnern, wie sehr er sie geliebt hatte – haben muss? Er hatte immer gesagt, er würde sie lieben...Ihre Augen begannen wässrig zu werden. Wenn sie doch nur jemanden hätte, der sie jetzt wenigstens trösten könnte.

Mit einem dicken Kloß im Hals stand sie vom Sofa auf, holte eine Flasche Whiskey aus dem Küchenschrank, ein Glas dazu, stellte beides auf den Wohnzimmertisch, drehte das Radio an und kuschelte sich in die Sofadecke.

Dann füllte sie sich ein großes Glas ein und leerte es in einem Zug. Das Getränk rann ihr wärmend die Kehle hinunter.
Die erhoffte Wirkung begann sich bereits nach dem zweiten Glas einzustellen. Sie fühlte sich auf seltsame Weise erleichtert und merkte, wie ihr ein wenig schummerig im Kopf wurde.
Janina hatte den Freund der Einsamen zu sich geholt. Einen tückischen Freund, der vorgab, Vergessen und Leichtigkeit zu schenken und stattdessen nach und nach, klammheimlich, die Macht ergriff: den Rausch.

Sie war niemals eine Frusttrinkerin gewesen, trank nur selten überhaupt etwas und hatte nicht vor, sich das Trinken aus einer Laune heraus anzugewöhnen.
Doch an diesem Abend ging es nicht anders und sie war heilfroh, dass sie diese Flasche noch in der Küche gehabt hatte.
Freund Rausch war weit davon entfernt, ein ständiger Begleiter von ihr zu werden.
Eigentlich müsste ihr dritter Nachschank leicht salzig schmecken, denn Tränen liefen ihr in Strömen die Wangen hinab und rannen in ihre Mundwinkel. Schluchzend vergrub sie ihr Gesicht in den Armen.

Das erste Klingeln an der Tür hörte sie nicht, auch nicht das zweite. Das dritte drang verschwommen in ihr Bewusstsein ein und erst beim vierten reagierte sie. Sie stand wegen ihrer eingeschlafenen Füße leicht wankend auf. Ein wenig wankte sie vielleicht auch, weil sie getrunken hatte. Sie wischte sich die Augen trocken und vermied es, in den Spiegel im Flur zu sehen, als sie zur Haustür ging.

Als sie öffnete, stand ein Mann vor der Tür, dem sie niemals begegnet war und der ihr doch seltsam bekannt vorkam.
Er trug seine blonden Haare kurz geschnitten und seine Augen ähnelten dem Eisblau Hendriks, nur waren diese eine Nuance dunkler geraten. Einzelne weiße Strähnen durchzogen die knappen, beinahe nicht vorhandenen Koteletten.
Das Gesicht hatte einen blassen Teint, als hätte er schon länger keine Sonne mehr abbekommen und wenn er sprach, konnte sie die Kiefermuskulatur arbeiten sehen.
Sie war sich sicher, dieses scharfkantige Gesicht schon einmal irgendwo gesehen zu haben. Vielleicht auch nur auf einem Foto...vielleicht hatte er ihr sogar erst heute von einem der alten Fotos aus Hendriks Alben entgegengelächelt...
Er stellte sich vor. Es war Roal. Sie hatte Recht gehabt.

Ein paar Gestalten hatten sich erneut an der Felskante eingefunden. Sie gingen am Rande der Klippe entlang, als suchten sie etwas.
„Ja, hier haben wir eindeutig einen Abrieb, ich bin sicher, dass sich unten an der Birke auf der Felsnase dasselbe feststellen lässt wie an dieser Kiefer." Björn deutete mit einem abgebrochenen Ästchen auf die Rinde des Nadelbaumes, der oberhalb der berühmt-berüchtigten „Absturzstelle" wuchs. Mit der Spitze des Stockes fuhr er eine entrindete Rille nach und deutete nach unten.
„Gehen wir einmal davon aus, dass Frau Schwalb uns nichts vorgespielt hat und tatsächlich hier, wo wir uns jetzt befinden, gestanden hatte und ihr Freund dort unten gelandet ist.
Sie wirft ihm ihr Zelt hinunter, räumt ihren Rucksack aus, verstaut alles, was sie nicht mitschleppen will hier oben und macht sich auf die Socken."
Johnsen lauschte gespannt. Björns Stirn hatte sich in Falten gelegt. Er ließ den Ast auf die Innenfläche der linken Hand sausen.
„Es ist rein theoretisch durchaus denkbar, dass Hendriksen hier zuvor irgendwo ein Seil deponiert hat, seine Freundin vorausgehen lässt und sich hier, auf den Felsvorsprung abseilt. Dazu schlingt er das Seil um unsere Kiefer hier und klettert dann daran herunter. Anschließend zieht er das Seil herunter und versteckt es unter seinem Rucksack."
Johnsen stimmte zu. „Anschließend brauchte er nur um Hilfe rufen und ein wehleidiges Gesicht aufsetzen. Aus der Entfernung muss es für sie völlig unmöglich gewesen sein,

erkennen zu können, ob und wie schwer er tatsächlich verletzt war."
Dieses Mal war Björn an der Reihe, zu nicken.
„Und ohne ein Seil oder eine Strickleiter hat sie absolut keine Chance, zu ihm zu gelangen. Selbstverständlich befolgt sie seine Anweisungen und macht sich auf, um Hilfe zu holen."
Jørn beendete den Gedankenaustausch:
„...er wartet, bis sie außer Sichtweite ist, seilt sich ein weiteres Stück an der Birke zu dem unter der Felskante verstecktem Boot hinab, wirft das Seil unter die Rückbank und fährt dann zu der Stelle, die wir gestern gefunden haben. Dort versteckt er das Boot unter einer Plane und verduftet."
Die beiden blickten sich mit stummen Einverständnis an und dachten das Gleiche:
Wozu das alles?

18.) Krankenbesuch

Mias morgendliche Runde durch die Krankenzimmer war an diesem Tag besonders unangenehm. Ein Patient auf der Intensivstation war in den frühen Morgenstunden verstorben und sie war diejenige, die dem Leichnam den Herzschrittmacher entfernen und ihn hinunter in die Kellerräume zur Pathologie bringen musste. Eine Arbeit, in der sie bisher nicht viel Routine hatte und die ihr wie die Höchststrafe vorkam. Hinzu kam noch, dass das Bett des Verstorbenen gebraucht wurde und es der Oberschwester wieder einmal gar nicht schnell genug gehen konnte, bis das Zimmer für den neuen Patienten vorbereitet war. Von ihrer Vorgesetzten angetrieben, wurde sie fahrig und brauchte dadurch natürlich etwas länger, um den Toten für die Pathologie vorzubereiten, was wiederum eine weitere Rüge zur Folge hatte. Warum musste die Chefin auch ständig nach ihr sehen und ließ sie nicht eine Minute in Ruhe ihre Arbeit erledigen?
Diese ständige Hetzerei und Kontrolle machte Mia ganz nervös und sie fragte sich verzweifelt, ob sie es jemals schaffen würde, so zu arbeiten, dass niemand etwas an ihr auszusetzen hatte. Konnte man es den Oberschwestern und den Ärzten überhaupt Recht machen? Mia kamen allmählich ihre Zweifel daran.
Als sie wieder zurückgekehrt war und auf ihrer Station weiterarbeitete, wurde sie von hinten von einem Herren angesprochen. Als sie sich umdrehte, stand ein muskulöser, großer Typ mit Segelohren und dicker Goldkette um den Hals, vor ihr. Er erkundigte sich nach dem Zimmer, in dem seine Tante läge und stellte sich als der Neffe von Frau Gertsen vor. Mia versuchte ihrer Stimme einen festen

Klang zu geben, als sie ihm den Weg zu dem gesuchten Zimmer beschrieb. Solche bulligen Typen verunsicherten sie immer ein wenig und sie neigte leider dazu, in hohes Piepsen zu verfallen, wenn sie unsicher war, was ihr wiederum peinlich war...ein fieser Teufelskreis, dem es vorzubeugen galt.
Zu ihrer Erleichterung hörte sie sich ganz normal sprechen und der wandelnde Schrank bedankte sich höflich und schlug die angewiesene Richtung ein.
Mia blickte ihm kurz nach. Sie glaubte, das Gesicht dieses Mannes einmal in einer Zeitschrift gesehen zu haben. Es war tatsächlich der Neffe der Baronin, die mit einem schweren Schlaganfall hier in die Klinik eingeliefert worden war. Schön, dass er sie besuchte.
Warum waren denn bisher weder ihr Sohn, noch ihre Tochter gekommen, um sie zu besuchen?, fragte sie sich, und versuchte, sich genauer an den Artikel zu erinnern, in dem es um die Familie der "Gräfin", wie ihr weitverbreiteter Spitzname war, gegangen war. Doch an Details konnte sie sich nicht erinnern.
Schon möglich, dass es um irgendeinen Familienstreit gegangen war.
Wenigstens kam etwa alle drei Tage ein ordentlich gekleideter Herr älteren Semesters, um sich für eine Weile an ihr Bett zu setzen. Dabei konnte es sich kaum um ihren Ehemann handeln, denn sie war sich sicher, dass dieser bereits vor einigen Jahren einem Herzinfarkt erlegen ist.
Doch der adrette Mann schien der alten Dame nahe zu stehen. Mia hatte ein paar Mal gesehen, wie er ihre Hand in die seine genommen hatte, die von jahrelanger Arbeit schwielig geworden war und leise mit ihr geredet hatte,

ohne jedoch jemals eine Antwort oder gar eine Reaktion zu bekommen.
Dieses Schweigen schien den alten Mann stets zu bekümmern, das verriet seine trübselige Miene, die er aufhatte, wenn er das Krankenhaus wieder verließ.
Der Neffe war gerade um die Ecke gegangen und aus ihrem Sichtfeld verschwunden, als sie noch einmal in die Richtung blickte, in die sie ihn gewiesen hatte.
‚Nunja, seine Familie kann man sich eben nicht aussuchen', sagte sie sich und beeilte sich, geschäftig zu wirken, denn die gefürchtete Oberschwester kam gerade aus einem Nebenzimmer und hatte – nicht zum ersten Mal heute - ein unheilverkündendes Gesicht aufgesetzt.
Nein, heute war wirklich nicht ihr Tag.

19.) Das Handy

Der Polizist, dem am Vortag das abgegebene Handy entgegengenommen hatte, war heute Morgen alles andere als ausgeschlafen. Sein Wecker hatte seinen Dienst verweigert, weswegen er zu spät in der Arbeit erschien. Er hatte seit Tagesbeginn starke Kopfschmerzen und da er, weil er verschlafen hatte, auch noch sein Frühstück ausfallen lassen musste, war er schlecht gelaunt. Zu allem Überfluss verschüttete er auch noch seinen Kaffee über seinen gesamten Schreibtisch. Wie ein Schwamm sog alles Papier die Flüssigkeit auf. Hässliche braune Flecken entstanden auf den Papieren, Zetteln und auf den Hüllen der Ordner, die auf seinem Tisch verstreut lagen.
Laut fluchend suchte er in seinen Schubladen nach einer Packung Tempotaschentücher, um das Malheur aufzuwischen. Dabei rutschte das Handy in der Schublade noch ein Stück weiter nach hinten und drohte, zwischen den anderen Papieren und Büroartikeln vollends in Vergessenheit zu geraten.
Wenn sein Chef von dieser Schlamperei wüsste. Eine Standpauke und ein Disziplinarverfahren würden ihm drohen und seinem ohnehin schon schrecklichen Tag den Rest geben. Schließlich handelte es sich hierbei um fremdes Eigentum, das keinesfalls in die Schreibtischschublade eines Wachmanns, sondern fein säuberlich deklariert in ein Regal beim Fundbüro gelegt werden sollte.
Aber der völlig gestresste und übermüdete Polizist war momentan nicht ganz zurechnungsfähig. Und wie bereits erwähnt: Einen Migräneanfall hatte er obendrein auch noch. Polizisten sind eben auch nur Menschen.

Und da er nicht nur ein Mensch, sondern zudem ein verheirateter Mann war, beherrschte er auch die hohe Kunst des Putzens nicht, weshalb sich nach Dienstende die Reinigungskraft kopfschüttelnd daran machte, die vielen übersehenen Kaffeespuren auf dem Boden und entlang des Tisches aufzuwischen.
Seufzend schob sie den Stuhl auf die Seite und wollte die halboffene oberste Schublade schließen, um für den Wischmopp mehr Freiraum zu bekommen. Dabei erkannte sie, warum die Schublade offen stand: sie hatte sich verklemmt. Ärgerlich ruckelte sie daran herum und schob die verknickten Papiere zur Seite. Endlich machte es „klack" und ein Gegenstand rutschte aus der hintersten Ecke. Sie ergriff ihn triumphierend und legte ihn demonstrativ mitten auf den Schreibtisch, bevor sie den restlichen Flecken den Garaus machte. Sollte der schlampige Schreibtischbesitzer doch merken, dass sie seine Schublade gerichtet und ein Handy gefunden hatte, das er vermutlich schon seit Ewigkeiten verzweifelt suchte! ‚Die Polizisten von heute sind auch nicht mehr das, was sie einmal waren', dachte sie sich.
Mit wiegenden Hüften und dem überschwappenden Putzeimer in der Hand, stolzierte sie ins Nebenzimmer. Man würde ihr schon irgendwann einmal den Respekt entgegenbringen, den sie verdiente.
Dank der eifrigen Putzfrau landete das vergessene Mobiltelefon doch noch dort, wo es hingehörte: mit einem Ladekabel an die Steckdose angeschlossen im Fundbüro. Üblicherweise enthielten die kleinen Telefone ja Adressbücher und Anruflisten, anhand derer der Eigentümer ausfindig gemacht werden konnte. Also war es das Naheliegendste, den leeren Akku aufzuladen und abzuwarten, ob jemand

anrief oder eine Nummer eines Nahestehenden zu wählen. Eine „Mama“ oder ein „Schatzi“ befand sich ja quasi in jedem mobilen Adressbuch.
Als das Handy wieder etwas „Saft“ hatte, wurde es in eine Männerhand genommen, die neugierig darauf herumtippte.
‚Aha, Passwortschutz.‘
Das erklärte auch, warum das Mädchen nicht selbst den Besitzer ausfindig machen konnte. Der Mann mit den geschickten Hand lächelte. Kein Problem für einen Experten der modernen Technik. Warum auf einen Anruf warten, der vielleicht niemals eintreffen wird?
Eifrig tippte er weiter auf dem Gerät herum.
Eine halbe Stunde später offenbarte das Handy seine intimsten Geheimnisse. Eine Nachricht auf der Mailbox bewegte den Tüftler dazu, eben diese Nummer zurück zu rufen. Die Frau, die den Anruf entgegen nahm, brachte endlich Licht in die Sache.
Das Handy hatte zwar einen Besitzer, doch der würde es nicht mehr gebrauchen können.

Janina schämte sich für ihre geröteten Augen. Es konnte ihm nicht entgangen sein, dass sie geweint haben musste. Roal sah nicht mehr so jung und unbedarft aus, wie auf den alten Fotos. Tiefe Furchen hatten sich in sein Gesicht gegraben, das Schlafmangel und Sorge ausdrückte. Er wirkte jedoch sauber gekleidet und war gut genährt, weder zu dünn, noch zu dick. Ganz der Durchschnittsmensch von nebenan. Er hatte ein selbstsicheres Auftreten und bat höflich aber bestimmt darum, hereingelassen zu werden. Janina stellte sich ebenfalls vor und bat ihn mit einem mulmigen Gefühl in der Magengegend, das nicht vom Whiskey stammte, herein.
Roal machte es sich auf dem Sessel neben Sofatischchen, auf dem noch das Glas und die Alkoholflasche standen, bequem. Er warf einen kurzen Blick darauf, schwieg jedoch. Janina bot ihm etwas zu trinken an, mit oder ohne Alkohol, was er kopfschüttelnd ablehnte. Mit geröteten Wangen räumte sie den Tisch frei, setzte sich zu ihm und sah ihn gespannt an.
'Dass ausgerechnet jetzt Roal auftauchte, dessen Freundschaft zu Hendrik doch vor ein paar Jahren in die Brüche gegangen ist, ist doch ein wenig seltsam...Hatte er doch noch Kontakt mit Hendrik? Alte Erinnerungen oder gar ein schlechtes Gewissen? Was er mir wohl mitteilen möchte? Ich weiß ja gar nicht, was der Grund dafür war, dass er damals mit Hendrik gebrochen hat!' Janina war angespannt und hatte über den unvorhergesehenen Besuch beinahe vergessen, wie traurig sie eigentlich war. Dafür glühten ihre Wangen, was sie sicher größtenteils dem Alkohol zu verdanken hatte.

Roal schluckte ein paar Mal und schien sich seine Worte genau zurecht zu legen, bevor er zu sprechen begann.
Janina zügelte ihre Ungeduld und versuchte, entspannt zu wirken, was ihr definitiv nicht gelang.
Endlich hatte Roal einen Anfang gefunden.
„Janina, mir ist bewusst, dass wir uns fremd sind und es nicht einfach ist, zu Leuten, die man nicht kennt, Vertrauen zu fassen. Vielleicht hast du dennoch schon von mir gehört. Früher waren Hendrik, Sven, den du sicher kennst und ich unzertrennliche Freunde."
Er sah sie fragend an. Sie nickte kurz.
„Ich weiß, dass du um deinen Freund trauerst. Das ist der Grund, warum ich..." er legte eine kleine Denkpause ein,... "trotz schwieriger Umstände hergekommen bin."
Roal beugte sich in seinem Sessel vor und sah ihr eindringlich in die Augen. Was er dann sagte, ließ sie erschauern.
„Ich bin hier, um dich zu warnen, damit dir nicht das Gleiche zustößt wie ihm."

Janina bekam große Augen. Ihr Gegenüber hob die Hand und fuhr rasch fort, bevor sie unwillkommene Fragen anbringen konnte.
„Ich bitte dich, mir gut zuzuhören, Janina! Auch wenn du sicher weißt, dass Hendrik und ich seit Jahren keinen Kontakt mehr haben, seit unserem Streit. Wir standen uns einmal sehr nahe und ich fühle mich verpflichtet, jetzt, nachdem er tot ist, seine Freundin zu schützen."
Er machte eine Kunstpause und fügte hinzu: „Ich rede davon, dass dir das Selbe geschehen könnte wie deinem Freund Hendrik, Erik, und nun, vor ein paar Tagen auch Sven!"
Bei Svens´ Namen stutzte Janina.

‚Sven, wieso Sven, ihm ist etwas zugestoßen? Was ist geschehen? Und wer ist, nein, war denn bitte Erik? Und wovor will er mich warnen?‘ Stotterte sie.
Ihre Gedanken fuhren Karussell. Zu vieles schoss ihr durch den Kopf, um klare Fragen zu formulieren.
Sie sah ihn entsetzt an.

Roal nutzte ihre Schweigepause, um fortzufahren: „Ich bin mir sicher, dass auch du dich in Gefahr befindest. Deshalb musst du mir unbedingt sagen, was du über die Geschichte mit dem Einbruch weißt."
„Sven ist tot?" Janina hatte jetzt erst die richtigen Worte gefunden und jetzt sprudelte es aus ihr heraus. „Was für ein Einbruch? Was weißt du über Hendriks Tod? Und wer zum Henker ist Erik? Was ist denn hier eigentlich los?"
In ihrer Aufregung ließ sie ihre Hand laut auf ihren Oberschenkel klatschen.
Sie fragte sich ernsthaft, ob sie wohl schon derart betrunken war, dass die ganze Welt kopfstand.
„Gemach, gemach, eins nach dem anderen."
Roal hob beschwichtigend die Hände.
Diese Geste ließ ihn für sie derartig unsympathisch wirken, dass sie auf der Stelle beschloss, nicht alles, das er ihr erzählen würde, für bare Münze zu nehmen.
„Sven ist tot. Ich habe heute Morgen einen Anruf von seiner völlig aufgelösten Mutter erhalten. Wir halten immer noch Kontakt zueinander, ich erledige gelegentlich Klempnerarbeiten bei Svens Eltern. Sie erzählte mir, dass sein Handy gefunden worden ist. Da es eindeutig einem Norweger gehört haben muss - lauter norwegische Spracheinstellungen - sind sogar die Deppen von der Hamburger Polizei auf den Trichter gekommen, dass der Typ, der bei

ihnen mit einem Messer im Hals gefunden worden ist, ein vermisster Norweger sein muss.
Sven ist vor fünf Tagen spurlos verschwunden. Einer seiner Geschäftspartner, mit dem er eine Verabredung gehabt hatte, hat ihn schließlich, nach erfolgloser Suche als vermisst gemeldet. Erst gestern hat Svens Mutter ihren Sohn identifiziert. Ich bin sofort, nachdem sie mich angerufen hat, hierher gefahren. Svens Mutter hat mir Hendr... eure Adresse mitgeteilt. Und nun bin ich hier".
Er hob die Hände mit den Handflächen nach oben.
„Und wer ist Erik?"
Roals Augen blitzten vielsagend.
Er sprach nun mit gepresster Stimme, sein gesamter Körper schien sich verkrampft zu haben, als würde ihm das, was er nun sagen wollte, körperliche Schmerzen bereiten. Seine Hände hatten die Seitenlehnen seines Sessels so fest umschlossen, dass das Weiße der Knöchel hervortrat.
„Erik! Erik war mein Zwillingsbruder!", brach es aus ihm heraus.
Janinas Gesichtsausdruck war ein einziges Fragezeichen.
„Mein bester Freund und Seelenverwandter." Fügte er mit finsterem Gesicht hinzu. Das sollte wohl seiner Meinung nach als Erklärung reichen.
Jani wusste diese Informationen immer noch nicht so recht einzuordnen und schwieg in der Hoffnung, er würde von sich aus fortfahren.
Doch sie wurde enttäuscht. Roal war in Rage und zeigte sich unbeherrscht.
Er hatte genug geredet. Jetzt wollte er endlich Antworten auf seine Fragen.
Er beugte sich nach vorne.

„Janina, weißt du etwas von dem Einbruch? Hat Hendrik die Uhr genommen? Hat er sie versteckt oder vielleicht verkauft? Janina, das ist wichtig, unser Leben hängt davon ab!“

Jetzt war es um ihre Beherrschung geschehen. „WAS zum Teufel ist eigentlich los?“ Schrie sie ihn an. „Ich habe noch nie im Leben von einem Einbruch und irgendeiner beschissenen Uhr gehört! Wenn du mir nicht sofort eine eindeutige Erklärung lieferst, dann verlasse augenblicklich diese Wohnung!“
Sie zeigte mit dem Finger auf die Türe und dachte mit Unbehagen daran, dass sie sich ausgerechnet heute Abend ganz alleine in diesem Haus befand.
Roal beruhigte sich, holte tief Luft und begann anfangs noch in energischem, dann immer ruhiger werdendem Tonfall, zu erzählen.
Janina lauschte wie gebannt. Sie musste beim Zuhören immer wieder trocken schlucken und bereute es bitter, den Whiskey weggeräumt zu haben. Aufstehen und ihn wiederholen kam jedoch nicht infrage.
Allmählich begann sie die Ausmaße des Geschehenen zu verstehen und ein paar lose Puzzlestücke, die bisher durch ihren Kopf geirrt sind, fügten sich zu einem groben Bild zusammen.

21.) Die Uhr, an der die Herzen hängen

Olé Brant hatte jahrelang, ach was, jahrzehntelang treu zuerst der gesamten, vierköpfigen Familie, später dem Elternpaar und zuletzt der Herrin gedient. Er war ein Butler der alten Schule, konnte kochen, bedienen, putzen und kümmerte sich mit großer Hingabe um den Garten, der ihm die größte Freude bereitete. In der großen Parkanlage gab es stets etwas zu tun. Für Brant existierte kein schlechtes Wetter. Er war jeden Tag, mochte es auch noch so kalt und ungemütlich draußen sein, im Garten beschäftigt.
Olé war zufrieden mit sich, seinem Job und den zwei Räumen, die ihm im Erdgeschoss der Villa zustanden. Mehr brauchte er nicht, um glücklich zu sein. Das hatte er zumindest bis vor kurzem geglaubt. Doch vor einigen Wochen, ja es war bereits fast drei Monate her, da hatte sich alles grundlegend verändert. In dem großen Haus war es still geworden, seit die alte Dame einen leichten Schlaganfall erlitten hatte und, als sie noch dabei war, sich von diesem zu erholen von einem zweiten, heftigeren niedergestreckt worden war. Seitdem lag sie im Krankenhaus und Olé, der sie regelmäßig besuchte, begann, sich nutzlos und einsam zu fühlen und sich Gedanken um seine Zukunft zu machen. Er war alt, das musste er zugegeben, doch er hatte gewiss noch einige Jahre vor sich! Was sollte nun aus ihm werden, wenn die Gräfin nicht mehr auf die Beine kommt. Hatte er es versäumt, sich einen Plan zurechtzulegen, für den Fall, dass sie vor ihm stürbe? Er musste zugeben, dass ihm bislang dieser Gedanke fremd gewesen war. Nun bereute er es. Hatte die Gräfin ihn in ihrem Testament berücksichtigt? Oder war er ihrem Neffen auf Gedeih und Verderb ausgeliefert? Er schüttelte verneinend den Kopf.

Sie hatte ihn gemocht, das wusste er. Zumindest ein wenig. Sie würde ihn sicher nicht im Stich lassen.
Der alte Mann war weit davon entfernt, senil zu sein. Es war ihm nicht entgangen, dass Frau Gertsen, so abweisend sie sich den meisten Leuten gegenüber verhalten hatte, große Hoffnungen in diesen Menschen gesetzt hatte: Ihren Neffen. Den hatte er selbst zwar nie gut leiden können, doch schien er ihren Vorstellungen von einem tüchtigen Geschäftsmann exakt zu entsprechen. Die beiden sind früher oft gemeinsam verreist. Zuweilen auch ins ferne Vietnam, um dort Geschäfte zu tätigen.
Über Details hatte sie niemals in seiner Gegenwart gesprochen. Es stand ihm als Butler auch nicht zu, über geschäftliche Angelegenheiten informiert zu werden.
Doch er war ein kluger Kopf mit offenen Ohren und er sah und hörte bei weitem nicht so schlecht, wie es gerade dieser Neffe gerne gehabt hätte...

Seufzend ging Brant zu dem kleinen Schränkchen, das neben dem Bett in seiner Schlafkammer stand und holte die Uhr heraus, um sie wie jeden Morgen mit drei bis vier sachten Umdrehungen aufzuziehen.
Nachdenklich hielt er sie in der Hand und fasste endlich, nachdem er über diese eine Frage tagelang gegrübelt hatte, einen Entschluss.

„Schnell, Leute kommt, wir müssen verduften, die Nachbarn haben Wind von der Sache bekommen!“ Der junge Roal kam die Treppe heraufgestürmt. Sven und Hendrik, die gerade ihre Nasen in die vielen Schubladen der Kommode im ersten Stock steckten, schraken auf. „Was machst du denn hier, du solltest doch draußen bleiben und pfeifen, wenn was ist! Jetzt werden sie uns alle drei erwischen, weil du kein Ablenkungsmanöver in die Wege geleitet hast, du Idiot!“ Sven flippte wie immer gleich aus. Mit hochrotem Kopf starrte er seinen Freund an. Hendrik schaltete sich beschwichtigend ein. „Lass ihn, schauen wir lieber, dass wir von hier wegkommen, und zwar schleunigst!“ - „Aber wir haben doch noch fast nichts gefunden!“, klagte Sven. Hendrik packte ihn am Arm und hinderte ihn so daran, eine weitere Schublade zu öffnen. „Schieb‘ die Ketten da ein und komm, bevor wir noch inflagranti erwischt werden und mächtig Ärger bekommen.“ Roal hüpfte währenddessen nervös von einem Bein aufs andere. „Kommt endlich!“ Einen ängstlichen Blick über die Schulter werfend, rief er: „Ich bin weg!“, drehte sich um und hastete die Treppe hinunter. Die beiden anderen zögerten, blickten sich kurz an und ließen dann die Schubladen halb ausgeräumt offen stehen und rannten ihrem Komplizen nach – direkt in die Arme des Butlers, der Roal bereits mit seiner Schrotflinte taxierte.

Zum Glück der Bewohner des Hauses war ihr ortstreuer Butler einmal wieder zu Hause geblieben, während die anderen sich auf eine Vergnügungsfahrt begeben haben.

Er war gerade am Rasen mähen gewesen, als ihm der stets neugierige Nachbar entgegen gerannt war und von verdächtigen Bewegungen im Haus erzählt hatte. Brant reagierte sofort und rannte zum Gartenhaus. Ein guter Butler norwegischen Blutes hat immer irgendwo eine Knarre versteckt. So auch Olé. Praktischerweise in seinem Schuppen.

Die hatte er sich ohne Zögern geschnappt und am Fuße der Treppe den ersten Banditen erwischt.

Nun fixierte er drei junge Burschen mit dem Lauf seines Gewehres und hielt sie mühelos in Schach.

Der Angstschweiß stand allen dreien auf der Stirn und sie überlegten fieberhaft, wie sie heil aus der Misere herauskommen könnten.

Hendrik gelang es dann, die Aufmerksamkeit ihres Häschers kurz von sich zu lenken, indem er ihm den Schmuck, den er in der Hand gehalten hatte, direkt ins Gesicht schleuderte. Das reflexartige nach unten Zucken des Gewehres reichte ihm, um einen Haken um den Butler zu schlagen und im einem Affenzahn durch die Tür nach draußen zu rasen. Er rannte den neugierigen Nachbarn über den Haufen, der schimpfend in einem Flieder landete, trampelte durch ein Rosenbeet, das ihm seine Hose zerriss und verschwand um die Ecke des Hauses.

Die beiden anderen hatten jedoch keine Chance, es ihm nachzutun. Dafür hatte sich Olé zu schnell wieder gefasst und das Gewehr erneut auf die beiden Jungen gerichtet.

Den gleichen Fehler würde sich der Butler nicht noch einmal erlauben! Die übrigen beiden Einbrecher hatten ihre einzige Gelegenheit abzuhauen, verpasst.

Doch auch Hendrik kam nicht weit. Die Streife, die auf den Weg zur Villa war, nachdem der Nachbar selbstverständlich sofort die Polizei informiert hatte, war schneller da, als Hendrik lieb war.

Die Jungs wurden gefilzt bis auf die Unterhosen und abgeführt. Im Streifenwagen auf dem Weg ins Präsidium sagte keiner der drei ein Wort. Noch hielten sie zusammen wie Pech und Schwefel, doch was nun folgte, stellte ihre Freundschaft vor die Zerreißprobe.
Da alle drei noch nicht das 21. Lebensjahr erreicht hatten, wurden die Eltern informiert und es folgte eine äußerst unangenehme, blamable Situation, als diese ihre Söhne abholten, nachdem sie informiert, herzitiert und mit den Folgen für das Vergehen konfrontiert wurden.
Sie hätten im Boden versinken können. Allen voran Sven, der die Idee zu dem Einbruch gehabt hatte. „Mitten am Vormittag, da ist es am unauffälligsten“, hatte er gesagt. „Sonntags machen die reichen Gertsens doch immer irgendwelche Ausflüge. Wir warten, bis die feinen Herrschaften weggefahren sind und dann holen wir uns einfach ein bisschen Schmuck. Das bemerken die doch gar nicht. Ich bin meine Wettschulden los und ihr beide habt endlich genug Kohle, um euch einen fahrbaren Untersatz zuzulegen, oder…“, er warf einen abschätzigen Blick auf Roals abgetragene Schuhe, „…wenigstens etwas Anständiges zum Anziehen.“
Das klang natürlich verlockend.
Alle drei stammten nicht gerade aus wohlhabenden Familien. Gerade Sven, der manchmal, wenn es um Entscheidungen ging, gerne den Anführer miemte, wobei Roal im Stillen jedoch stets Hendrik den Vorzug geben würde, kannte sein Leben lang nichts anderes als Geldsorgen. Er musste bereits als Kind bei den Nachbarn verschiedene kleinere Arbeiten übernehmen, um überhaupt so etwas wie Taschengeld zu bekommen. Von seinen Eltern bekam er ein Dach über dem Kopf, nicht gerade üppig zu essen

und gelegentlich, wenn er in ihren Augen zu frech gewesen war, einen Satz warme Ohren verpasst.

Was ihn daheim erwartete, wollte Sven sich lieber nicht ausmalen. Die schlechte Stimmung, die zu Hause nach der Standpauke geherrscht hatte, war gerade ein wenig verflogen, als ein erneuter Anruf am nächsten Tag ein weiteres Donnerwetter heraufbeschwor.
Mit bleichem Gesicht kehrte die Mutter an den Tisch zurück, an dem Sven und sein Vater noch schweigend beim Abendessen saßen. „Sie möchten, dass du morgen Vormittag beim Präsidium erscheinst. Und wenn du die Uhr hast, sollst du sie gleich mitbringen, sonst könntest du dich auf eine gewaltige Strafe gefasst machen."
Ob das stimmte, oder ob der Polizist der Mutter nur ein wenig Druck machen wollte, sei dahingestellt; es funktionierte.
Sven, der aus allen Wolken fiel, flüchtete hastig vor dem fliegenden Besteck, mit dem sein Vater in einem Wutausbruch um sich warf, aus der Wohnung. So schnell er konnte, rannte er die Straße hinunter und landete atemlos vor der Haustür seiner Freunde.
Was in den nächsten Tagen über das Trio hereinbrach, hielt die Freundschaft nicht mehr aus.
Schuld daran war ein verschwundener Gegenstand, von dem jeder der drei behauptete, ihn nie gesehen, geschweige denn, mitgenommen zu haben.
Am Tag nach ihrer Verhaftung hätte die Gräfin erst entdeckt, dass ihr geliebtes Erbstück, eine alte und nahezu unbezahlbare Taschenuhr nicht mehr auffindbar sei.
Sie war in derartig lautes Wehklagen ausgebrochen und hatte der armen Polizistin, die den Fehler begangen hatte,

ans Telefon zu gehen, unvermittelt durchdringend ins Ohr gejammert, dass diese vor Schreck um ein Haar vom Stuhl gefallen wäre.
Trotz aufwendiger Suche und Rekonstruktion des Vorfalls, bei dem die drei antanzen und ihre Tat nachspielen mussten, tauchte diese mysteriöse Uhr nicht wieder auf.
Die drei wurden befragt, wieder und wieder, bis Roal schließlich den beiden anderen vorwarf, sie hätten die Uhr irgendwie heraus geschmuggelt. Sven warf ihm daraufhin vor, dass er es selbst gewesen sein konnte, während Hendrik sich seine eigenen Gedanken machte und nichts davon hielt, sich gegenseitig zu beschuldigen.

Obwohl Hendrik sich später geschworen hatte, diese unangenehme Geschichte aus seinem Gedächtnis zu verbannen und niemals mit irgendjemandem darüber zu sprechen, hatte er sie nicht abschütteln können.
Und nun wusste auch der Mensch darüber Bescheid, der der wichtigste für ihn auf der Welt geworden war und der niemals davon erfahren sollte: Seine Jani.

Ein glücklicher Zufall wollte es, dass diese, über hundert Jahre alte, silberne Taschenuhr, mit eingearbeiteten Rubinen im Uhrwerk und einzigartiger Gravur versichert gewesen war.
Ziemlich hoch versichert – gegen Diebstahl, versteht sich. Es muss für die Gräfin ein kleiner Trost gewesen sein, dass die Versicherung ihr einen sechsstelligen Betrag auf ihr damals recht leeres Konto überwies. Auch eine Gräfin konnte knapp bei Kasse sein...

23.) Die Vermutung

Jani hatte aufmerksam zugehört, wie Roal von ihrem gescheiterten Einbruch erzählt hatte.
Doch das war alles schon Jahre her. Sie wunderte sich, inwiefern diese alte Geschichte jetzt von Bedeutung sein könnte.
Sie hatte eine Vermutung, wo die Uhr hingekommen sein könnte:
„Ich kann mir schon vorstellen, wie das gelaufen ist: die alte Frau hat die Uhr verschwinden lassen und die Versicherungssumme eingestrichen. Ich bin absolut keine Versicherungsexpertin, aber ist es nicht so, dass, wenn ihr drei zahlungsunfähig seid, und sie die Uhr zuvor versichert hat, ihre Versicherung für den Schaden aufkommt?"
Roal nickte.
„Weil man ihr jedoch nicht nachweisen konnte, dass sie die Uhr selbst irgendwo versteckt hat, habt ihr es ausbaden müssen und alle haben euch, oder einen von euch für den Dieb gehalten?"
Er nickte erneut. Janina konnte erkennen, wie es hinter seiner Stirn arbeitete.
Sie rutschte unruhig auf ihrem Platz herum.
„Und was haben diese ollen Kamellen damit zu tun, dass Hendrik verschwunden ist?
Du weißt doch noch mehr, oder? Wo ist er? Er ist nicht im See ertrunken, richtig?"
Diesmal schüttelte Roal den Kopf.
Ihre aufblitzende Hoffnung wurde im Keim erstickt.
Roal entgegnete kaum hörbar mit gesenktem Kopf:
„Zumindest glaube ich nicht, dass es ein Unfall war."

Janinas Stimme klang heiser, als sie vorsichtig fragte: „Du meinst doch nicht etwa, dass ihn jemand umgebracht hat?“
Roal gab ihr darauf keine Antwort und sagte stattdessen: „Lass mich dir von Erik und Sven erzählen, dann wirst du verstehen, warum ich mir Sorgen um dich mache.“
„Seltsam, dass du dich so um mich kümmerst, wo du mich doch überhaupt nicht kennst!“
Sie verschränkte trotzig die Arme vor der Brust und sah ihn herausfordernd an.

Diese Geste und ihre Worte ignorierend, begann Roal erneut, zu sprechen. Dabei senkte er seinen Blick zu Boden.
„Mein Bruder und ich waren ein Herz und eine Seele. Wir hatten keinerlei Geheimnisse voreinander. Er wusste absolut alles über mich und das muss ihm zum Verhängnis geworden sein.“
Janina fiel auf, dass ihm die letzten Worte schwergefallen sein mussten, denn sie klangen gepresst und Janina konnte sehen, wie sich tiefe Furchen in seine Stirn gruben.
Dann blickte er vom Boden auf und sah sie mit traurigen Augen an.
„Erik gehörte zwar nicht zu unserer damaligen Clique, denn er hatte seinen eigenen Freundeskreis, aber sonst waren wir unzertrennlich.“
Das Weiterreden wurde wohl nicht unbedingt leichter für ihn, denn er schluckte ein paarmal, bevor er fortfahren konnte.
„Er wurde vor einem Monat tot in einer Hütte im Hardanger Vidda aufgefunden.“
Nun war es ausgesprochen.
Janinas Augen weiteten sich.

„Zunächst hatten die Wanderer, die ihn in einer Blutlache am Boden liegend gefunden hatten, gedacht, er wäre gestürzt. Doch dem war nicht so. Sie wollten ihn aus dem Vorraum der Hütte zerren, in dem sie ihn gefunden hatten und dabei ist sein Kopf zur Seite, um nicht zu sagen ‚fast herunter' gefallen.
Als sie in sein blasses Gesicht geblickt und die klaffende Wunde am Hals gesehen haben, haben sie ihn vor Schreck fallen gelassen und die Polizei verständigt.
Keine Frage, es muss ein Kampf stattgefunden haben.
Ich war derjenige, der ihn identifizierte."

Traurig ließ Roal den Kopf hängen. „Ich mache mir immer noch große Vorwürfe deswegen, ursprünglich hätte ich ihn begleiten sollen.
Wir gehen jedes Jahr für ein paar Tage im Vidda wandern. Wenn ich dabei gewesen wäre, wäre er vielleicht jetzt noch am Leben...oder wir beide wären zusammen..."
Er ließ den letzten Satz unbeendet.
„Und warum wurde er getötet?"
„Lass mich bitte erst noch von Sven erzählen, sonst glaubst du mir wahrscheinlich nicht."
Janina nickte, es fiel ihr schwer, ihr Gegenüber nicht mit Fragen zu löchern. Ihre eigene Trauer hatte sie völlig vergessen, so sehr fühlte sie sich auf die Folter gespannt.
Es war doch eine seltsame Sache, dass der eigene Schmerz leichter zu ertragen ist, wenn man von dem Leid anderer erfährt.
Roal fuhr fort.
„Sven wurde ebenfalls erstochen aufgefunden. Die Kriminalpolizei hält sich mit ihren Erkenntnissen sehr bedeckt und ich weiß auch gar nicht genau, inwiefern die Kripo

von Hamburg mit der von Oslo, die für den Hardanger Vidda – Fall zuständig ist, zusammenarbeitet."
Er blinzelte kurz und Jani fiel auf, dass er den Tod seines Bruders auf einmal als Fall betitelte.
„Jedenfalls fürchte ich, dass die polizeiliche Zusammenarbeit zwischen der deutschen und den beiden verschiedenen norwegischen Polizeibehörden eher schlecht als recht funktioniert.
Und ich muss gestehen, dass ich auch nicht daran glaube, dass die Polizei in diesem Fall in der Lage ist, dem Morden ein Ende zu bereiten. Es wird erst aufhören, wenn wir beide, denn wir sind die letzten im Bunde, auch das Zeitliche gesegnet haben. Und wenn der Mörder das bekommen hat, das er sucht."
Mit einer dramatischen Geste breitete er die Arme aus und sah sie mit einem unheimlichen durchdringenden Blick an, der ihr einen Schauer den Rücken hinunter jagte.
‚Der ist doch irre! Schoss es ihr durch den Kopf und sie begann erneut, sich äußerst unwohl in der Gegenwart dieses Mannes zu fühlen.
Sie musterte ihn misstrauisch. Konnte er gar selbst der Mörder sein? Ein Psychopath, der gerade eine Märchenstunde zum Besten gegeben hatte? Eine bessere Gelegenheit, als ihr jetzt ein Messer in den Hals zu stoßen, würde sich ihm nicht bieten.
Kleine Schweißperlen traten ihr auf die Stirn und ihre Hände wurden feucht. Sie befahl sich, ruhig sitzen zu bleiben und einfach weiter zuzuhören. Wahrscheinlich reagierte sie einfach nur über.
Mit einem angedeuteten Nicken forderte sie ihn auf, weiter zu sprechen.

Roals Augen blickten hochkonzentriert. Wie ein Redner vor einer großen Menschenmenge, holte er tief Luft und unterstrich seine Worte mit Gesten.
Denn es war die Zeit gekommen, einen Schlussstrich unter seine Erzählungen zu setzen und darzulegen, zu welchen Ergebnissen er gekommen war.
„Es hängt alles zusammen."
Er begann, an den Fingern aufzuzählen:
„Unser Einbruch von damals, Eriks, Svens und nun auch Hendriks Tod."
Roal fing an, Janina seine Ansichten darzulegen.
Janina hörte gebannt zu und eine schreckliche Erkenntnis ließ ihr das Blut in den Adern gefrieren.

24.) Der Butler

Auf Johnsens Schreibtisch schrillte das Telefon. Genervt versuchte er, das unschöne Geräusch zu ignorieren und sich wieder auf den Brief zu konzentrieren, den er in den Händen hielt.
Doch das ungeliebte Gerät gab keine Ruhe.
„Mensch Thor, kannst du nicht mal rangehen?"
Johnsen machte sich nicht einmal die Mühe, aufzusehen.
Doch der Kollege konnte leider momentan wirklich nicht, denn er telefonierte bereits selbst, was der beschäftigte Johnsen gar nicht mitbekommen hatte.
Seufzend hob er dann doch den Hörer ab und sprach gelangweilt seine übliche Floskel.
„Grüße Sie, Herr Johnsen, hier spricht Polizeimeister* Mikkel."
Johnsen zog unwillkürlich die Augenbrauen hoch und richtete sich ein wenig auf. Auch das noch, der Chef gab sich die Ehre!
Das Gespräch, das nun folgte, war eher ein Monolog, von dem bei Johnsen neben dem vielen Blabla, und der Schwadroniererei (typisch hoher Beamter), eine äußerst beunruhigende Sache hängen blieb:
Er hätte Mikkels Vertrauen verspielt und „unnötige äußerst hohe Ausgaben für einen völlig offensichtlichen Fall" verursacht und weiterhin führe seine „Konzentration auf Nichtigkeiten..." zu einer „Vernachlässigung der wirklich dringenden Aufgaben."

Johnsen musste sich zusammenreißen um seiner Stimme die Schärfe zu nehmen, als er endlich die Gelegenheit bekam, zu den Vorwürfen Stellung zu nehmen.

„Warum unnötig? Der Leichnam ist bis jetzt noch nicht aufgetaucht und die Vermisstensuche zählt zu unseren Aufgaben. In diesem Gelände sind wir nun einmal leider auf die Zuhilfenahme des Helikopters angewiesen! Außerdem…“
Der Kriminalist wurde jäh unterbrochen.
Mikkel setzte unbeeindruckt seine Standpauke fort.
Zerknirscht schluckte Johnsen seine Entgegnung herunter, dass es momentan eben *keinen* anderen wichtigen Fall zu bearbeiten gab und gab sich unterwürfig, wofür er sich selbst hasste.
„…Ja, Herr Mikkel…ja, ich werde diesen Fall ruhen lassen, bis es neue Hinweise gibt…ja, wir werden uns ab sofort mit dem Geldwäschefall befassen.“
So sanft es ihm möglich war, legte er den Hörer auf die Gabel. Totenstille herrschte im Raum.
Dann schlug er mit der Faust auf den Tisch.
Weyn zuckte zusammen.
„Himmelherrgott, warum kann dieser schnöselige, aufgeblasene Gockel uns nicht einfach unsere Arbeit machen lassen?“
Johnsens Kragen war geplatzt, noch eine Minute länger hätte er das arrogante Gerede seines Vorgesetzten nicht ertragen.
Voller Inbrunst machte er seinem Zorn Luft. Er bückte sich um einige vom Schreibtisch gesegelte Papiere aufzuheben.
Weyn, der sein eigenes Telefongespräch glücklicherweise kurz vor dem Wutausbruch seines Vorgesetzten ebenfalls, jedoch etwas liebevoller beendet hatte, stieß sich mit den Füßen von seinem Tisch ab und rollte mit seinem Stuhl herüber.

„Du meinst sicher den Mikkel?“
„Ja wen denn sonst? Dieses aufgeblasene Arschloch hat mir gerade vorgeworfen, ich hätte meine Befugnisse missbraucht!“ Weyn fixierte den rot angelaufenen Kopf seines Kollegen. Konnte er da etwa kleine Rauchwolken aus den Ohren aufsteigen sehen?
Er war sich nicht sicher, ob er sie sich nur einbildete und versuchte, Johnsens Laune zu heben.
„Ach der! Der hockt doch nur auf seinem fetten Hintern und lässt sich von seiner zickigen Sekretärin nicht nur mit Kaffee verwöhnen…“
Unwillkürlich musste Johnsen grinsen. Dass ausgerechnet Weyn von fetten Hintern sprach…
„Vielleicht sollte ich mal seiner Frau davon erzählen, dann lässt er uns endlich mal in Ruhe arbeiten…“
Erwiderte er.
„Dann musst du aber unbedingt auch eine Gehaltserhöhung verlangen!“
Nun feixten beide um die Wette. Johnsen wollte gerade noch etwas ähnlich Geistreiches hinzufügen, als erneut das Teufelsding neben ihm zu klingeln begann.
Unwillig ging er ran. Wenigstens konnte es diesmal kein interner Anruf sein. Die Nummer war „unbekannt“.
Der Anrufer auch, zumindest noch.
Doch das sollte sich bald ändern, denn Johnsen erhielt eine etwas seltsame Einladung.

*Die Norwegische Polizei wird von einer nationalen Polizeidirektion, norwegisch: Politidirektoratet (POD) geleitet und hat sieben Spezialabteilungen. Neben den regulären Polizeiaufgaben ist die Polizeiorganisation unter anderem auch für den kriminalpolizeiliche Aufgaben und die Verkehrspolizei zuständig.
In Norwegen existieren 27 Polizeidistrikte (Politidistrikta), denen jeweils ein Polizeimeister vorsteht. Insgesamt hat die Norwegische Polizei rund 13.000 Mann, wovon 8.000 im aktiven Polizeidienst sind. Die Polizeiführung untersteht direkt dem Justiz- und Sicherheitsministerium.
In der Zentralen Verwaltung (Politidirektoratet) arbeiten rund 180 Verwaltungsbeamte.

25.) Vietnam 1993

„Rumms!“ Krachend ließ der vierschrötige Mann seinen Humpen auf den Tisch sausen, dass das Bier nur so überschwappte. Er war angetrunken, hatte Segelohren und sah aus wie Anfang 20. Neben ihm hatte sich ein etwas jünger wirkender Mann niedergelassen. Lachend schlug der europäisch aussehende, grobschlächtige Mann dem Einheimischen auf die Schulter.

„Mensch, Hung, du trägst deinen Namen nicht ohne Grund: Hung, der heldenhafte! Deine Eltern haben wohl schon geahnt, dass aus dir einmal etwas werden würde, als sie dir diesen Namen gegeben hatten! Dass du dich wirklich traust, mich so frech einfach anzuquatschen!“

Hung Truc Ly grinste breit und nickte. Der dumme Europäer konnte ja nicht wissen, dass er sich selber diesen Namen verpasst hatte. Seine einfältige Mutter hatte sich bei seiner Geburt nämlich für einen ganz anderen Namen entschieden: „Thien“, als der „Sanfte“. Was für ein schwächlicher Name für einen Mann!

Zumindest der Nachname war echt, und was den Vornamen anbelangte: Er musste ja nicht jedem seinen Ausweis unter die Nase halten.

Hung suchte Arbeit. Er war ein gerissener Kerl, der bereits genügend Dreck am Stecken hatte um endlich an größeren Projekten beteiligt zu werden.

Ein Freund hatte ihm den Tipp gegeben, dass diese Bar einer Norwegerin und ihrem Neffen gehörte, die immer mal Leute einstellten. Es war ihm ein Leichtes gewesen, den Barkeeper dazu zu bewegen, ihn Olaf vorzustellen.

„Also H-u-n-g,“ Olaf zog die einzelnen Silben seines Namens absichtlich in die Länge beugte sich nach vorne, so-

dass Truc Ly einen Hauch säuerlichen Atems ins Gesicht geblasen bekam.
„...mein guter Freund Tayli hat mir von dir erzählt.“ Er deutete in Richtung des Barkeepers.
„Ich wäre nicht abgeneigt, deine Dienste in Anspruch zu nehmen.“
Er machte eine bedeutungsschwere Pause bevor er fortfuhr.
„Doch kenne ich dich noch nicht und möchte erst einmal sehen, wie du so drauf bist, Kleiner.“
Hung bemühte sich, seine Gesichtszüge unter Kontrolle zu behalten angesichts der widerlichen Ausdünstungen seines offensichtlich bereits gut angeheiterten Gegenübers.
Die Bezeichnung „Kleiner“ missfiel Hung. Doch immerhin schien Olaf Interesse an seinen Diensten zu haben.
Etwas hochnäsig erwiderte er, dass er ein Meister seines Faches und keinesfalls ein kleiner Fisch sei und deshalb nicht gerne „Kleiner“ genannt werden wollte.
Nebenbei sah er sich unauffällig um. Keine Gefahr schien um sie herum zu lauern, niemand in dieser stinkenden Absackerkneipe am östlichen Ende der Welt schien sich für die beiden Männer zu interessieren.
Sein Gegenüber brach in schallendes Gelächter aus und nahm einen kräftigen Schluck aus seinem Glas. Als er es wieder absetzte, verzog er die Mundwinkel zu einem abfälligen Grinsen.
„Soso, ein Meister?“,fragte er verächtlich.
„Seit wann können sich denn schon die Kinder ‚Meister‘ schimpfen? Wie willst du denn in deinem Alter schon Erfahrung gesammelt haben?“
„Olaf, du hast mir vorher nicht zugehört...ich habe dir doch meinen Lebenslauf erzählt!“

Begann Hung erneut und schüttelte dabei den Kopf.
„Seit ich ein kleiner Junge bin, habe ich mich allein durchschlagen müssen und so habe ich eine Menge Erfahrung gesammelt."
Hung hatte allmählich genug von diesem besoffenen Arschloch mit dem komischen Akzent. Entweder bekam jetzt einen Job, oder er würde in den nächsten Minuten aufstehen und gehen.
Der Skandinavier antwortete mit höhnisch schallendem Gelächter. „Erfahrung? Du nennst DAS etwa Erfahrung?" Seine Stimme war laut und ein paar Gäste am Nachbartisch drehten sich neugierig nach ihnen um.
„Schhhht!" Hung begann sich zunehmend unwohler in der Gesellschaft dieses Mannes zu fühlen. Was hatte er sich nur dabei gedacht, sich mit ihm hier zu treffen?
Er wagte einen letzten Versuch, ein ernsthaftes Gespräch in Gang zu bringen und redete leise eindringlich auf ihn ein.
Die unappetitliche Schweiß- und Biermischung, nach der sein Zuhörer stank, versuchte er dabei so gut es ging zu ignorieren.
„Du meinst, es soll niemand hören, dass..." er senkte die Stimme zu einem Flüstern, „...du ein Profikiller in Ausbildung bist?" Ein amüsiertes Grinsen erschien auf dem Gesicht mit den geröteten Wangen.
Jetzt hatte Thien (von wegen „sanft"!) endgültig die Nase voll. Er schnellte hervor und hielt mit der linken Hand den vom Schweiß feuchten Kragen fest. Im selben Moment blitzte in der Rechten die Klinge eines Messers auf, das er Olaf an die Kehle hielt.

Wer auch immer dieses stinkende Schwein sein mochte, er musste sich keine Beleidigungen von Ausländern gefallen lassen!

„Respekt!" Hung zischte in Olafs Ohr. „Ich habe bereits fünf Männer getötet, meinen ersten, als ich gerade einmal zehn Jahre alt war. Mit einem Schraubenzieher, wenn du es genau wissen willst. Dafür verdiene ich ein Fünkchen Anerkennung. Und du behandelst mich wie einen Schuljungen!"

Doch Hung war, entgegen seiner eigenen Auffassung, noch lange kein Profi und - so schnell konnte er gar nicht reagieren - wurde überwältigt.

Es ging sehr schnell.

Plötzlich wusste er nicht mehr, wo sich seine Arme befanden und starrte ungläubig auf das Messer, das er eben noch in den Händen gehalten hatte und das nun klirrend vor ihm auf den Tisch fiel. Ein stechender Schmerz fuhr ihm in den Nacken und in die Arme, die ihm mit rauer Gewalt von hinten auf den Rücken gedreht worden waren.

„Ja, ich behandle dich genau wie der Schuljunge, der du angesichts deines idiotischen Verhaltens auch bist!"

Die Rollen waren jetzt vertauscht. Eben noch bedroht worden, kratzte sich Olaf scheinbar teilnahmslos den Stoppelbart und schien zu überlegen, was als nächstes geschehen sollte.

Er entschied sich, zunächst sein Bier in den Schlund zu kippen, das war nie verkehrt. Dann stand er auf und ging um den Tisch herum.

Mit einer gemächlichen Bewegung beugte er sich zu dem Asiaten, der von einem glatzköpfigen Riesen im Schwitzkasten gehalten wurde, hinunter.

Seelenruhig griff er nach dem Messer mit der schlanken Klinge, das Hung aus den Fingern geglitten und betrachtete es sinnend.
Eine junge vietnamesische Kellnerin hatte die Vorhänge, die dazu gedacht waren, die einzelnen Bereiche der Gaststube bei Bedarf abzutrennen, auf einen Fingerzeig eines weiteren, wie aus dem Nichts aufgetauchten Glatzkopfes geräuschlos zugezogen.
Nun befanden sich nur noch vier Personen in diesem plötzlich entstandenem kleinen Raum: Der junge Mann mit den weichen Knien in den Händen des brutalen Riesen, die beiden bulligen Kerle, offenbar Leibwächter und ihr Boss, der Norweger, der scheinbar auch den gesamten Laden unter Kontrolle hatte.
Schweißperlen standen auf der Stirn des jungen Mannes.
„Regel Nummer eins, mein lieber Hung", Olaf sprach mit gefährlich leiser Stimme und strich dabei mit dem linken Zeigefinger über die Oberseite der Messerklinge, die er in der Rechten hielt.
„Unterschätze niemals deinen Gegner."
Er deutete eine Kopfbewegung an und der Schrank von einem Mannsbild richtete den armen jungen Mann in seinen Händen mühelos auf, sodass er hilflos mit auf dem Rücken festgehaltenen Händen vor dem Norweger stehen musste. Hung konnte ein Keuchen nicht unterdrücken, als der Griff um seine Handgelenke noch fester wurde und Wellen des Schmerzes durch seine Arme bis in die Schultern hinaufschossen. Sternchen blitzten vor seinen Augen auf, doch er wollte sich nicht die Blöße geben, aufzuschreien oder gar zu wimmern.
Olaf beobachtete ihn genau.

„Regel Nummer zwei: Lege dich niemals mit den Falschen an.“
Er ließ die rasiermesserscharfe Klinge über die Wange des Vietnamesen wandern. Ein dünnes Rinnsal aus Blut zeichnete die Spur des Messers nach.
Ein dunkelroter Bluttropfen blieb an der Messerspitze haften. Olaf betrachtete ihn nachdenklich und bevor der Tropfen zu Boden fallen konnte, wischte er ihn mit dem Finger ab und schmierte ihn auf das Hemd des Vietnamesen. Genau auf die Stelle, an der sich sein Herz befand.
Sämtliche Farbe war aus Hungs Gesicht gewichen. Er begann innerlich zu beten.
Olafs Stimme hatte einen drohenden Klang angenommen.
„Und Regel Nummer drei: Wenn du weiter leben willst, dann machst du ab sofort nur noch das, was ich dir sage, verstanden?“
Er hatte die Klinge wieder erhoben. Sie hatte einen Punkt unterhalb Hungs linken Auges erreicht und blieb dort ruhen. Hung wagte nicht, sich zu bewegen und antwortete mit einem heiseren:
„Ja, mein Meister.“
Diese Anrede schien Olaf zu gefallen und er nahm das Messer weg.
Hung atmete auf.
Der Vietnamese sollte seine Anstellung bekommen, Olaf selbst würde dafür Sorge tragen, doch seine Freiheit, die hatte er verspielt. Nun gehörte er mit Leib und Seele diesem Despoten und seiner Chefin.
Auf der Wange blieb für den Rest seines Lebens eine schmale, weiße Narbe zurück, die ihn bei jedem Blick in den Spiegel ermahnte, sich nie wieder mit dem Falschen anzulegen.

26.) Hinterher ist man immer klüger als vorher! Wirklich immer?

„Du bist damit noch nicht zur Polizei gegangen, stimmt`s?“ - „Nein, und das habe ich auch nicht vor.“

„Und was soll ich deiner Ansicht nach jetzt tun? Hier warten, bis der Psycho, der Erik, Hendrik und Sven umgebracht hat, um sich für den Diebstahl dieser Uhr zu rächen, mich umbringt, weil ich ihm auch nicht sagen kann, wo sie ist? Ist dieses Teil denn wirklich so wertvoll?“

Roal zuckte die Achseln. „So sieht es aus. Immerhin ist die verschwundene Taschenuhr das Letzte und Einzige, das uns drei verbunden hat und ich bin vor einem guten Monat wieder danach gefragt worden.“

„Von wem? Etwa dem Mörder?“

Die Überraschungen schienen kein Ende zu nehmen.

Roal wog den Kopf.

„Vielleicht...woher soll ich das wissen? Es war so ein Chinese. Stand eines Abends einfach vor der Tür und hat recht unfreundlich danach gefragt. Als ich ihn wegscheuchen wollte, hat er den Fuß in die Tür gestellt und plötzlich ein Messer in der Hand gehabt. Wer weiß, wie die Geschichte ausgegangen wäre, wenn nicht gerade zufällig ein Streifenwagen vorbei gefahren wäre. Der muss ihn ziemlich erschreckt haben, so schnell, wie er dann um die Ecke verschwunden ist. Obwohl ich bezweifle, dass die Bullen uns überhaupt gesehen haben.“

„Und das hast du sicher auch nicht der Polizei erzählt?“

„Doch, sogar noch am gleichen Tag, doch meine Geschichte wurde leichtfertig abgetan. Ich sollte mir ein Sicherheitsschloss einbauen und für den Fall der Fälle ein

Pfefferspray besorgen. Außerdem immer mit eingeschaltetem Handy aus dem Haus gehen...tolle Tipps, da wäre ich allein nie drauf gekommen." Roal rümpfte die Nase.
Janina glaubte immer besser zu verstehen, warum Hendrik Sven stets als Freund bevorzugt hatte und den Kontakt zu Roal abgebrochen hatte.
„Es tut mir leid, aber ich kann die ganze Sache immer noch nicht ganz nachvollziehen." Sagte sie.

Janina, die ihm von Anfang an nicht so recht getraut hatte, fragte sich, ob er nicht noch mehr wusste, es aber vor ihr verbarg.
Sie beschloss, die Strategie zu ändern und sah ihn mit schräg gestelltem Kopf an. Wozu war sie eine Frau?

„Ich danke dir vielmals, dass du zu mir gekommen bist, und mir das alles erzählt hast. Bitte entschuldige meine Fragerei, du musst verstehen, dass das alles ein wenig viel für mich ist." Sie schlug die Augen nieder und hob entschuldigend die Hände.
Roal schien sich ein wenig zu entspannen.
„Ist ja gut, Süße. Ich bin schließlich jetzt da, um auf dich aufzupassen."
Janina fand die Anrede „Süße" völlig fehl am Platz, ließ sich jedoch nichts davon anmerken. Sie brauchte mehr Informationen und versuchte es weiter mit ihrer Strategie, die anscheinend fruchtete. Sie machte große Augen und fragte zaghaft:
„Danke. Sollte ich mich dann aber nicht besser irgendwo verstecken oder doch zur Polizei gehen? Bist du auch untergetaucht, nachdem du bedroht worden bist?"

„Ja, am besten du fährst für eine Weile weg, besuchst deine Familie in Deutschland oder noch besser jemanden, der nicht mit dir verwandt ist, damit du nicht so leicht gefunden werden kannst.
Und was die Polizei angeht: Vergiss sie! Die haben bisher nur versagt und ernst werden sie dich sicher genauso wenig nehmen, wie mich!“
Janina war ratlos. Nach Deutschland gehen? Nein, das wollte sie auf gar keinen Fall. Er schien es sich sehr leicht vorzustellen, einfach das Land zu verlassen.
„Roal bitte sag mir ganz ehrlich: Weißt du wirklich nicht, wer dieser Chinese war und warum er die Uhr um jeden Preis haben will?“
Die Antwort kam zögerlich: „Nein, ich weiß es nicht.“
Sie glaubte ihm nicht so recht und hakte noch einmal nach: „Und wusste Hendrik es?“
„Woher soll ich das wissen? Ich hatte jahrelang keinen Kontakt mehr zu ihm!“
‚Aha‘, dachte sie. ‚ Jetzt hast du einen Fehler gemacht.‘
Siegessicher redete sie weiter. Jetzt hatte sie ihn am Haken.
„Und woher hast du meine Adresse und weißt meinen Namen? Hör endlich auf, mich anzulügen!“
Roal merkte, dass er sich verplappert hatte und wurde wütend. „Himmel noch eins, ich wollte dir helfen! Ich habe dir doch gesagt, dass ich zu Svens Mutter noch Kontakt habe, ist es denn so abwegig, dass sie mir sagen konnte, wo du wohnst? Ich werde jetzt gehen und rate dir, dringend unterzutauchen, solange du noch kannst, wenn du nicht wie er enden willst!“
Er sprang auf und stapfte Richtung Haustür. Jani lief ihm nach und hielt ihn am Ärmel fest.

„Woher weiß ich, dass ich dir vertrauen kann? Wer sagt denn, dass du dir das nicht alles aus irgendeinem Grund ausgedacht hast und wie werde ich endlich erfahren, wo Hendrik ist?“ Die letzten Worte hatte sie fast geschrien. Svens launische Art war ansteckend. Immerhin war ihre Angst vor ihm endgültig durch zorniges Misstrauen ersetzt worden.
Es mochte ja sein, dass er noch mit Svens Eltern in Verbindung stand. Klempnerarbeiten hin oder her, sie fand das alles an den Haaren herbeigezogen.

Sie fragte sich, ob er gewusst hat, dass er sie hier, in ihrer alten Wohnung finden würde, oder ob er zuerst vergeblich an der Türe der gemeinsamen Wohnung von Hendrik und ihr geläutet hatte. Dieser Mann belog sie doch von vorne bis hinten!
Er blickte nur kalt von oben auf sie herunter.

„Das kannst du nicht wissen und ich kann dir keine Antworten darauf geben. Ich bin hergekommen, um dich zu warnen und das habe ich getan. Was du jetzt tust, ist deine Sache.“
‚Und um herauszufinden, wie viel du weißt und ob du die Uhr hast oder ihren Aufenthaltsort kennst, fügte er im Stillen hinzu. Dann drehte er sich um und trat aus der Wohnung.
Jani sah stumm zu, wie er die Treppe hinunter ging, ohne sich ein weiteres Mal umzudrehen. Sie war wütend.
Sie ging wieder zurück ins Wohnzimmer, nicht ohne vorher die Tür zugesperrt und den Zusatzriegel vorgeschoben zu haben und setzte sich wieder auf ihren Platz auf der Couch.

Sie stützte das schmale Kinn auf ihre Hände und dachte darüber nach, was sie erfahren hatte. Ihr war das alles nicht ganz koscher. An der Geschichte, die Roal ihr aufgetischt hatte, stimmte doch etwas nicht! Da tauchte er wie aus dem Nichts auf und versuchte ihr weiß zu machen, dass er, der jahrelang keinen Kontakt zu ihrem Freund gehabt hatte, wüsste, was mit ihm geschehen sei. Woher sollte er das erfahren haben? Und dann auch noch eine Mordgeschichte?
‚Und dann noch diese Lüge mit meiner Adresse...' sie war sich sicher, dass Roal geflunkert hatte.
‚Und wenn...nein...oder doch...' Janina schwankte hin und her. ‚Wenn die beiden doch miteinander in Verbindung gestanden haben...einmal angenommen, Hendrik ist ebenfalls bedroht worden und hat mir nur nichts davon erzählt? Um mir keine Angst zu machen?...möglich wäre es schon gewesen...hmm.' Sie war sich unsicher. Hätte Hendrik ihr nicht davon erzählt, wenn er Drohungen erhalten hatte?
‚Und er wäre doch sicher zur Polizei gegangen und die hätte...ja, was hätte die Polizei dann machen können? Anzeige gegen unbekannt bringt ja auch nicht viel. Oh Mann, mir tut der Schädel weh!'
Von ihrer eigenen Unsicherheit genervt, ging sie ins Bad.
Ein Blick in den Spiegel bestätigte, was sie sich bereits gedacht hatte: Sie sah aus wie ein Gespenst. Sie brauchte dringend Schlaf. Morgen würde ihr vielleicht alles ein wenig klarer erscheinen.
Jani verschob ihre Grübeleien auf den nächsten Tag und beschloss, sich schlafen zu legen.

Gesagt, getan. Trotz der aufgewühlten Nerven konnte sie mit zwei Schlaftabletten, mit einem Schnaps herunterspülte - nein, sie wurde nicht zur Trinkerin - einschlafen.

Als sie am nächsten Morgen aufwachte, fühlte sie sich wie gerädert und nahm zuerst eine kalte Dusche, um munter zu werden.
Mit einer Tasse heißen Kaffees in der Hand setzte sie sich anschließend, die nassen Haare nachlässig in einem Handtuch um den Kopf gewickelt, auf den kleinen Balkon ihrer Wohnung.
Sie betrachtete die friedliche Morgenstimmung, die ihr die Ereignisse von gestern wie einen Teil ihrer verrückten Träume erschienen ließen. Kohlmeisen flogen mit leisem Gezwitscher in den Sträuchern des Gartens von Familie Nielsen umher und wurden von deren schwarzen Kater, der sich unter einem Haselnussstrauch versteckt hatte, mit zuckenden Ohren und peitschendem Schwanz aufmerksam beobachtet.

Mit erfrischtem Geist versuchte sie erneut, die Geschehnisse vom Vorabend zu sortieren. Vielleicht hatte sie doch ein wenig zu misstrauisch reagiert. Erst jetzt fiel ihr ein, dass sie völlig versäumt hatte, Roal nach seiner Telefonnummer zu fragen. Sie schalt sich einen Dummkopf.
Doch halt, plötzlich kam ihr eine Person in den Sinn, die ihr sicherlich helfen konnte, die neuen Informationen, so spärlich sie auch sein mochten, zu analysieren.
Sie legte sich ihre Worte genau zurecht, bevor sie die Visitenkarte aus ihrem Geldbeutel fischte und die darauf abgedruckte Nummer wählte. Sie entschied sich für die Handynummer, in der Absicht, den Kommissar gleich persönlich

sprechen zu können. Trotz der frühen Stunde meldete sich bereits beim dritten Läuten die vertraute männliche Stimme.

Jani berichtete haarklein, was am Vorabend geschehen war. Zu ihrer großen Erleichterung schien der Kommissar sie keinesfalls als hysterisch abzustempeln - im Gegenteil, er schlug vor, sie zu besuchen und ihre Aussage zu Protokoll zu nehmen.

Ihr war nicht entgangen, dass ihr Anruf ihn zu erheitern schien und offen, wie sie war, fragte sie ihn geradeheraus nach dem Grund.

„Der Grund, warum ich mich so über Ihren Anruf amüsiere, werte Frau Schwalb, ist der, dass ich gestern Abend in der Hauptstadt dieses schönen Landes angekommen bin!"

Janinas Verwunderung wich dem Gefühl der Erleichterung.

„Sie sind in Oslo?"

„Exakt. Und ich habe heute Mittag einen Termin, auf den ich mich noch ein wenig vorbereiten muss, aber ich kann mir gerne ein, zwei Stunden für Sie Zeit nehmen."

Den ursprünglichen Grund für seine Anreise behielt Johnsen vorerst noch für sich.

Er hielt es nicht für angebracht, ihr von dem Anruf des alten Butlers zu erzählen.

Mit einem Stein auf dem Herzen weniger, legte Janina auf und sah auf die Uhr. Der Kommissar würde gegen 10:00 Uhr bei ihr sein, also hatte sie noch etwa zwei Stunden Zeit. Was sollte sie in dieser Zeit am Besten anstellen?

Sie nahm sich vor, zunächst einmal die Bude wieder auf Vordermann zu bringen. Dann wollte sie zu der gemeinsamen Wohnung fahren, um dort nach Hendriks Adressbuch zu suchen, wo sie hoffte, Roals Telefonnummer zu finden.

Es könnte ja sein, dass der Herr Kommissar gerne ein paar Fragen an Roal richten möchte? Und vielleicht stolperte sie ja auch doch noch über die Tagebücher oder irgendetwas Wichtiges, das sie beim letzten Mal vergessen hatte.
Falls sie dann immer noch Zeit übrig hätte, wäre es sinnvoll, ihren Vermieter anzurufen und die große Wohnung zu kündigen. Vorerst durfte sie ja wieder hier bei Nielsens wohnen. In das Appartement, in dem sie mit Hendrik gelebt hatte, wollte sie auf gar keinen Fall allein zurück, warum also weiterhin die teure Miete bezahlen?
‚Hmm...eigentlich könnte sie auch gleich noch Hendriks Mutter bitten, ebenfalls dorthin zu kommen und einen Schwung von Hendriks Sachen mitzunehmen, damit die Wohnung allmählich leerer wird...', überlegte sie. Doch sie entschied sich dann dagegen. Denn Erstens wurde dafür die Zeit zu knapp und Zweitens hatte sie für Hendriks anstrengende Mutter einfach zu wenig Nerven übrig.
Sie kippte den kalt gewordenen Kaffee hinunter, verzog das Gesicht zu einer Grimasse und machte sich an die Arbeit.

27.) Baden gegangen

Zweimal pochte es an der Tür, dann entstand eine kurze Pause, bevor erneut zweimal ein Pochen an der Holztüre ertönte. Es war das vereinbarte Klopfzeichen. Roal wurde die Tür geöffnet. Schnell trat er ein, zog seine Lederjacke aus und hängte sie schlampig an den abgebrochenen Kleiderhaken an der Wand.
Der Mann, der ihn hereingelassen hatte, steckte den Kopf aus dem Türspalt, schaute misstrauisch nach links und rechts und verschwand wieder im Inneren.
Ein zweifaches Klacken verriet, dass die Tür von innen zugesperrt wurde. Der Schlüssel wurde vorsichtshalber im Schloss stecken gelassen.
Roal machte sich nicht die Mühe, sich seiner Schuhe zu entledigen und ging zielstrebig in die Küche, wo er sich aus dem Kühlschrank eine Flasche Bier herausholte. Er hatte schlechte Laune. Seine Vermutung, dass er von Janina wichtige Informationen bekommen würde, hatte sich als falsch erwiesen.
Er entkorkte die Flasche direkt an der Kühlschranktür, die bereits einige Kratzspuren aufwies; scheinbar machte er das öfter so, und ließ den Deckel dort liegen, wo auch immer er hingeflogen sein mochte. Dann setzte er sich auf einen verschlissenen Küchenstuhl und nahm einen kräftigen Schluck aus der vor Kälte beschlagenen Flasche.
Der Blonde mit dem silbernen Thorshammer um den Hals, der ihn hereingelassen hatte, stand mit verschränkten Armen an den Türstock gelehnt und beobachtete ihn.
Erst nachdem Roal sein Bier abgesetzt und sich mit dem Handrücken über die feuchten Lippen gewischt hatte, be-

quemte er sich dazu, ihm seine Aufmerksamkeit zu widmen und fragte ihn:
„Und, wie ist es gelaufen? Hat sich deine Vermutung bestätigt?“
Stummes Nicken.
Roal war mit einem Schlag putzmunter. Er sprang von seinem Stuhl auf, sodass dieser scheppernd zu Boden fiel.
„Was?! Du hattest also Recht? Er hat sie wirklich? Hast du es mit eigenen Augen gesehen? Jetzt erzähl schon!“
In Gedanken schimpfte er sich einen Idioten, dass er das Risiko eingegangen war, Janina aufzusuchen. Warnung hin oder her, in erster Linie hatte er wissen wollen, wo diese vermaledeite Uhr war!
Der andere musterte ihn mit eiskalten Augen und lehnte weiterhin lässig im Türrahmen. Er blieb cool und schien nicht die Absicht zu haben, Roal den Gefallen zu tun, gehorsam Bericht zu erstatten.
Roal wurde ungeduldig und wedelte mit der Bierflasche vor seiner Nase herum. „Also was is‘ jetzt, hast du ihn damit gesehen oder nicht?“
Ein triumphierendes Lächeln glitzerte ihm entgegen. Es machte unverhofft viel Freude, den jähzornigen Roal ein wenig zu ärgern. Statt einer Antwort bekam er erst einmal ebenfalls eine Frage gestellt.
„Sag du mir erst mal lieber, wo du gewesen bist. Wir hatten vereinbart, dass du hier bleibst, während ich auskundschaften gehe.“ Die Stimme des anderen Mannes klang ruhig, doch sie hatte einen drohenden Unterton, der Roal nicht entgangen war.
Roal verdrehte theatralisch die Augen und hob die Schultern. „Hey Mann, ich lass mich nicht einsperren, wie einen

dummen Hund, ich wollte einfach mal raus an die frische Luft."

Der Mann mit dem Eisblick gab sich mit dieser Erklärung nicht zufrieden und mahnte nachdrücklich: „Du weißt, was auf dem Spiel steht. Entweder du hältst dich an unsere Abmachungen, oder jeder von uns muss selbst sehen, wie er aus der Sache herauskommt. Und wie das enden wird, ist dir ja wohl klar, oder?"

Diese Worte verfehlten ihre Wirkung nicht. Roal begriff, dass er in den Augen seines Partners zu weit gegangen war und sah betreten auf seine Schuhe in der Absicht, den Anschein zu erwecken, dass er es bereute, ihre Vereinbarung missachtet zu haben. Er gab sich beschwichtigend.

„Hör mal, ich weiß, dass die Sache ernst ist, aber ich habe mir wirklich nur ein bisschen die Beine vertreten. Das wird doch wohl noch erlaubt sein! Ich habe es einfach nicht mehr hier drin ausgehalten."

Der andere glaubte ihm das wohl immer noch nicht so recht, schien jedoch beschlossen zu haben, den Vorfall zu vergessen und setzte sich an den wackeligen Küchentisch. Mit einem Klopfen auf die Tischplatte deutete er Roal an, es ihm gleich zu tun.

Die beiden Männer steckten verschwörerisch die Köpfe zusammen. Es gab viel zu besprechen und zu planen. Es war offensichtlich, wer von den beiden das Sagen hatte; zu Roals Leidwesen war es nicht er selbst.

Nachdem sie sich abgesprochen und über ihr weiteres Vorgehen geeinigt hatten, brachten sie den Stein ins Rollen. Genauer gesagt, gab Roal den Anstoß, indem er sein Handy aus der Tasche zog und eine Nummer wählte, die der andere ihm auf einen Zettel geschrieben hatte.

Am anderen Ende der Leitung meldete sich wie erwartet eine hohe Frauenstimme. Der Herr war sich zu fein, um selbst ans Telefon zu gehen, so viel hatten die beiden bereits herausgefunden. Es war also die der Sekretärin, oder Gespielin, oder wie man die ständig wechselnden hübschen Damen, mit denen dieser reiche Sack sich zu umgeben pflegte, nennen wollte, die den Hörer abhob.
Die erste Hürde. Roal erklärte der Dame, dass er dringend ihren Chef sprechen musste und tat dabei unheimlich wichtig. Reden konnte er, das musste man ihm lassen. So schaffte er es irgendwie, tatsächlich durchgestellt zu werden. Nun folgte die zweite, größere Hürde, die ein nicht geringes Risiko barg. Er musste ein paar Karten auf den Tisch legen, doch ja nicht zu viele oder die falschen! Roals Vorhaben war es, glaubwürdig zu vermitteln, dass er eine äußerst wertvolle Information hatte. Dabei durfte er weder seinen Aufenthaltsort, noch, dass er einen Komplizen hatte, verraten.

Ein Blick auf seine Armbanduhr verriet dem Angerufenen, auf dessen Schoß die hübsche Brünette mit dem Telefon in der Hand saß, dass es eigentlich zu spät für reguläre, geschäftliche Anrufe war.
Er verfluchte sich selbst, dass er es dieses Mal unbedingt auf seinem Schreibtisch mit ihr treiben wollte und nicht wie gewohnt bei sich daheim in seiner Wohnung. Hier hatte man einfach nicht seine Ruhe! Nicht einmal zum Ausziehen waren sie gekommen. Er seufzte resignierend und beschloss, das Beste aus der Sache zu machen.
Es gefiel ihm, während sie mit dem Anrufer sprach, seine Hand unter ihre Bluse zu schieben und sie sanft, aber fest in ihre Brustwarzen zu kneifen. Mit Behagen spürte er, wie

sie sich in seiner Hand aufrichteten und der leichte Körper dabei zusammenzuckte.
Er begann, ihren Nacken mit kleinen, feuchten Küssen zu bedecken, und erfreute sich an dem Zittern, das durch ihren Körper lief. Sein Spiel machte ihm Spaß und sein Ärger über den unerwünschten Anruf war schnell verflogen. Doch mit einem Mal drehte sie sich abrupt um, hielt mit der Hand den Hörer zu und reichte ihn ihm mit den Worten:
„Olaf, es ist für dich, es scheint wichtig zu sein."
Missmutig machte er eine wegwerfende Handbewegung und wollte fortfahren, sie zu küssen, doch sie ließ nicht locker und drückte ihm das Mobilteil einfach in die Hand. Sie war nicht halb so scharf auf ihn, wie er es gerne hätte und heilfroh, ihm zumindest noch für einen Moment entkommen zu können. Er war immer so schnell bei der Sache! Dass ihre körperlichen Reaktionen entweder rein instinktiv oder geheuchelt waren und sie ihn im Grunde verabscheute, ahnte er nicht im Geringsten. Wenn sie nur das Geld nicht so dringend bräuchte...
Ihr eindringlicher Blick und ihre Weigerung, das Telefon wegzulegen, brachten ihn schließlich dazu, klein bei zu geben.
Olaf gab sich geschlagen und meldete sich unwirsch.
Was er nun zu hören bekam, ließ ihn aufmerken. Sein Stimmungspegel schnellte wieder nach oben.
Und wenn das Telefonat erst einmal beendet war, würde er den Stecker ziehen und dann...er schielte zu ihr hinüber und als er sah, dass sie ihn anblickte, ließ er eine Reihe strahlendweißer Zähne aufblitzen.
Aufmerksam verfolgte die schlanke Frau, die sich von seinem Schoß erhoben und an die Tischkante gelehnt hatte,

das Gespräch, das sich zwischen dem unbekannten Anrufer und ihrem Boss entspann. Ihr Blick wanderte, beim Gesicht angefangen nach unten über seinen Körper. Er war noch in guter Form, auch wenn er seine besten Jahre bereits hinter sich gelassen hatte. Sie sah zu, wie seine Lippen beim Sprechen eine Reihe makelloser Zähne entblößten. Hinten links schimmerte ein Goldzahn. Gold war auch an seinen Fingern und hing ihm in Form einer dicken Kette, an der sein Sternzeichen hing, um seinen Hals. Es war ein Skorpion, der seinen spitzen Stachel nach oben in Richtung seines Halses streckte. Angeekelt wandte sie ihre Augen von dem widerlichen Spinnentier ab und ließ sie über seinen Oberkörper streifen. Als sie auf der Beule in seiner Hose hängen blieben, unterdrückte sie einen Seufzer. Schade, sie hatte gehofft, ein unwillkommener Anruf könnte ihn abtörnen. Doch scheinbar hatte sie heute kein Glück.
Viel zu früh für ihren Geschmack war das Gespräch beendet.
Mit einem siegessicheren Lächeln legte er auf und widmete sich ohne ein Wort der Erklärung wieder voll und ganz seiner unglücklichen Angestellten.

Das Wunder war vollbracht!
Nach ein paar Minuten war das Telefonat beendet. Der andere hatte Roal während dieser telefoniert hatte, keine Sekunde aus den Augen gelassen. Als das Gespräch beendet war, herrschte für den ersten Moment Grabesstille in der kleinen Wohnung. Man hörte ein Auto auf der Straße vorbeifahren und in der Ferne das Rauschen der nahe vorbeiführenden Eisenbahn.

Roal nahm mit zitternden Fingern die SIM Karte aus seinem Handy und zerschnitt sie mit der Küchenschere aus der Schublade. Dann ließ er die Fitzelchen in den Mülleimer regnen.
Genau wie Roal, wirkte auch der andere äußerst angespannt, wie er mit verschränkten Armen noch immer auf seinem Platz saß.
Er war ein Mensch mit viel Geduld, doch auch seine Nerven waren nicht unendlich belastbar. Da Roal nicht vorzuhaben schien, von sich aus eine Erklärung zu liefern, räusperte sich sein Partner und stellte ihm unwirsch die Frage, die ihm auf der Seele brannte:
„Was hat er gesagt?" Roal antwortete mit einem triumphierenden Grinsen: „Er hat mir geglaubt. Er schickt seinen Chinesen noch morgen Vormittag hin!" In seinen Augen war unverkennbarer Hass zu sehen.
Bei dem Gedanken an den Mann, der nun wieder in Aktion treten sollte, kochte er innerlich.
Der andere nickte. In seinem Kopf arbeitete es fieberhaft. Es war offensichtlich, dass Roal von der Rache getrieben wurde und sich höchstwahrscheinlich nicht an ihren Plan halten würde. Er kannte Roal gut genug, um zu wissen, dass er nicht weit voraus plante und wenn er erst einmal seine Rachegelüste befriedigt hätte, wäre ihm alles egal.
Doch das konnte er ihm nicht erlauben. Für ihn stand viel zu viel auf dem Spiel.
Fieberhaft überlegte er sich, wie er ihn entweder zur Vernunft bringen oder zumindest stilllegen konnte, bis die ganze Sache vorüber war.
Nach einem gemeinsamen Abendbrot und einem „Gute Nacht – Bier", legten sich beide schlafen.

Jeder hatte einen Raum für sich, Roal hatte das alte Sofa im Wohnzimmer in Beschlag genommen und der andere begnügte sich mit einer Matratze am Boden daneben. Neben der Küche und dem engen Bad existierten keine weiteren Räume.
Ihre Privatsphäre hatten sie bereits vor über einer Woche aufgeben müssen, als sie dieses Loch bezogen hatten.

Roal grübelte lange nach, während er dem kratzenden Geräusch seines Zimmergenossen lauschte. Er beschloss, am nächsten Morgen zur Tat zu schreiten.
Er sank in einen traumreichen, nervösen Schlaf, von dem er am nächsten Morgen mit gewaltigen Kopfschmerzen aufwachte.
Das Geräusch der Kaffeemaschine hatte ihn geweckt. Als er die Wolldecke zur Seite schlug und noch schlaftrunken in die Küche kam, sah er seinen Mitbewohner den Tisch decken.
„Guten Morgen“, gähnte er, setzte sich, wie er war, in Unterhose und Schlabbershirt an den Tisch und griff nach der dampfenden Kaffeetasse, die ihm gereicht wurde.
„Guten Morgen, Roal, heute ist es soweit.“ Erwiderte der andere.
„Hast du deswegen nicht mehr schlafen können?“
„Naja, ein bisschen hab ich schon gepennt“, war die Antwort und damit setzte sich der andere ebenfalls mit einer Tasse in der Hand an den verkratzten Tisch und blies sachte hinein, bevor er vorsichtig daran nippte.
Er wollte gerade zu einem der labberig aussehenden Toastbrote greifen, die er sich morgens immer mit einer Ladung des braunen Zeugs aus dem Nuss-Nougat-Glas einverleibte, als Roal die Stimme erhob.

„Ich halte es für das Beste, wenn wir ihm dort auflauern und zur Strecke bringen!"
Scheinbar weckte der Kaffee nicht nur mit jedem Schluck Roals Geister, er rief auch seine schlafende Aggression wach.
Der blonde Mann auf der anderen Tischseite sah ihn mit fragendem Blick an, zog seine Hand zurück und legte sie auf seinen Schoß.
Er reagierte gelassen auf Roals zornigen Ausruf. Wie immer. Er kannte ihn gut genug um zu wissen, wie man mit seinem hitzigen Wesen am Besten umgehen sollte.
„Hältst du das wirklich für eine so gute Idee, mein Freund?"
„Ja, was hast denn du gedacht? Dass ich den Mörder meines Bruders einfach so davon kommen lassen werde?" Roals Stimme wurde laut. Die Hälfte seines Kaffees schwappte bei einer ruppigen Handbewegung aus seinem Behälter und klatschte auf den Boden.
„Hey, hey, ganz ruhig, kein Grund, herumzuschreien. Der schöne Kaffee, dir werd' ich nochmal einen machen...
Roal, du weißt doch, dass wir beide das selbe Ziel verfolgen. Aber davon, jemanden umzulegen war nie die Rede! Wir übergeben ihn der Polizei, wie abgemacht!"
Damit war Roal ganz und gar nicht einverstanden.
„Ja prima, ganz toller Plan! Und was willst du der erzählen? Wir haben absolut nichts in der Hand! Die lassen den Wichser doch gleich wieder laufen!"
„Du hast vielleicht nichts in der Hand, aber ich. Ich habe die Zeit genutzt, die ich mir verschafft habe und Beweise gesammelt, die sowohl ihn, als auch seinen Auftraggeber, der eigentlich hinter der Sache steckt, lebenslang wegzusperren."

Roal lachte höhnisch. „Wenn er sich nicht frei kauft. Die Richter sind doch alle korrupt!"
„Nein, sind sie nicht. Meine Indizien sind so eindeutig, dass sie nicht ignoriert werden können. Ich halte nichts von Selbstjustiz."
Roals Augen blitzten böse.
„Das ist dein letztes Wort?"
Der blonde Hüne nickte langsam und deutlich, stellte die halbvolle Tasse ab und spannte seinen Körper an, bereit für alles, was jetzt auch kommen mochte.

Aufmerksam fixierte er Roal, der sich zurücklehnte und scheinbar völlig gelassen den Rest seines mittlerweile lauwarmen Getränks in den Rachen kippte. Doch seine Gelassenheit war nur Schein, auch er war auf der Hut.
So saßen sich die beiden wie zwei Raubtiere gegenüber am gleichen Tisch, jeder bereit, bei der ersten falschen Bewegung des anderen aufzuspringen.
Der Blonde mit dem Zopf hatte ganz richtig geraten, Roal hatte in der Nacht etwas ausgeheckt. Er hatte seinen eigenen Plan ausgeklügelt, der nun in Aktion treten sollte.
Mit einer betont lässigen Bewegung gab er vor, seine geleerte Tasse in die Spüle hinter dem anderen stellen zu wollen, als er plötzlich, ohne Vorwarnung auf den am Tisch sitzenden Mann losging. Er hob das Porzellangefäß, das nun seine Waffe geworden war und wollte damit auf seinen Schädel einschlagen. Doch der Hüne war schneller.
Noch während er damit zum Schlag ausholte, bemerkte er, dass er seinen Gegner unterschätzt hatte.
Mit einer fließenden, blitzschnellen Bewegung hatte sein Opfer ein Nudelholz unter dem Küchentisch hervorgezo-

gen und in Sekundenschnelle zugeschlagen und sich dann seitlich weggeduckt.
Ein stechender Schmerz in der Lendengegend ließ Roal zusammenzucken. Mit einem Aufschrei ließ er seine zur Schlagwaffe erkorene Tasse fallen, die mit lautem Scheppern am Boden in Stücke zersprang und fasste sich mit beiden Händen zwischen die Beide.
Laut fluchend hielt er mit beiden Händen sein empfindlich getroffenes Körperteil. Als er in dieser gebückten, unvorteilhaften Haltung dastand, beendete das Nudelholz mit einem erneuten Schlag, diesmal auf den Hinterkopf, abrupt sein Gejammer und die derbe Flucherei.
Bewusstlos sackte Roal auf dem Boden zusammen.
Der Sieger stand triumphierend mit dem Nudelholz in beiden Händen über ihm und musste trotz des Ernstes der Lage lächeln. Er ließ das Küchengerät ein paar Mal in seine linke Handfläche klatschen. ‚Mit einem Nudelholz geschlagen, welch eine Niederlage,' dachte er und grinste. Dann zog er mit einer eleganten Bewegung die Küchenschublade auf und entnahm ihr eine dicke Rolle Paketklebeband und eine Schere.
Der Teigroller wurde sorgsam auf dem Tisch platziert. Er hatte ihm einen guten Dienst geleistet.
Anschließend ging er in die Hocke, um sein Paket zu verschnüren, den Bewusstlosen ins Bad zu schleifen.
Da er es nicht darauf anlegte, sich Roal ernsthaft zum Feind zu machen, oder ihm noch mehr Schaden zuzufügen - er war ja kein Unmensch, wer weiß, wie lange er dort sitzen musste - breitete er eine Decke in der Badewanne aus. Grinsend registrierte er die wachsende Beule an Roals Hinterkopf.

Er tippte mit dem Finger darauf und als Roal nicht mit der kleinsten Bewegung reagierte, setzte er ihn in die Wanne.

Er verschloss die Badezimmertür von außen.

Roal hatte es so gewollt, was sein muss, muss eben sein, beruhigte er sein aufkeimendes schlechtes Gewissen, dann zog er seine Jacke an und verließ die Wohnung. Zur Sicherheit sperrte er sie noch zweimal ab, bevor er auf die Straße hinaustrat.

28.) Kommissar zu Besuch

Johnsen war froh gewesen, als er den - Gott sei Dank kurzen - Flug hinter sich gebracht hatte. Er hatte sich noch nie in Flugzeugen wohlgefühlt und je kleiner diese waren, desto mulmiger war ihm zumute. Er pries Mia, die ihm bei ihrer letzten Begegnung ein paar gute Tabletten gegen die Flugangst empfohlen hatte. Eine hatte zwar nicht gereicht, doch eine schnell hinterhergeschobene zweite, die er mit einem Becher Tomatensaft hinuntergespült hatte, hatte ihre Wirkung rasch entfaltet.
Ausnahmsweise musste er nicht besonders lange auf sein Gepäck warten und stand bald mit seinem Rollkoffer am Taxistand des Osloer Flughafens.
Ein Blick auf die Uhr zeigte ihm, dass er noch genügend Zeit hatte, um sich noch ein gemütliches Abendessen einzuverleiben, bevor er sich in sein Zimmer zurückziehen würde.
Er nannte dem indisch aussehenden Taxifahrer die Adresse seiner Pension, die er sich am Vormittag noch schnell über‘s Internet herausgesucht hatte. Abendessen inklusive, stand auf der Homepage. Das galt es nun auszutesten.
Mit einem bekräftigenden Nicken, das den Turban auf seinem Kopf auf dessen Stabilität testete, gab der Fahrer zu verstehen, dass er den Weg dorthin bestens kannte und fuhr los.
Auf die Frage des Fahrers, ob er etwas gegen Musik einzuwenden hätte, antwortete er mit „nein“. Das freute den anderen offensichtlich und er schaltete umgehend sein Autoradio an. Johnsen bereute es sofort. Die dröhnende indische Musik traf überhaupt nicht seinen Geschmack. Doch nun konnte er schlecht einen Rückzieher machen. Er lehn-

te sich zurück und versuchte erfolglos, sein Gehör irgendwie abzuschalten. Als der Wagen nach einer gefühlten Ewigkeit vor Johnsens Pension anhielt, war seine Erleichterung enorm.
Nach einem in der Menge bescheidenen, aber immerhin leckerem Abendessen, begab sich der müde Kommissar zur Ruhe.

Am nächsten Morgen saß Johnsen schlaftrunken am Frühstückstisch und hatte sein Notizbuch neben seine Kaffeetasse auf den Tisch gelegt. Der Duft des frisch aufgebrühten Kaffees stieg ihm in die Nase und sein Magen regte sich.
Er stand auf ging zum Buffettisch, holte sich zwei Scheiben Brot, nahm etwas Käse und einen Apfel dazu, setzte sich wieder an seinen Platz und frühstückte gemütlich.
Er hatte das Gefühl, dass mit jedem Bissen und jedem Schluck weitere Gehirnzellen erwachten. Als er mit dem Essen fertig war und sich eine zweite Tasse Kaffee geholt hatte, griff er nach seinem Büchlein und begann darin zu blättern.

Wie es seine Art war, hatte er sich viele Stichpunkte gemacht, bereits sechs Seiten des DIN-A5–Buches handelten von dem verschwundenen Hendriksen.
Er vertiefte sich in seine Notizen.
Kurz darauf, meldete sich sein Mobiltelefon. Thor meldete sich am anderen Ende der Leitung. Sie unterhielten sich ein paar Minuten und Johnsen, nahm den Stift zur Hand und ergänzte seine Notizen. Dann legte er auf und las sich erneut durch, was aufgeschrieben hatte. Dann schlug er

eine neue Seite auf, schrieb den Namen Olé Brant oben hin und stütze nachdenklich das Kinn auf die Hände.

Kurze Zeit später nahm Johnsen erneut die Dienste eines Taxifahrers in Anspruch, um sich zu Frau Schwalbs Wohnung bringen zu lassen. Dieses Mal war es zum Glück ein redseliger Norweger, der gute Laune versprühte und zu Johnsens großer Freude das Radio ausgeschaltet ließ.

Angenehm von der hübschen Gegend überrascht, in die er gebracht wurde, fand er sich schließlich vor einem großen, gepflegten Haus wieder, in dem offenbar mehrere Parteien wohnten.
Da er auf dem Klingelbrett nirgends ihren Namen finden konnte, läutete er kurzerhand bei „Fam. Nielsen“ und wurde von einer netten Dame mit einer schwarzen Katze auf dem Arm hereingelassen.
Kurz darauf saß er auf dem gleichen Platz, auf dem am Vortag Roal gesessen hatte.
Was Janina ihm erzählte, war um einiges ausführlicher, als die paar Informationen, mit denen sie ihm am Telefon neugierig gemacht hatte. Sie ließ nichts aus. Angefangen mit der Geschichte, die Roal im erzählt hatte, dessen seltsamen Verhalten und ihren eigenen Mutmaßungen.
Sie knapp zwei Stunden saßen bei ihr in der Wohnung und unterhielten sich. Johnsen bekam zunehmend Schwierigkeiten, sich einen Reim auf die ganze Geschichte zu machen. Irgendetwas Essentielles fehlte ihnen, um der ganzen Angelegenheit einen Sinn zu verleihen.
Er machte sich einige Stichpunkte in sein Lederbüchlein und ergänzte sie ab und an durch einen weiteren Gedanken. In der Regel erwies es sich als hilfreich, später noch

einmal nachzulesen, was er da so alles aufgeschrieben hatte. Mehr als einmal hatte Johnsen einen Tag nach einer Vernehmung in diesem Notizbuch einen wichtigen Hinweis gefunden.

Dass er die Ermittlungen noch nicht eingestellt hatte, sondern ganz im Gegenteil extra nach Oslo gekommen war, um mit ihr zu sprechen und zudem einem anderen Hinweis nachzugehen, schien ihre Stimmung aufgehellt zu haben.

Auch, wenn das nicht ganz der Wahrheit entsprach, ließ er sie in dem Glauben.

Ihr Angebot, ihn zur Villa zu fahren, damit er sich das Taxi dorthin sparen konnte, nahm er gerne an.

Auf der Fahrt saßen sie nebeneinander in ihrem Kleinwagen und waren rege in ihre Unterhaltung vertieft. Sie hatten das Thema „verschollener Partner“ zur Genüge erörtert und widmeten sich nun anderen Themen. Johnsen bemerkte vergnügt, dass er und die hübsche Schwarzhaarige einige gemeinsame Interessen hatten.

Janina erzählte gerade angeregt von ihrem Urlaub, den sie im Vorjahr mit Hendrik in Südschweden verbracht hatte.

Die beiden hatten gerade festgestellt, dass sie das Faible für die Kultur der Wikinger teilten.

Während sie den Wagen lenkte, beschrieb sie ihm mit leuchtenden Augen die wunderschönen Felsritzungen von Tanum bei dem Örtchen Tanumshede. Johnsen wusste gut Bescheid über diese Kulturzeugnisse aus der Bronzezeit, doch er gab sich erstaunt und interessiert. Es machte ihm Spaß, ihr zuzuhören.

Sie sprach mit großer Begeisterung über die Kunstfertigkeit der Menschen, die vor etwa 3000 Jahren in der historischen Provinz Bohuslän diese Felsbilder gefertigt hatten.
Sie war gerade dabei, ihm zu erzählen, dass bisher ungefähr 10.000 Gravuren entdeckt worden sind, doch dass es vermutlich noch weitere gibt, als Johnsen sie zu seinem Bedauern bremsen musste.
„Frau Schwalb, es tut mir leid, dass ich Sie unterbrechen muss, aber ich muss hier raus."
Er lächelte sie entschuldigend an und deutete auf das gusseiserne Gartentor, das den Eintritt in die Villa Gertsen unliebsamen Besuchern verwehrte.
Janina wäre vermutlich daran vorbeigefahren, wenn er sie nicht darauf hingewiesen hätte.
„Ach so, ja, Entschuldigung."
Sie errötete leicht, was sie in Johnsens Augen nur noch hübscher erscheinen ließ.
Er reichte ihr die Hand zum Abschied und bedankte sich, dass sie sich die Mühe gemacht hatte, ihn herzubringen.
Sie lachte und entgegnete: „Na, das ist doch das Mindeste, wenn Sie sich schon die Mühe machen, extra hierher zu fliegen!"
Da kam der Kommissar ins Rudern.
„Nein, so ist das nicht, ich bin nicht extra nur wegen dem Fall hier..."
Doch sie ließ ihn mit ihrem Lächeln verstummen.
Sie winkte ihm zu, wendete gekonnt und fuhr in die Richtung davon, aus der sie gekommen waren.
Johnsen blickte ihr nach, bis der Wagen um die nächste Ecke verschwunden war.
Er hatte den Eindruck, dass es ihm ganz gut gelungen war, die anfangs sehr nervös wirkende Frau zu beruhigen.

Nun war er wirklich gespannt auf seine nächste Verabredung.
Den aufkeimenden Gedanken an das Gesicht seines Vorgesetzten, der ihn noch in Mosjøen wähnte und seinem kleinen Ausflug sicher nicht gutheißen würde, schob er ganz schnell zur Seite.
Wie hieß es so schön? Was er nicht weiß, macht ihn nicht heiß!

29.) Der Vergangenheit auf der Spur

Weyn seufzte. Er saß bereits seit Stunden vorm PC. Er reckte seine Arme in die Höhe und rieb sich anschließend die Augen, bevor er seine Brille wieder aufsetzte und mit einem weiteren Seufzen weiter recherchierte. Ein Blick in seine Kaffeetasse brachte ihm traurige Gewissheit: Sie war leer! Manchmal war das Leben einfach zu hart zu ihm. Mit steifen Gliedern stand er auf und ging in Richtung Küchenzeile, um sich Nachschub zu holen.
Da hatte Jørn ihm gestern vor seiner Abreise ja einen ganz tollen Auftrag erteilt!
Alles, was mit dem gescheiterten Einbruch von Hendriksen und seinen Freunden zu tun hatte, sollte er recherchieren, dazu Hendriksens Werdegang. Des Weiteren wurde er geheißen Hendriksens Familie, Freunde und Bekannte zu durchleuchten. Außerdem sollte er sich die Geschichte mit dem Einbruch noch einmal durch den Kopf gehen lassen und etwas über die darin verwickelten Personen herausfinden.
Wenn er damit fertig wäre noch als Zusatzaufgabe versuchen herauszufinden, woher das am See gefundene Boot stammen könnte.
Am Vortag hatte er sich mit dem Personenkreis um Hendriksen und dem Boot befasst und sich für heute die „Fleißaufgabe“ vorgenommen.
In seinem Umfeld hatte er beim besten Willen nichts Ungewöhnliches herausfinden können. Hoffentlich hatte er bei den Gertsens mehr Glück!

Eigentlich hatte jetzt schon die Nase voll, dabei war er noch wirklich nicht weit gekommen.

Ein paar Stunden und etliche Tassen Kaffee und eine Tafel Schokolade später, stieß er tatsächlich auf etwas, das ihm interessant erschien. Er forschte weiter in dieser Richtung, telefonierte mit verschiedenen Leuten und mehr und mehr wurde aus seiner Vermutung Gewissheit. Hinter der Fassade dieser reichen Familie steckte weitaus mehr, als es bislang den Anschein hatte. Als er ein paar Informationen bestätigt bekommen hatte, beschloss er, dass es an der Zeit war, den Kommissar zu informieren. Je besser dieser informiert war, desto mehr Wissen konnte er bei seinem heutigen Treffen anwenden und vielleicht somit noch mehr herausbekommen. Er zögerte kurz, warf einen Blick auf die Uhr an der Wand und wählte dann die Nummer von Jørns Mobiltelefon. Soweit Weyn sich erinnern konnte, hatte Johnsen seine Verabredung erst mittags, er würde ihn als sicher nicht stören.
Jørn war gerade am Frühstücken, als sein Handy in der Hosentasche vibrierte.
„Hei Weyn, was gibt's?"
„Ich komme gleich zur Sache: Also, wie es den Anschein hat, sind sowohl Hendriksen, seine Familie und auch seine beiden Kameraden sauber. Sprich völlig brave, unbescholtene Bürger, wie sie im Buche stehen. Bei den Gertsens schaut die ganze Sache dagegen ganz anders aus!"
Johnsen war sofort im Bilde.
„Aha, bei denen, wo damals der miserabel durchgeführte Einbruch stattgefunden hatte?"
„Richtig. Man merkt, dass du bei der Kriminalpolizei arbeitest."

„Idiot!" Jørns Stimme verriet, dass er es nicht ernst meinte. Er musste lächeln.
Weyns Stimme nahm wieder einen ernsteren Tonfall an, als er weitersprach.
„Also, nun zu den Gertsens: Die gute Frau Gertsen liegt momentan nach einem schweren Schlaganfall im Krankenhaus. Die Ärzte dürfen zwar nichts verraten wegen Schweigepflicht und so, aber es scheint recht schlecht um sie zu stehen.
Da die alte Dame ein millionenschwerer Brocken ist, gibt es einiges zu erben. Sie hat zwei Kinder und einen Neffen. Wer was und wie viel bekommt, weiß ich natürlich nicht, aber dass Streit vorprogrammiert ist, ist ja wohl klar.
Das jedoch nur so am Rande. Weswegen ich eigentlich anrufe, ist folgendes: Hast du schon von dem Neffen, Olaf, ebenfalls Gertsen mit Nachnamen gehört?"
„Nein, woher denn?"
Weyn freute sich, dass er jetzt so richtig auftrumpfen konnte.
„Ich habe von dem ganzen Promiklatsch ja auch keine Ahnung, aber meine Frau! Mit der habe ich vorher auch telefoniert und die konnte mir die gesamte Vita der Familie und vor allem des Neffen erzählen. Endlich rentieren sich die Abos von diesen Frauenzeitschriften mal, was das alles kostet..."
„Thor, du schweifst ab."
„Sorry. Wo war ich, ach ja, der Neffe. Der scheint nicht gerade ein Musterschüler zu sein, ich habe von meiner Frau einiges erfahren, was er so getrieben haben soll. Nicht nur Frauengeschichten und ein Alkoholproblem, nein, er hat wohl schon weit mehr Dreck am Stecken."
Spätestens jetzt hatte er Johnsens volle Aufmerksamkeit.

„Er ist vor einigen Jahren aufgeflogen, als herauskam, dass er in krumme Geschäfte mit vietnamesischen Schmugglerbanden verwickelt gewesen ist. Es gab ein Gerichtsverfahren, bei dem er frei gesprochen wurde, aber so ganz astrein ist die Sache scheinbar nicht über die Bühne gegangen. Laut meiner Frau hält sich hartnäckig das Gerücht, dass der Richter von damals, der sich nun in Rente befindet, nicht ganz unbestechlich gewesen ist, wenn du verstehst, was ich meine."
„Ich verstehe voll und ganz. Und doch verstehe ich immer weniger, wenn du mich verstehst."
„Ja, ich verstehe dich." Beide Männer mussten lachen.
„Gute Arbeit, Thor, bitte versuche in dieser Richtung noch mehr herauszufinden. Vielleicht könntest du die Unterlagen zu dem Gerichtsverfahren besorgen und herausfinden, um was für Geschäfte es sich gehandelt hat und wer alles in sie verwickelt gewesen ist? Hatte die alte Frau Gertsen auch etwas damit am Hut?"
„Das kann ich noch nicht mit Sicherheit sagen. Ich habe meine Frau das Gleiche gefragt und die ist sofort dazu übergegangen, die Alte zu verteidigen. Aber ich werde es schon herausbekommen."
„Gut. Dann viel Glück. Und drück mir mal die Daumen, dass ihr Butler mir nun wirklich etwas Brauchbares zu erzählen hat."
„Mach' ich. Wie war es denn eigentlich heute bei Frau Schwalb?"
„Auch nicht gerade uninteressant, ich erzähle es dir, wenn ich wieder da bin. Hat der Mikkel noch mal angerufen?"
„Nein, bis jetzt noch nicht. Braucht er wegen mir aber auch nicht."
„Wegen mir schon gleich dreimal nicht!"

„Ach ja, bevor ich es vergesse, das Boot das wir gefunden haben, ist auf einen Roal Ventren zugelassen, der sich momentan jedoch im Ausland befinden muss. Ich habe ihn leider noch nicht ausfindig machen können."
„Nun gut, das besagt ja gar nichts, Hendriksen hat ja davon wissen und sich das Boot einfach nehmen können."
„Das mag sein, aber ich habe unter anderem mit Frau Hendriksen telefoniert und die hat mir erzählt, dass ihr Sohn seit der Einbruchgeschichte jeglichen Kontakt zu Ventren abgebrochen hat.
Demnach müsste er es wenn, dann gestohlen haben. Laut seiner Mutter haben die beiden Jungs sich nicht gerade freundschaftlich getrennt damals."
„Hmm. Interessant." Johnsen notierte sich den Namen ‚Roal Ventren'.
„Ich muss jetzt dann langsam los. Danke für deinen Anruf, Thor bis dann. Falls wir nicht mehr von einander hören, sehen wir uns übermorgen!"
„Mach's gut, Jørn."

30.) Janina zweifelt

Nachdem sie den Kommissar abgesetzt hatte, sausten Janina die verschiedensten Gedanken durch den Kopf.
Sie hatte Mühe gehabt, sich auf den Verkehr zu konzentrieren und hätte um ein Haar eine unvorsichtige Katze überfahren. Mit einer Vollbremsung konnte sie das Tier vor dem Tode bewahren. Der Schreck saß ihr noch immer in den Knochen, als sie bereits wieder in ihrer Wohnung angekommen war.
Sie hatte das Gefühl, dass der Kommissar ihren Worten Glauben geschenkt hat und war verwundert gewesen, wie leicht es ihr gefallen war, mit ihm so offen zu reden. Sicherlich hat Johnsen an einem Seminar teilgenommen, in dem den Beamten beigebracht wird, wie man vertrauenerweckend wirken und den anderen zum Reden motivieren kann, dachte sie sich. Doch auch wenn dem so wäre, wäre es auch egal. Dann hatte er eben damals gut aufgepasst. Ihr hatte es einfach gut getan, sich alles von der Seele reden zu können und endlich hatte sie einmal einen Zuhörer gehabt, der ihr nicht nur Mitleid entgegen brachte, sondern helfen wollte, Hendriks sterbliche Überreste zu finden und herauszufinden, was ihm für ein Unglück widerfahren ist.

Unschlüssig, was sie als nächstes tun sollte, ging sie in der Wohnung auf und ab. Die „to-do-list“, die sie sich zuvor gedanklich zurechtgelegt hatte, war aus ihrem Gehirn gelöscht worden.
Ein Anflug eines Gedanken brachte sie zum Grübeln.
Irgendetwas hatte der Kommissar gesagt, was sie stutzig gemacht hatte. Nur was?

Sie dehnte ihre Schleife aus und trat nach draußen auf den Balkon.
Zu ihrer großen Freude war der Kater ihrer Vermieter über die schmale Katzenleiter zu ihr zu Besuch gekommen. Als sie auf den Balkon hinaustrat, umschmeichelte er schnurrend ihre Beine.
„Na, Fussel, du kleiner Racker? Komm her."
Sie hob ihn hoch und setzte sich. Zufrieden streckte er sich auf ihrem Schoß aus.
Seine Gesellschaft tat ihr gut. Irgendwann wurde ihr der Arm zu schwer, mit dem sie ihn pausenlos streichelte und sie ließ ihn auf seinen Pelz sinken.
Ihr Blick war in die Ferne gerichtet. Immer und immer wieder ging sie gedanklich die Ereignisse der letzten Zeit durch.
Mit einem Mal schrak sie hoch. Erschrocken krümmte Fussel sich auf ihrem Schoß zusammen und bohrte seine Krallen in ihre Oberschenkel.
„Au!" Rief sie und der Kater sprang empört herunter. Janina ignorierte ihn genauso wie ihre schmerzhaft pochenden Beine.
„Der Butler"! Ihr war nicht bewusst, dass sie laut mit sich selbst sprach.
„Johnsen hat gesagt, dass er ein Treffen mit dem Butler der Gertsens hat. Dem Butler, der die Jungs damals gestellt hat. Warum hatte der alte Mann ausgerechnet jetzt beim Kommissar angerufen? Welche Verbindung gibt es zwischen dem Butler und Hendrik? Soweit wir wissen, doch nur die verschwundene Uhr - ein Erbstück! Und wann werden Erbstücke wichtig? Wenn sie weiter vererbt werden, was nun bald der Fall sein wird, wenn die alte Dame an den Folgen ihres Schlaganfalls sterben sollte. Und hatte

Roal nicht gesagt, dass er keine Ahnung hat, wer sie hat und vermutet, dass ich wüsste, wo sie ist?
Konnte es sein, dass der Butler es sich zur Mission gemacht hat, der alten Dame als Erfüllung ihres letzten Wunsches um jeden Preis diese Taschenuhr zurückzubringen?"
Jani begann zu zittern. Sie warf einen Blick auf die Uhr: Kurz nach 13:00 Uhr. Gegen 12:15 Uhr hatte sie den Kommissar vor der Villa abgesetzt. Sie stand rasch auf, zog sich ihre Schuhe an und schlüpfte in die Jacke. Wenn sie sich beeilte, würde sie rechtzeitig dort sein, um den Kommissar noch dort anzutreffen. Sie wollte ihn dabeihaben, wenn sie dem Butler ihre Fragen stellte.
Ohne die Balkontür zu schließen, hastete sie zu ihrem Wagen.

31.) In der Villa

Nun stand Johnsen vor dem Gartentor hinter dem sich das das große Grundstück, auf dem die Villa der Gertsens stand, befand. Johnsen wusste, dass im Moment nur noch der alte Butler hier wohnte.
Der Taxifahrer verabschiedete sich höflich und brauste dann davon. Dieses Mal hatte er einen wortkargen Fahrer erwischt, was ihm nur recht war. So konnte er sich auf der Herfahrt noch ein paar Gedanken zu dem bevorstehenden Gespräch machen.
Johnsen suchte auf dem Klingelbrett nach dem Namen „Brant“ und fand ihn bescheiden in kleiner Schrift unter den in verschnörkelten Lettern prangenden „Familie Gertsen“ stehen. Er fragte sich, was aus dem alten Mann werden sollte, wenn seine Chefin, die ihm Heim und Arbeit gab, verstarb.
Er klingelte und das aufgeregte Kläffen eines Hundes antwortete ihm. Ein kleiner, schwarz–weißer Terrier kam auf das Tor zugerannt und knurrte ihn giftig an.
„Lucy, aus!“ Das Knurren erstarb und das Hündchen trollte sich.
Olé Brant hatte das Tor geöffnet und reichte dem Kommissar die Hand.
Sie gingen die breite Zufahrt zum Haus hinauf und betraten eine einladende Eingangshalle. Johnsen fiel auf, wie gepflegt alles wirkte und verneigte sich in Gedanken respektvoll vor der Tüchtigkeit des alten Mannes. Dieser bestätigte ihm seine Vermutung, dass er allein für alles zuständig sei.
Von dem Eingangsbereich zweigte eine weitere Tür ab, durch die die beiden in Brants Privaträume gelangten.

Auch hier machte alles einen sauberen und ordentlichen, wenn auch bescheideneren Eindruck.
Nachdem Johnsen – ganz die alte Schule – Kaffee und Gebäck angeboten worden waren, was dieser beides dankend ablehnte, eröffnete der Kommissar das Gespräch.
„Herr Brant, zunächst einmal möchte ich Ihnen für Ihren Anruf danken, es ist immer äußerst hilfreich, wenn Hinweise von der Bevölkerung an uns gerichtet werden. Viel zu viel wird einfach totgeschwiegen."
Der Butler nickte nur und verschränkte abwartend seine Hände im Schoß.
Johnsen registrierte dies und beschloss, behutsam vorzugehen.
„Ich habe gehört, dass sich Frau Gertsen momentan im Krankenhaus befindet. Hat sich ihr Gesundheitszustand mittlerweile verbessert?"
Zu seinem Bedauern schien er den falschen Gesprächseinstieg gewählt zu haben, denn die Mimik des Butlers verhieß nichts Gutes.
‚Noch unglücklicher hätte ich den Übergang wohl nicht gestalten können', ärgerte er sich im Stillen, doch der Butler hatte sich gefasst und entschlossen, mit dem Reden zu beginnen.
Er erzählte ihm von den beiden Schlaganfällen seiner Herrin, seinen Besuchen bei ihr und der schwindenden Hoffnung der Ärzte.
Als er geendet hatte, blickte er traurig auf die Hände in seinem Schoß und verfiel erneut in Schweigen.
„Herr Brant, mein herzliches Mitgefühl, ich hoffe sehr, dass sie..." Er stockte. Was hoffte er denn? Dass sie schnell stürbe, um nicht zu leiden?
Wie sagt man denn so etwas? Am besten gar nicht!

„...ich hoffe, dass Frau Gertsen noch einmal das Bewusstsein erlangt, damit Sie und die Angehörigen noch einmal mit ihr sprechen können."
Er hielt die Luft an. Das war vielleicht ein Balanceakt, irgendwie musste er schnell das Thema wechseln! Zu seiner unbeschreiblichen Erleichterung, winkte der alte Mann nur ab und begann nun endlich, zu erzählen, was der Grund seines Anrufes vor ein paar Tagen gewesen war.
„Herr Kommissar, ich habe von dem verschwundenen jungen Mann in den Bergen gelesen und mich daran erinnert, dass er einer der drei Jungen gewesen war, die damals hier eingebrochen sind."
Johnsen nickte.
Der Butler knetete seine Finger und sah ihn mit seinen wässrigblauen Augen an.
„Sie sind darüber informiert?"
„Ja, wir haben die Akte zu dem Einbruch wieder hervorgeholt."
‚Und Weyn hat sie gelesen, ich nicht', vollendete er den Satz im Stillen.
Er sagte nichts weiter und gab so dem Butler die Gelegenheit, weiterzusprechen.
„Ich weiß leider nicht, was Sie sonst alles in Erfahrung gebracht haben. Deswegen erzähle ich einfach, was ich weiß und bitte Sie, mich zu stoppen, wenn Ihnen das bereits bekannt ist."
„Einverstanden." Johnsen lehnte sich zurück.
„Also, wie Sie sicher wissen, arbeite ich schon sehr lange für diese Familie und bin nach den bald 30 Jahren in diesem Hause beinahe selbst ein Teil der Einrichtung geworden."

‚Familienmitglied wäre herzlicher gewesen, aber gut', dachte Johnsen, schwieg jedoch dazu.
„Und Ihnen ist sicher auch bekannt, dass Herr Gertsen kurz nach der Geburt seines Sohnes vor 28 Jahren verstorben ist. Meine Herrin hat, nachdem ihr Sohn keinerlei Interesse an ihr und ihrem Unternehmen gezeigt hat und die Tochter im Streit mit ihr fortgegangen ist, nur noch zwei Menschen gehabt, denen sie vertraute."
- „Einer davon sind sie?"
„Richtig. Und der andere ist ihr Neffe, Olaf. Er hatte sich sowohl als treuer Freund, als auch als tüchtiger Geschäftsmann erwiesen und ich bin mir sicher, dass Frau Gertsen ihn gerne als Nachfolger gesehen hätte."
„Und..."
„Nein, warten Sie, Herr Kommissar! Bitte lassen Sie das jetzt einfach einmal so im Raum stehen. Ich muss Ihnen zuerst die Hintergründe erläutern, damit Sie den Zusammenhang und auch meine Befürchtung nachvollziehen können."
„Gut, ich bin ganz Ohr."
Es schien nun wirklich unangenehm für den Herren im altmodischen Anzug zu sein, weitere Details preiszugeben, doch anscheinend hatte er seine Worte bereits gewählt, denn er fuhr in flüssiger Erzählweise fort.
So erfuhr Jørn Johnsen von der geheim gehaltenen Liebe des Dieners zu seiner Herrin, die er ihr nach dem Tode ihres Gatten offenbart, die sie jedoch nie erwidert hatte. Er erfuhr im Detail, wie sich der Einbruch der Jungen ereignet hatte und wie er mit dem Gedanken gespielt hatte, die drei laufen zu lassen, da er glaubte, dass sie diesen Dummjungenstreich viel zu sehr bereuen mussten. Johnsen schloss daraus, dass der Butler ein gutes Herz hatte.

Schließlich stand Brant auf und ging zu einem Holzschränkchen, aus dessen oberster Schublade er ein Kästchen hervorholte, es öffnete und dem Kommissar unter die Nase hielt.
„Das ist sie."
Er war bleich wie die Wand, vor der er stand, als fürchtete er, eine Bombe in der Hand zu halten. Spannung lag in der Luft.
In gewisser Weise war dieser Vergleich auch gar nicht so abwegig.
„Das ist also..." Johnsen brauchte einen Moment, um zu verstehen, was er da vor sich hatte. Er schluckte und wusste nicht so recht, wie er jetzt reagieren sollte.
Wieder war es der alte Mann, der ihm die Entscheidung abnahm.
„Es ist Betrug. Ich weiß. Ich wusste es selbst bis vor kurzem nicht mit Sicherheit. Ich hatte zwar die Vermutung, doch..."
Der Butler nahm die Taschenuhr an der Kette aus ihrem Etui.
„Diese Uhr ist der Grund, warum die armen Jungs zu Unrecht wieder und wieder verhört worden waren und Sozialdienste leisten mussten. Der Grund, aus dem sie ihre Glaubwürdigkeit und ihr Ansehen verloren haben und einer nach dem anderen aus diesem Viertel weggezogen ist."
„Hatte Frau Gertsen damals finanzielle Probleme?"
„Ja. Und die Uhr war sehr hoch versichert. Auch wenn die Jungen sie nicht ersetzen konnten und stattdessen zu Sozialstrafen verurteilt worden waren, zahlte die Versicherung." Beinahe entschuldigend fügte er hinzu: „Es war unrecht, doch meine Chefin hat die Gunst der Stunde genutzt, um dringend benötigtes Kapital herbei zu schaffen."

Johnsen hob missbilligend die Augenbrauen und streckte die Hand aus.
„Dass ich diesem Gegenstand nun beschlagnahmen muss, versteht sich von selbst, oder?“
Wortlos legte der Butler sie in die Hand des Kommissars.
„Ich habe die Herrin kurz bevor sie ihren ersten Anfall erlitten hat, zufällig dabei beobachtet, wie sie die Uhr aufgezogen hat, hatte jedoch nicht den Mut, sie darauf anzusprechen.“ Sagte Brant kleinlaut. Betreten blickte er auf den Boden.
„Es tut mir leid, dass ich Sie nicht eher informiert habe, ich hatte die Hoffnung, eine Gelegenheit zu bekommen, sie selbst darauf anzusprechen. Doch inzwischen bezweifle ich, dass ich diese Chance noch bekommen werde.“
„Wenn es sich wirklich so abgespielt hat, wie Sie behaupten, trifft Sie keine Schuld“, erwiderte Johnsen.
„Doch ich verstehe immer noch nicht, warum Sie sich mit der Geschichte extra an mich gewendet haben, wo es doch auch hier die Möglichkeit gibt, etwas der Polizei zu melden?“
Der Butler blickte ihn mit großen Augen an.
„Ja, aber...sehen Sie denn den Zusammenhang gar nicht?“
Johnson strich sich verlegen durch die Haare.
„Welchen Zusammenhang? Mit dem Verschwinden von Hendriksen?“
‚Nein, den sehe ich überhaupt nicht, verdammt noch einmal!‘ Johnsen wurde heiß.
Der Butler hielt ihm die Schachtel hin, damit Johnsen das Schmuckstück hineinlegen konnte und begann wieder, seine Finger zu kneten.
„Ich bin zwar schon etwas älter, aber ich bin recht geschickt im Umgang mit dem Computer, solche Dinge ha-

ben mich schon immer interessiert. Also, was ich sagen will...ich surfe auch mal ganz gerne und lese gerne die Nachrichten im In- und Ausland.
Dabei bin ich auch über einen Artikel über den verstorbenen Hendriksen gestoßen. Wie gesagt, ich habe mich an seinen Namen erinnert und versucht, herauszufinden, was aus den anderen beiden geworden ist. Eher aus Neugierde als aus sonstigen Gründen..."
Johnsen konnte es nicht fassen, was er da zu hören bekam: Der Alte wusste eindeutig mehr über diese Bande, als er selbst! Aber war es wirklich nötig, sich über die anderen zu informieren? Wo waren die Zusammenhänge? Er blieb dabei, zu schweigen und hörte aufmerksam zu, als Olé weitersprach.
„Über den Sven Borklund habe ich schnell etwas herausgefunden. In einer Hamburger Zeitung stand vor anderthalb Wochen eine Meldung über einen Toten am Hafen. Natürlich wurde das Bild unkenntlich gemacht und der Name nur mit den Initialen angegeben, aber ich habe kurz darauf auch eine Traueranzeige gefunden, die seine Familie aufgegeben hat."
Er legte eine bedeutungsschwere Pause ein.
„Nach dem anderen habe ich lange gesucht. Ich kenne den Namen, Roal Ventren heißt er. Wo er sich aufhält und was er momentan so treibt, habe ich leider immer noch nicht herausfinden können. Nur, dass sein Bruder ebenfalls einer Gewalttat zum Opfer gefallen ist."
Johnsen klappte die Kinnlade herunter. Was hatte er da für einen ausgekochten Fuchs vor sich! Er nahm sich vor, sobald er dieses Haus verlassen hatte, Weyn anzurufen und zu bitten, diese Informationen umgehend zu überprüfen.

„Herr Brant, haben Sie vielleicht Interesse, beim Kriminalamt anzufangen? Es ist ja unglaublich, was Sie alles herausgefunden haben!"
Der Butler errötete geschmeichelt und lächelte bescheiden. Ein Lob hatte er am allerwenigsten erwartet.
Dann stellte er seine Frage, die ihm seit Tagen Kopfzerbrechen bereitete: „Herr Johnsen, was glauben Sie, warum die drei ums Leben gebracht worden sind? Meinen Sie, das hängt mit der Geschichte mit der Uhr zusammen? Ich hatte jedenfalls die Intention die Ehrlichkeit der drei Herren wiederherzustellen, jetzt wo die Gräfin..." Er schämte sich ein wenig, seine Herrin zu verraten, das konnte Johnsen klar erkennen.
„Herr Brant, ich muss Ihnen gestehen, dass ich darauf im Moment noch keine Antwort habe. Ich danke Ihnen auf jeden Fall für Ihre Ehrlichkeit und diese wertvollen Informationen und seien Sie versichert, dass Ihre Liaison unter uns bleiben wird."
„Ich danke Ihnen vielmals!" Brant schielte nach dem Kästchen, das gerade in der Jackentasche des Ermittlers verschwand. „Was geschieht nun mit der Uhr? Meinen Sie, dass ich sie erstehen kann, wenn Sie sie nicht mehr als Beweismittel brauchen? Es ist ein sehr altes Erbstück und Emma...ich meine, Frau Gertsen hängt sehr an ihr."
Flehentlich sah der alte Mann in die blauen Augen des Kommissars. Mit einem Male wirkte er sehr alt und zerbrechlich.
„Ich verspreche Ihnen, dass Sie die Taschenuhr so bald wie möglich wiederbekommen.
Wenn Ihnen sonst noch etwas einfällt, erreichen Sie mich unter dieser Nummer." Mit diesen Worten reichte er ihm eine Visitenkarte und tippte mit dem Zeigefinger auf seine

Handynummer. „Ich werde erst morgen Abend abfliegen, deshalb rufen Sie am besten am Handy an. Solange ich hier bin, kann ich auch gerne noch einmal vorbeischauen, sollten Sie mir noch etwas mitzuteilen haben."

„Ich glaube, dass ich Ihnen alles gesagt habe, was ich weiß..."

‚Er bereut, dass er mir seine Liebe zu der alten Gertsen erzählt hat', schloss der Kommissar und bemühte sich um ein freundliches Lächeln zur Verabschiedung.

Sobald er das Grundstück verlassen hatte, zückte er sein Handy und wählte Weyns Nummer.

32.) Janina ist auch unterwegs

Sie hatte gesehen, wie der Kommissar das Haus verlassen hatte und die Straße mit dem Handy am Ohr hinuntergegangen ist. Leider hatte sie nichts von dem verstehen können, was er in sein Mobiltelefon gesprochen hatte, aber das war vielleicht auch gar nicht so wichtig. Sie hatte sich etwas anderes vorgenommen.
Sie wich von ihrem ursprünglichen Plan, gemeinsam mit dem Kommissar den Butler zu befragen, ab. Janina wollte vermeiden, dass der alte Mann sich durch die Anwesenheit zweier Personen verunsichern lässt.

Entschlossen war sie just in dem Moment aus ihrem Wagen gestiegen, in dem der Kriminalbeamte durch das Gartentor getreten ist. Instinktiv hatte sie sich ein wenig zur Seite geduckt und kam sich hinterher reichlich albern vor. Wie im Krimi, wo man sich vor der Polizei versteckt!
Dabei hatte sie gar nichts zu verbergen.
Sie fragte sich, worüber er wohl mit dem Butler gesprochen hatte und hoffte inständig, eingelassen zu werden.
Sie drückte den Klingelknopf.
Wie auch zuvor reagierte der Hund als Erstes und wurde wie gehabt in die Schranken gewiesen. Es kostete Janina etwas Überzeugungsarbeit, den Butler zu einem Gespräch zu überreden, doch der war schließlich ein Gentleman und es fiel ihm sichtlich schwer, einer jungen, hübschen Dame einen Wunsch abzuschlagen.
Beide hatten ein ungutes Gefühl, als sie sich gegenüber an Brants Tisch niederließen. Keiner von ihnen wusste so recht, was er vom anderen halten sollte. Auch Janina hatte nicht weiter vorausgeplant, als bis dahin, den alten Mann

zu einem Gespräch zu überreden – was sie nun bitter bereute. Immerhin hatte sie vor, den Dieb, der ihr ihrer Meinung nach ihr nun gegenüber saß, zu überführen!
Als sie sich auf dem angebotenen Platz auf dem Sofa niederließ, verließ sie der Mut.
Vielleicht war es doch keine so gute Idee gewesen, einfach so her zu kommen, sie hätte genauso gut Johnsen von ihrem Verdacht erzählen können...
Doch sie schalt sich einen Feigling.
Jetzt war es ohnehin zu spät für einen Rückzieher!

Irgendwie fand sie die richtigen Worte und entlockte dem armen Bediensteten zum zweiten Mal an diesem Tage ein Geständnis. Nämlich das seiner heimlichen Liebe. Er erzählte Janina, da er ihr glaubte, dass sie die Freundin des verschollenen Hendriksen war, beinahe Wort für Wort das gleiche wie dem Kommissar.

33.) Gleicher Morgen; 09:45 Uhr

Hung überprüfte ein letztes Mal seine Waffe. Das frisch polierte Sprungmesser glänzte vielversprechend. Es würde ihm heute vielleicht sogar seinen vorerst letzten Dienst erweisen. Wenn er diesen Auftrag ausgeführt hatte, würde er sich zur Ruhe setzen. Wenn schon nicht für immer, dann er seinen Beruf zumindest für ein paar Jahre an den Nagel hängen.
Das Messer wanderte wieder zurück in die Lederscheide an seiner Hüfte.
Er stieg aus dem Wagen, zwinkerte seinem Beifahrer, der hinter der Frontscheibe des teuren schwarzen Mercedes sitzen blieb, zu und trat unschuldig pfeifend auf die Straße.

Janina hatte gerade erfahren, dass der Kommissar die Uhr mitgenommen hat, von der sie geglaubt hatte, Brant hätte sie bei sich. Sie überlegte fieberhaft, wie sie herausfinden konnte, ob der alte Mann die Wahrheit sagte, als der kleine Terrier, der sich zutraulich unter ihre Beine gelegt hatte, bellend aufsprang und zur Tür sauste.
Olé Brant entfuhr ein Seufzer. „Heute geht es hier aber ganz schön zu“. Er erhob sich mit einer Entschuldigung von seinem Platz, um zur Tür zu gehen.
Dem Hund befahl er, bei Janina zu bleiben. Er gehorchte brav die beiden freuten sich gleichermaßen über die Gesellschaft des anderen. Ein Lächeln stahl sich auf Brants Gesicht, als er sah, dass die beiden sich offenbar mochten.

Hung stand nun vor dem verschlossenen Gartentor und ging gedanklich den Plan durch, den er sich auf der Her-

fahrt zurechtgelegt hatte. Das erste Hindernis bestand darin, ungesehen ins Haus zu gelangen. Er sah sich unauffällig um. Das sollte kein allzu großes Problem darstellen. Die Villa Gertsen befand sich in einer ruhigen Gegend am Ortsrand. Direkt hinter dem Grundstück begann ein Waldstück. Nur rechts daneben befand sich ein weiterer protziger Bau, von dessen Fenstern man Blick auf das schmiedeeiserne Tor haben konnte. Doch die Vorhänge waren zugezogen und bewegten sich nicht.
Optimale Voraussetzungen für sein Vorhaben.

Er hörte erst auf, zu pfeifen, als die Gegensprechanlage, derer sich der Butler heute zum ersten Mal bediente, zu rauschen begann und eine Männerstimme ihn fragte, was er wünschte.
Er versuchte es mit einem Trick: „Kommissar Johnsen schickt mich, er hatte vergessen, Sie noch etwas Wichtiges zu fragen, dürfte ich kurz hereinkommen?"
Brant wunderte sich zwar, kam jedoch heraus, um Unbekannten eintreten zu lassen. Die Haustüre ließ er jedoch nur angelehnt, als hätte er sich noch nicht dazu entschlossen, den fremden Herren tatsächlich in die Villa zu bitten.
Er begrüßte höflich den Mann, der sich als ein Kollege Johnsens ausgegeben hatte und fragte ihn, wie es denn möglich sein konnte, dass der Herr Kommissar, der eben erst gegangen ist, so schnell einen Kollegen bitten konnte, ein Versäumnis nachzuholen.
Brant beherrschte die Rolle des unterwürfig – freundlichen Butlers perfekt. Doch er war keinesfalls leichtgläubig. Er war der festen Überzeugung, dass der Kommissar, der ja extra aus Mosjøen herausgeflogen ist, seine Fragen lieber persönlich stellen würde, anstatt einen anderen zu schi-

cken. Dieser Mann log hundertprozentig, da war Brant sich sicher.
Der Fremde beantwortete seine Frage nicht.
Der Butler war ein hartnäckiger Mensch. Er wiederholte seine Frage ein zweites Mal und trat dabei einen Schritt auf den anderen zu, um seinen Worten Nachdruck zu verleihen. Er würde niemanden in Frau Gertsens Heim lassen, dem er misstraute.
„Der Herr Kommissar ist leider verhindert, er wurde zu einem dringenden Notfall abberufen und hat mich deshalb geschickt. Lassen Sie uns die Details lieber in aller Ruhe in ihrem Wohnzimmer, anstatt hier draußen bereden." Das Lächeln des schwarzgekleideten Mannes wirkte aufgesetzt. Es überzeugte Brant nicht. Deshalb wies er auf das Tor und bat ihn bestimmt, das Grundstück zu verlassen.
Doch der Asiate weigerte sich, zu gehen und deutete stattdessen auf das Haus.
Brant schüttelte den Kopf und stemmte die Hände in die Hüften.
Da ließ Hung seine freundliche Maske fallen. Er brachte ein überzeugendes Argument zum Vorschein und schob den Butler in Richtung Villa, wo die ahnungslose Janina den Hund auf ihrem Schoß hinter den Ohren kraulte.

34.) Beobachter

Ein Rascheln schreckte ein Meisenpärchen auf, das in einem Haselnussstrauch nach Futter suchte. Mit einem leisen Sirren flatterten die beiden geschwind davon und setzten hinter dem Schuppen wieder zur Landung an, wo sie taten, als sei nichts geschehen und leise piepend erneut auf Insektenjagd gingen.
Immer bemüht, leise und schnell von einer Deckung zur nächsten zu huschen, wagte sich der große Mann vorsichtig zum nächsten Gebüsch, hinter das er sich kauerte.
Er war bereits seit über einer Stunde hier, hatte mitbekommen, wie ein Mann mittleren Alters in braunem Mantel das Haus verlassen und kurz darauf eine junge Frau dasselbe betreten hatte.
Beim Anblick von Janina hatte sein Herz einen Schlag ausgesetzt.
Eine Welle an Gefühlen hatte augenblicklich gedroht, ihn zu überschwemmen und zu ertränken, doch hatte er sich zusammengerissen und sie brüsk beiseitegeschoben. Entgegen seinem starken Verlangen, zu ihr hinüberzulaufen und sie fest in seine Arme zu schließen, war er in seinem Versteck sitzen geblieben. Atemlos hatte er gewartet, bis die Tür hinter ihr ins Schloss gefallen war.
Erst dann setzte er seinen Weg durch den Garten fort und gelangte zu dem alten Schuppen, den er sich als Zwischenstation ausgewählt hatte. Von dort aus war es nur noch ein Katzensprung zur Hintertür, die, soweit er sich erinnern konnte, in die Küche des Hauses führte und die hoffentlich nicht abgeschlossen war. Sollte sie wider Erwarten versperrt sein, hätte er ein Problem. Aber darauf ließ er es nun ankommen, jetzt im Moment hatte er nicht die Muße,

sich einen Plan B einfallen zu lassen. Er vertraute auf sein Glück.

In Gedanken zählte er bis drei.

Gerade, als er loslaufen wollte, hörte er erneut die Türglocke schrillen und drehte sich hastig um. Am Tor stand eine Gestalt. Blitzschnell duckte er sich zurück in seine Deckung und verharrte dort vor Aufregung schwer atmend.

Er kniff die Augen zusammen und versuchte die Person, die durch die Gitterstäbe des hohen Tores teilweise verdeckt wurde, zu erkennen.

Das Rauschen der Gegensprechanlage drang zu ihm hinüber, doch so sehr er seine Ohren auch anstrengte, er war zu weit entfernt, um etwas von dem Gesprochenem zu verstehen.

Dann sah er, wie der Butler erneut aus dem Haus trat und einem weiteren Besucher in den Garten ließ.

Es war ein Mann in den Dreißigern, schwarz gekleidet und mit seitlich nach hinten gegeelten, ebenso pechschwarzen Haaren.

Das asiatisches Aussehen, der schlanke, jedoch muskulöse, und trotz seiner geringen Größe eine unheimliche Kraft ausstrahlende Körperbau, waren unverkennbar.

Das deutlichste Kennzeichen war eine lange, schmale Narbe, die sich als feiner Strich über seine gesamte Wange erstreckte. Der Mann im Gebüsch hatte keinen Zweifel, wen er dort sah. Roal hatte ihn ihm genau beschrieben. Es war Eriks Mörder!

Gespannt beobachtete er, wie die beiden ein paar Worte miteinander wechselten.

Von dem, was die beiden besprachen, konnte er leider nicht das Geringste verstehen. Aber er entnahm den Gesten und der Körperhaltung des Alten, dass dieser dem

Chinesen eher ablehnend gegenüberstand. Er konnte sehen, wie er auf das angelehnte Tor zeigte, als würde er seinen offenbar ungebetenen Gast hinausbitten.
Der weigerte sich jedoch und blieb stur stehen. Stattdessen hob er die Hand in Richtung Haustür.
Der Blonde verfolgte das Geschehen mit Argusaugen. Er fragte sich gerade, was der Butler wohl tun würde, wenn sich der Chinese weiterhin weigerte, das Grundstück zu verlassen, als das Unglaubliche geschah:
Der schwarz gekleidete Mann vollführte eine blitzschnelle Bewegung und hatte die Situation für sich entschieden.
Völlig hilflos musste er mitansehen, wie dem ahnungslosen alten Mann plötzlich ein Messer an den Hals gehalten und er ins Haus gedrängt wurde.
Mit dem rechten Fuß gab der Chinese der Haustüre einen unsanften Tritt, der sie laut ins zufallen ließ, nachdem beide im Inneren des Hauses verschwunden waren.
Der Knall ließ den Beobachter im Gebüsch zusammenfahren.
Sein Herz raste und machte es ihm schwer, einen klaren Gedanken zu fassen. Fieberhaft überlegte er, was er tun sollte. Die Polizei zu rufen kam überhaupt nicht in Frage...aus verschiedenen Gründen. Er verfluchte sich, dass er selbst keine Waffe mitgenommen hatte und hegte die Hoffnung, in der Küche der Villa fündig zu werden. Dass er hinein musste, stand völlig außer Frage, schließlich war Jani auch da drin! Sie schwebte in größter Gefahr und er war der einzige, der ihr helfen konnte.
Also änderte er seinen primitiven, aber hoffentlich erfolgreichen Plan leicht um:
loslaufen, durch die Hintertür in die Küche gelangen, dort ein möglichst langes Messer schnappen und den dreckigen

Lump davon abbringen weder dem Butler, noch, der Gedanke daran machte ihn rasend: Jani, etwas anzutun.
Wie von der Tarantel gebissen rannte er los.
Er erreichte die Hintertür, zwang sich mit aller Kraft zur Ruhe, um die Klinke langsam und vor allem: lautlos herunterzudrücken und hätte beinahe einen lauten Jubelschrei losgelassen, als die Tür sich, ohne ein Geräusch von sich zu geben, öffneten ließ.
Auf Zehenspitzen schlich er in die Küche und suchte sich seinen Weg durch die Villa.

Johnsen hatte gerade sein Gespräch mit Weyn beendet, als er abrupt stehen blieb und sich verwirrt umschaute. ‚Himmelherrgott, jetzt war ich so auf das Telefonat konzentriert gewesen, dass ich überhaupt nicht aufgepasst habe, wo ich hingelaufen bin! ‘Kein Wunder, daheim ging es ja auch drunter und drüber. Mikkel hatte von seinem Ausflug Wind bekommen und muss ziemlich an die Decke gegangen sein. Nun drohte Johnsen ein unangenehmer Empfang. Der Polizeimeister hatte bereits bei ihm auf dem Handy angerufen, doch er hatte den Anruf ignoriert. Seine Mailbox blinkte zwar auf, doch er beschloss, sie jetzt erst recht zu übersehen.
Ob es nun klug war, oder nicht, sich zu widersetzen - es war sicherlich das Dümmste, was er hätte machen können - der Fall war ihm viel wichtiger und er würde ihn lösen!
Was der alte Brant alles erzählt hatte - sofern es denn der Wahrheit entsprach, hatte Johnsen stutzig gemacht.
Auch die Informationen, die Weyn ihm über die Verwandtschaft der Gräfin gegeben hatte, waren höchst interessant.
Demnach muss der Neffe wohl einiges an Dreck am Stecken haben und noch immer mysteriöse Beziehungen zu vietnamesischen mafiaähnlichen Banden haben...
‚Wie hängt das alles nur zusammen...?‘, fragte er sich.
Er blieb an der Bordsteinkante stehen und wippte vor und zurück. Er blickte nach rechts und links.
‚Und Sakrament, wo bin ich hier eigentlich?!‘
Er trat zurück auf den Gehweg, den er entlanggegangen war, und drehte sich suchen um.

Ärgerlich über sich selbst suchte er die Straßenecke, an der er sich befand, nach Straßennamen ab. „Hoglergatan", stand dort. Er kramte in seinem Gedächtnis. Diesen Namen hatte er noch nie gehört oder gelesen...
Er beschloss, umzukehren und erneut von der Villa aus in Richtung der Pension los zu gehen. Auf ein Taxi wollte er verzichten, ein wenig Bewegung würde ihm auch einmal ganz gut tun. Er wandte seine Schritte in die Richtung, aus der er gekommen war und befühlte im Gehen kritisch seinen Bauch. Missmutig klopfte er darauf und nahm sich vor, heute Abend ein paar Liegestützen und Situps zu machen. Wann hatte er das letzte Mal etwas getan, um sich fit zu halten? Er wusste es nicht.
Er war beinahe froh, nun gezwungen zu sein, wenigstens einen ausgedehnteren Heimweg zurücklegen zu müssen.
Ein paar Gehminuten später - er brauchte länger zurück, als er gedacht hätte - tauchte das große, schöne Grundstück wieder in seinem Blickfeld auf. Er steuerte darauf zu, um dann in die schräg gegenüber des Eingangstors abzweigende Straße abzubiegen. „Storgatan", das hörte sich schon besser an. Seine Laune hob sich.
Als er näher an die Villa herankam und zwischen die locker am Zaun entlang gepflanzten Büsche auf das Haus sehen konnte, sah er gerade noch, wie sich die Haustüre schloss.
Johnsen lächelte. Unermüdlich, der Alte! Immer fleißig darum bemüht, alles in Schuss zu halten. Er nahm sich vor, sich ein Beispiel an dem alten Herren zu nehmen.
Dann sah er etwas, das ihn seine Schritte verlangsamen ließ. Weiter vorne, zwischen den dicken Stämmen zweier alter Eichen geparkt, stand ein schwarzer Mercedes.

Das Kennzeichen lautete RE 1970. Durch die Frontscheibe konnte er schemenhaft das Gesicht eines Mannes erkennen.
Johnsen blieb stehen. Er zog erneut das Handy aus der Tasche, wandte sich nach rechts, überquerte die Straße und suchte sich eine Stelle außerhalb der Sichtweite des Fahrzeugs, wo er stehenblieb.
Er wählte eine im Adressbuch gespeicherte Nummer und wartete darauf, dass abgehoben wurde.
Der Mann im Wagen hatte ihn scheinbar noch nicht entdeckt. Er war damit beschäftigt, abwechselnd die Villa und die Straße in beide Richtungen zu beobachten.
Johnsen schickte ein Stoßgebet an den Herrn, dass Weyn allein im Büro war und nicht etwa der verhasste Chef 'rangehen würde.
Endlich wurde der Hörer abgehoben und ein genervter Weyn meldete sich. Johnsen sprudelte gleich los. „Hör mal, Thor, es ist jetzt wirklich wichtig, ich brauche das Geburtsdatum von Olaf Gertsen, dem Neffen der alten Gräfin!“
Seine drängende Stimme war Weyn Ansporn genug, dass er sich hastig durch seinen PC suchte. Da er ja bereits recherchiert und einen umfassenden Ordner mit Infos angelegt hatte, war die Antwort schnell gefunden:
„Es ist der 23.09.1970, brauchst du den Geburtsort auch?“
- „Nein, aber den aktuellen Wohnort. Ist der zufällig Stavanger?“
„Ja.“
„Liege ich richtig mit meiner Vermutung, dass das Kennzeichen von Stavanger „RE“ ist?“
„Warte, ich schau‘ nach...ja, stimmt.“
„Ok, danke Thor.“

Ohne ein weiteres Wort der Erklärung legte er auf.
In Mosjøen starrte Weyn ungläubig auf den Hörer, aus dem nur noch das Freizeichen ertönte.
Dann drückte er auf „auflegen" und beförderte es grob zurück in die Ladestation. Manchmal war sein Chef einfach unmöglich...und der Mikkel raubte ihm noch den letzten Nerv!
Der Polizeimeister hatte es ihm giftsprühend untersagt, weitere Arbeitszeit „mit diesem Mist zu verplempern", doch das kümmerte Weyn genauso wenig wie seinen Kollegen Jørn. Mikkel war im Moment nicht anwesend und konnte nicht wissen, womit sich seine Mosjøener Kriminalbeamten gerade beschäftigten.
Grummelnd arbeitete Weyn weiter und hoffte inbrünstig, bei seiner eigenen Suche herauszufinden, was denn das gerade eben für eine Aktion gewesen war!

In Johnsens Hirn arbeitete es fieberhaft. Er fuhr sich mit der linken Hand durch die blonden Haare.
Er hatte richtig geraten. Dort saß der Neffe der Gräfin in seinem Wagen und verhielt sich reichlich seltsam. Ihm kam in den Sinn, was im Brant über den berühmten Neffen so erzählt hatte. Er hat zwar erwähnt, dass seine Herrin große Stücke auf ihn hielt, doch schien Brant selbst ihn nicht besonders zu mögen. Was hatte es zu bedeuten, wenn Olaf Gertsen in seinem Wagen saß und offensichtlich ungeduldig wartete, während jemand anderes gerade das Haus betreten hatte? Wer konnte es sein, auf dessen Rückkehr er wartete? Warum blieb er im Wagen sitzen und kam nicht mit hinein? Sah er nicht auch ein wenig nervös aus, so wie er sich immer wieder umblickte? Gerade blickte er auf seine Armbanduhr.

Der Kommissar war sich sicher. Dieser Mann verhielt sich definitiv verdächtig.
Johnsen überlegte, ob es klüger wäre, direkt zu ihm hinzugehen oder doch lieber nachzuschauen, wer in der Villa bei Brant war.
Er entschied sich für zweiteres, am Ende verpasste er noch etwas, das sich da drinnen abspielte, während der Gertsen ihn mit Lügengeschichten aufhalten konnte.
So richtig sympathisch sah der Mann nämlich auch von weitem durch die Scheiben seines Wagens nicht aus, fand der Kommissar.
Mit einem seltsamen Gefühl in der Magengegend, das nichts mit seinem Frühstück zu tun hatte, sondern von seinem untrüglichen Bauchgefühl stammte, lenkte er seine Schritte wieder auf die andere Straßenseite. Er ließ es zu, dass der Mercedesfahrer ihn sah und tat, als hätte er ihn nicht bemerkt. Aus den Augenwinkeln sah er, dass Olaf Gertsen sich nach hinten in Richtung Rücksitz wandte und dort herumkramte. Was er dort tat oder suchte, konnte Johnsen nicht erkennen.
Zum zweiten Mal an diesem Tag drückte er die Klingel am Tor. Ein gedämpftes „dingdong" war durch die verschlossene Tür zu hören und ein bekanntes, helles Kläffen antwortete von drinnen.
Niemand öffnete ihm, er probierte es ein zweites und drittes Mal, doch nichts rührte sich.
Er spürte den Blick des Neffens in seinem Nacken und ersann einen Plan.
Er zog eine kleine Show ab, zuckte übertrieben deutlich mit den Schultern und wedelte mit den Armen, als fände er es wahnsinnig schade, dass er seinen Freund nicht besuchen könnte und trollte sich.

Dabei schlurfte er, die Hände in den Manteltaschen vergraben von dannen und warf einen heimlichen Blick zu dem schwarzen PKW hinüber.
Der Mann, den er für Olaf Gertsen hielt, saß nun wieder gerade auf dem Fahrersitz und hatte etwas auf seinem Schoß. Johnsen kannte diese Körperhaltung und tippte darauf, dass er sich mit seinem IPhone beschäftigte.
Der Kommissar ging zügig um die nächste Ecke. Sobald er für den Wagen unsichtbar geworden war, rannte er los. Er erinnerte sich an eine bestimmte Stelle, die er zuvor gesehen hatte. Dort stand eine der dicken Eichen, die eine Allee in dieser Straße bildeten, besonders nahe an der hohen Steinmauer. Ihre dicken Zweige ragten darüber hinweg und boten somit eine ideale Möglichkeit, die Mauer zu überwinden.
Ein Sprung, ein Klimmzug, ein paar Kratzer auf den Unterarmen und er war oben auf der Mauer. Ein beherzter Sprung nach unten und schon stand er im Garten.
Von seinem Instinkt getrieben (wie gesagt, er war ein Bauchmensch), sauste er durch den Garten auf der Suche nach einem zweiten Eingang.
Er hoffte, dass diese Ratte von Hund immer noch im Haus war und nicht plötzlich kläffend seinen schönen Plan zunichte machte.
Um das Haus herum standen genügend Büsche und Sträucher, die ihm Gelegenheit boten, sich außerhalb des sichtbaren Umkreises der Fahrerkabine des Mercedes' zu bewegen. Die Mauer war zwar einen gewissen Sichtschutz, doch das große Tor bot einen großzügigen Einblick und der Mercedes war so geparkt, dass man von dort aus gut auf die Front des Gebäudes sehen konnte.

Ein wenig aufgeregt war er doch, der Kommissar, seine letzte Aktion dieser Art lag bereits Jahre zurück. Er bewegte sich hastig und riss sich aus Unvorsichtigkeit den Handrücken an einem Stachelbeerstrauch blutig. Nervös leckte er sich das Blut ab und drückte ein Taschentuch darauf.

In Johnsens Kopf meldete sich eine vorwurfsvolle Stimme, die ihm mitteilte, dass er nun etwas sehr gut gebrauchen könnte, das er im Präsidium in Mosjøen vergessen hatte.

Sie mahnte ihn, dass er ein riesiger Dummkopf sei, denn es war nicht das erste Mal, dass er sie nicht mitgenommen hatte: seine Dienstwaffe.

Johnsen entfuhr ein leiser Fluch.

Er lief weiter durch den riesigen Garten und erreichte die Rückseite des Hauses.

Dort stand ein Schuppen. Das musste der Schuppen sein, von dem Brant ihm erzählt hatte. Ob er seine alte Schrotflinte immer noch dort aufbewahrte? Sie an sich zu nehmen, entsprach zwar ganz und gar nicht den gesetzlichen Bestimmungen, doch der Entschluss stand schnell fest:

sollte die Waffe dort zu finden sein, würde er sie an sich nehmen und damit durch die Hintertür ins Haus eindringen.

Falls er sich nämlich irrte und alles in Ordnung war, Herr Brant nur einen harmlosen Besuch bei sich hatte und sein Läuten entweder ignoriert hatte, um seine Ruhe zu haben, oder schlicht und ergreifend nicht gehört hatte, dann würde er einfach behaupten, dass er zuvor nicht daran gedacht hatte, ihn darauf hinzuweisen, dass er seine Flinte in einem Waffenschrank innerhalb des Hauses aufzubewahren hatte.

Er müsste das Gewehr also beschlagnahmen.

Johnsen spann den Faden weiter.

Da sein Geklingel nicht gehört worden war, sei er einfach durch die Hintertür hereingekommen. Er musste ja nicht gestehen, dass er über die Mauer gekraxelt war sondern konnte einfach behaupten, dass das Tor - im Gegensatz zur Haustür - nicht ganz geschlossen gewesen war.
Deshalb hätte er dann diesen Weg genommen.
Er wog den Kopf. Zumindest hörte sich diese Ausrede halbwegs plausibel an.
Er glaubte ohnehin nicht daran, dass er sich von Brant Ärger wegen Hausfriedensbruch einhandeln würde.
Soviel zu der Option, dass er überreagierte.
Und gesetzt den Falles, dass dort drinnen wirklich etwas im Gange war, das nicht in Ordnung war - wie sein Bauch es klar und deutlich behauptete - dann wäre er zumindest bewaffnet!
Ein wenig eingestaubt zwar, aber ansonsten gepflegt und sogar geladen fand er die Schrotflinte, die einst ein paar Burschen eingeschüchtert hat und nahm sie an sich.
Auch wenn es nicht gerade eine Walter P30 war, seine übliche Dienstwaffe, so gab ihm das Gewehr doch ein gewisses Maß an Sicherheit.
Der Kriminalkommissar hatte Glück. Er fand die Tür an der Rückseite des Hauses unverschlossen und betrat eine altmodisch eingerichtete Küche. Rechts neben der Tür zum Garten, befand sich die Anrichte, auf der im nordischen Landhausstil offen Töpfe, Pfannen und Kochutensilien herumhingen und -standen.
Sein Blick fiel auf einen hölzernen, edel aussehenden Messerblock, in dem mehrere, sicherlich aus Damaszenerstahl bestehende, Messer aufbewahrt wurden.

Eines der größeren Löcher, in die die Messer zur sicheren Aufbewahrung mit den Klingen voran hineingesteckt werden, war leer.
Er nahm das Gewehr fester in die Hände.
Sein Blick schweifte nach rechts, wo sich eine Durchgangstüre befand. Sie war angelehnt und hatte sich bei seinem Eintreten durch den hereinströmenden Luftzug leicht bewegt. Erst hatte sie sich ein paar Zentimeter geöffnet und dann lautlos wieder annähernd geschlossen. Er trat heran und lugte vorsichtig durch den Türschlitz hindurch.
Durch den Spalt in der Tür konnte er erkennen, dass vor ihm ein langer Gang lag, von dem mehrere Türen nach links und rechts abzweigten.
Na toll! Da hatte er ja eine nette kleine Suche vor sich! Dieses Haus war scheinbar verwinkelter und noch größer, als er angenommen hatte.
Leise trat er hinaus auf den Gang und entschied sich, in Richtung Eingangsbereich zu gehen, um zuerst zu Brant Wohnbereich zu schauen.
Nachdem er die große Vorhalle durchschritten hatte, stand er vor der bereits bekannten Türe, die zum Privatbereich des Butlers gehörte. Auch diese Tür war seltsamerweise nur angelehnt. ‚Muss wohl eine Angewohnheit von Brant sein, keine Türen zu schließen', dachte Johnsen und freute sich, dass ihm diese Neigung zugute kam. Denn dadurch konnte er die Türen sachte und lautlos aufstoßen, ohne eine Hand von dem Gewehr zu nehmen. Er hielt inne und lauschte. Er hatte ein leises Geräusch vernommen.
Er schob die Zimmertüre vorsichtig weiter auf und linste hinein.
Was er dann sah, übertraf seine kühnsten Vorstellungen.
Reflexartig riss er die Flinte hoch und brüllte:

„Keine Bewegung!“
Die beiden Männer im Raum erstarrten zu Stein. Eben noch haben sie mit aller Kraft miteinander gekämpft. Ein kleiner, dunkelhaariger Mann hatte einem großen, blonden Hünen das rechte Handgelenk verdreht, sodass dieser vor Schmerzen das Gesicht verzerrte. Gerade war er dabei, ihm das Messer mit der langen Klinge, das immer lockerer von der malträtierten Hand des Blonden gehalten wurde, zu entwinden. Beiden standen Schweißperlen auf der Stirn und die linke Schulter des kleineren war dunkelrot verfärbt.
Mit dem zweiten Blick erfasste Jørn Johnsen die gesamte Situation: hinter dem Sofa kauerte eine weitere Gestalt. Er konnte den schwarzen Lockenschopf erkennen und ein leichtes Zittern desselben erahnen. Janina? Der Rest von ihr wurde von der Seitenlehne der Couch verdeckt. Eine zweite Gestalt lag regungslos am Boden, halb unter dem niedrigen Sofatisch. An seiner Kleidung erkannte Johnsen den Butler. Ein dunkler Fleck umgab den alten Brant, sein Gesicht wurde von seinem hochgerutschten Jackett verdeckt.
Der Schaft eines weiteren Messers ragte aus seinem Rücken.

Johnsen schluckte schwer. Dann zwang er sich zur Ruhe und Konzentration.
Seine Einschätzung der Situation hatte nur Sekundenbruchteile gedauert. Die beiden Männer hatten sich indessen nicht bewegt.
Starr hielt Johnsen den Lauf des Gewehres auf das Gesicht des Asiaten gerichtet, den er als den Aggressor enttarnt

hatte. Er holte Luft und versuchte, seiner Stimme die nötige Schärfe zu verleihen.

„Tun Sie, was ich Ihnen sage, dann wird niemand verletzt!“ Rief er.

‚Blöder Spruch, es ist ja bereits jemand erheblich verletzt worden‘, fuhr es ihm durch den Kopf.

Niemand rührte sich vom Fleck. Nur der schwarze Schopf hinter dem Sofa bewegte sich leicht.

Johnsen wedelte mit dem Gewehr.

„Sie lassen jetzt den Mann los und heben beide Hände über den Kopf, sodass ich sie sehen kann – ja, gut so!“ Der Asiate gehorchte in Zeitlupe.

Dann schwenkte Johnsen den Lauf der Flinte hinüber, sodass er auf den Blonden zeigte und befahl dem anderen, es ihm gleichzutun.

Er gehorchte ebenfalls. Sofort fixierte er den Asiaten wieder.

Stumm und mit erhobenen Händen standen die beiden Männer schweißgebadet vor ihm.

Johnsen erhob erneut die Stimme: „Sie da, hinter dem Sofa, kommen Sie langsam hervor und treten Sie zur Seite, Richtung Fenster.“

Die Gestalt gehorchte und Johnsens Befürchtung bestätigte sich, als die blasse Frau Schwalb vor dem Fenster stand und ihn anstarrte. Glücklicherweise schien sie unverletzt zu sein. Er wies sie an, den Puls des Butlers zu fühlen und sie beugte sich gehorsam mit zitternden Knien zu ihm herunter. Vorsichtig tastend, fühlte sie an seinem Hals. Das Messer in dem Rücken des alten Mannes versuchte sie mit einem möglichst großen Bogen zu umgehen.

Ein Seufzer entfuhr Johnsen, als die zaghafte Gestalt ihn mit ihren großen, braunen Augen ansah und nickte. Brant lebte also noch!
Der Kommissar begann nun sachte, Schritt für Schritt auf die beiden Männer zuzugehen. Seine Waffe immer abwechselnd auf einen der beiden richtend, war er gerade einmal ein paar Schritte näher getreten, als ihn etwas zum Stehen bremste.
Ein Hauch von Moschus lag plötzlich in der Luft. Es war der schwache Duft eines teuren Männerparfüms. Seine Nasenflügel bebten, als Johnsen die Luft einzog.
Er wollte sich gerade nach hinten umsehen, als etwas geschah.
Janina stieß unvermittelt einen spitzen Schrei aus und ließ sich bäuchlings zu Boden fallen. Sie hatte gerade noch rechtzeitig reagiert, bevor ein Schuss die Stille zerriss.
Auf dem bisher makellosen Couchbezug prangte auf einmal ein tiefes Loch, aus dem eine schmale Rauchsäule emporstieg.
Der Kommissar bekam keine Zeit mehr, sich umzudrehen. Hartes Eisen bohrte sich in seinen Rücken.
Der warme Druck einer Pistolenmündung zwischen seinen Schulterblättern sagte ihm, dass der Schütze, der hinter ihm stand nicht zu Scherzen aufgelegt war.
Eine raue Stimme erhob sich. „So, Freundchen, jetzt ist Sendepause."
Sie wechselte in eine andere Sprache.
„Hung, nimm das Messer an dich und fessle den Burschen hiermit." Sagte der Mann hinter Johnsen, wies auf den blonden Hünen und warf dem Asiaten einen Satz Kabelbinder zu. Dann nickte er in Richtung Kanapee.
„Die Lady auch!"

Hung tat, wie ihm geheißen. Bevor er den Blonden fesselte, gab er ihm einen unsanften Tritt in die Kniekehlen, der ihn nach unten sacken ließ. Mit einem überlegenen Grinsen auch den Lippen verpasste er dem Hilflosen noch einen kräftigen Schlag auf den Wangenknochen. Als er mit ihm fertig war, wandte er sich zu der Frau, die hinter dem Sofa auf dem Boden kauerte. Er bückte sich herunter, um nach ihren Armen zu greifen, als plötzlich ein wild gewordenes Etwas mit bösem Knurren hervorsprang und seine spitzen Zähne in seinen Unterarm bohrte.

Mit einem erschrockenen Aufschrei sprang der Asiate zurück und versuchte durch wildes Schütteln seines Armes, den festgebissenen Terrier abzuschütteln. Janina kauerte ängstlich am Boden.

Dann geschah alles gleichzeitig: der Kommissar spürte, dass der Mann hinter ihm abgelenkt war und nutzte seine Chance. Er vollführte eine elegante Drehbewegung, die ihn seitlich an seinem Gegner vorbeigleiten und hinter ihm landen ließ. Dabei schaffte er es, mit einem harten Schlag gegen das rechtes Handgelenk des Gegners, dessen Griff um die Waffe zu lockern. Ein weiterer Handkantenschlag und ein kniffliges Entwendungsmanöver später, war er in Besitz der Pistole und hielt sie schwer atmend auf den Mann gerichtet.

Nun stand er ihm endlich Auge in Auge gegenüber.

Er hatte richtig vermutet. Es war Olaf Gertsen, der in dem Wagen vor der Villa gewartet hatte und ihm gefolgt war.

Zur selben Zeit war Janina nach hinten gekrochen und hatte sich vom Schreibtisch, der hinter der Couch stand, einen Brieföffner geschnappt. Sie hielt ihn nun drohend in die Höhe.

Hung hatte den kleinen Hund von sich geschleudert, der mit einem hohen Fiepen durch die Luft segelte und gegen den Schreibtisch prallte. Benommen blieb er an Ort und Stelle liegen. Helles Blut tropfte aus einer Wunde an seinem Kopf und mischte sich mit dem dunkleren des Butlers, der noch immer regungslos am Boden lag, zu einer einzigen Lache aus verschiedenen Rottönen.
Das war das Signal für Janina. Sie holte aus und versenkte den Brieföffner wie einen Dolch in der Brust des Angreifers,
Für einen Moment schien die Zeit still zu stehen und Janina starrte mit Entsetzen auf den roten Fleck, der sich auf dem weißen Hemd, das Hung unter dem schwarzen Jackett trug, ausbreitete. Auch er starrte für einen Sekundenbruchteil darauf, dann hob er beide Hände, fasste den Griff und zog das Briefmesser mit einem Ruck heraus.
Triumphierend, nun selbst in Besitz einer Waffe zu sein, lächelte er. Er hob den Brieföffner und wollte die Klinge auf den Hals der zur Salzsäule erstarrten Frau sausen lassen, als ein Knall ertönte.
Die Hand von Johnsen verkrampfte sich bei dem Rückschlag, den die Pistole verursachte und aus der rechten Schulter des Asiaten spritzte Blut.
Sämtliche Farbe wich aus Janinas Gesicht und sie strauchelte zwei Schritte zurück.
Johnsen schoss ein zweites Mal, weil der Asiate Anstalten machte, seine Waffe in die Linke zu wechseln und richtete sie dann wieder auf Olafs Brust.
Der zweite Schuss traf ihn in die Seite, begleitet von einem Aufstöhnen, das Janina entfuhr. Voller Entsetzen schlug sie die Hand vor den Mund und wankte.

Der Angeschossene kippte ohne einen weiteren Laut zur Seite um, knallte gegen eine Stehlampe, die er mit sich riss und blieb dort liegen, wo er aufkam.
Janina stützte sich an der Sofalehne ab und löste krampfhaft den Blick von dem reglosen Mann zu ihren Füßen, der sie vor ein paar Sekunden noch aufspießen wollte und ließ ihren Blick hinüber zu ihrem Retter, den Kommissar, wandern. Der hielt mit eiserner Miene den grobschlächtigen Kerl vor sich in Schach.
Sie schaffte es nicht einmal, ihm dankbar zuzunicken, geschweige denn, ihm ein Lächeln zu schenken und wandte stattdessen den Kopf der anderen Gestalt am Boden zu: dem Butler, wenn man genau hinsah, konnte man erkennen, wie sich sein Oberkörper sanft ein wenig hob und senkte: er atmete noch immer.
Sie sah auf die tapfere kleine Lucy, die winselnd in ihrer eigenen Blutlache lag, die sich mit der ihres Herrchens vermischte.
Zu guter Letzt blieb ihr Blick auf dem blonden Mann mit dem Kabelbinder um die Handgelenke haften. Irritiert starrte sie in seine blauen Augen, die sie schuldbewusst anblickten. Er konnte ihrem fassungslosen Blick nicht standhalten und neigte betroffen den Kopf, sodass seine schulterlangen Haare über sein Gesicht glitten und dieses vor ihr verdeckten.
Endlich hatte sie ihre Sprache wiedergefunden und ihre Lippen bewegten sich kaum, als sie nur ein Wort hauchte, ungläubig und fragend: „Hendrik?"
Und dann tat sie das, was nach diesem Drama das einzig Vernünftige zu sein schien:
Sie fiel in Ohnmacht.

36.) Die Verhaftung

Nachdem Johnsen den Neffen mit zusammengebissenen Zähnen aufgefordert hatte, sich auf den Bauch zu legen, band er ihm mit einem Kabelbinder Hände und Beine zusammen.

Olaf Gertsen ergoss einen Schwall aus Schimpfwörtern über ihn, von denen Johnsen glücklicherweise nicht eines verstand.

Er wurde nämlich auf Vietnamesisch verflucht.

Dann trat der Kommissar zu dem bewegungslosen Vietnamesen.

Auch er war noch am Leben und stöhnte protestierend, als Johnsen ihn umdrehte, um seine Verletzungen in Augenschein zu nehmen. Er fesselte auch ihn, sicher ist sicher, mit Kabelbindern an Händen und Füßen. Natürlich legte er ihm einen Druckverband, bestehend aus dem Jackett des Asiaten, an.

Wie zwei Würste lagen der Vietnamese und sein Auftraggeber nun zusammengeschnürt auf dem Teppich.

Johnsen presste sein Handy ans Ohr und trat zu der am Boden liegenden Gestalt Brants. Er befühlte seinen Puls. Erleichtert atmete er auf, er konnte einen schwachen, jedoch regelmäßigen Herzschlag ertasten. Er orderte einen Krankenwagen und rief polizeiliche Verstärkung.

Dann leistete Johnsen erste Hilfe. Er legte einen Druckverband aus dem Ärmel seines Hemdes, das er sich ohne zu zögern vom Leibe riss, um die zerstochene Schulter Brants an und bettete ihn weicher, indem er ihm zwei Kissen von der Couch unterschob.

Frau Schwalb bettete er auf das Sofa, ihre Beine legte er auf die Seitenlehne hoch und die karierte Decke, die auf

dem daneben stehenden Schemel gelegen hatte, breitete er über ihr aus.
Die Aufforderung Hendriksens, ihn loszumachen, damit er diese Aufgabe übernehmen konnte, ignorierte er.
Ein Schwenk der Walter PPK, zusammen mit einem grimmigen Gesichtsausdruck genügten, um Hendriksens Widerstand zu brechen.
Johnson band ihn trotz dessen heftigen Protestes ebenfalls, genau wie Olaf Gertsen, an dem massiven Bücherregal an der Wand fest.
So aneinander gebunden, beäugten sie sich misstrauisch und verfolgten genauestens die kleinste Bewegung des anderen.
Immer wieder warf der Kommissar nervöse Blicke auf seine beiden Gefangenen. Er hatte das Gefühl, die beiden würden sich eher gegenseitig an einer Flucht hindern, als sich zu einer gemeinsamen Aktion zu verbünden. Das konnte ihm nur Recht sein. Sie standen regungslos. Während Gertsen fortwährend vor sich hinfluchte, schwieg Hendriksen beharrlich.
Johnsen fiel der kleine Hund ein. Ein leises Winseln führte ihn zu einer Falte des langen, am Boden stauchenden Vorhanges. Als er sich der kleinen Hündin näherte, zeigte sie durch freudiges Schwanzwedeln, dass sie glücklich darüber war, nicht vergessen worden zu sein. Er stellte fest, dass sie sich nur eine kleine Platzwunde am Kopf zugezogen hatte und streichelte ihr über den Rücken.
Es war still im Raum.
Nur der in unregelmäßigen Abständen keuchend klingende Atem des verletzten Vietnamesen waren zu hören.
Ein leiser Schauer lief ihm den Rücken hinunter. Verwundert blickte er auf seine Arme. Ein plötzliches Gefühl von

Scham keimte ihn ihm auf. Er hockte ja mit blankem Oberkörper am Boden! Schnell griff er nach seinem Mantel, der auf den Boden gefallen war und schlüpfte hinein. So mussten ihn seine Osloer Kollegen nicht unbedingt sehen:
Als den Helden mit nackter Brust...dafür war er definitiv weder muskulös, noch jung genug!

Eine gefühlte Ewigkeit verging, als endlich Sirenen zu hören waren. Polternde Schritte ertönten im Hausgang. Johnsen rief laut: „Hier, erste Türe rechts!"
Eine Gruppe bewaffneter Polizisten stürmte in das Haus und nahm die fülligere der beiden Würste in Gewahrsam. Etwas sanfter wurde auch Hendriksen mitgenommen und je zwei Sanitäter hievten Brant und Hung auf Tragen, brachten sie zum Rettungswagen und brausten mit Blaulicht davon. Zurück blieben nur noch der Kommissar und die völlig verwirrte Frau Schwalb, die durch den Lärm um sie herum wieder erwacht war. Johnsen bereute es für einen Moment, abgelehnt zu haben, dass sie ebenfalls in die Klinik gebracht wurde.
Sie tat ihm unendlich leid.
Er berührte sie sachte an der Schulter. „Kommen Sie, fahren wir aufs Präsidium."
Sie nickte und schien schlicht und ergreifend dankbar dafür zu sein, dass sie in seiner Nähe bleiben durfte und nicht allein gelassen wurde.
Und so verflog sein schlechtes Gewissen leicht und lautlos wie eine Feder im Wind.
Ein Streifenwagen stand für sie bereit und der Fahrer wartete mit verschränkten Armen geduldig an der Autotür.

Die beiden nahmen Platz. Johnsen auf dem Beifahrersitz, Janina auf der Rückbank. Nach wenigen Minuten Fahrzeit hielten sie vor der Polizeiwache. Johnsen, ein beliebter Kollege hier in Oslo, bekam ohne große Worte einen Raum zur Verfügung gestellt, der zwar klein und leicht staubig war, doch seinen Ansprüchen vollkommen genügte.
Er sollte schließlich nur einem Zweck dienen:
Dem Verhör der Männer, die er verhaftet hatte.

Jede Polizeistation in Norwegen hat einen Abschnitt Schutzpolizei (Ordenspoliti) und einen Abschnitt
und Kriminalpolizei (Etterforskningspoliti).
Johnsen dankte seiner Glücksfee, die es eingefädelt hatte, dass der Leiter einer der Kriminalabteilungen von Oslo ein ehemaliger Polizeischulkamerad von ihm war.
Der Kontakt zwischen den beiden war nie ganz abgebrochen und es hatte immer wieder Situationen gegeben, in denen der einer dem anderen geholfen hatte.
Da in jeder Station eine spezielle Analysegruppe agiert, die sich aus erfahrenen Polizisten und je einem Soziologen zusammensetzt, konnte Johnsen auf professionelle Unterstützung von Seiten der Osloer Kollegschaft bauen.

Johnsens Handy piebte. Er hatte Nachricht von seinem treuen Kollegen aus Mosjøen bekommen.
Auch Weyn hatte nicht auf der faulen Haut gelegen. Er hatte Johnsen eine lange E-Mail geschrieben, die alle Informationen enthielt, die er bei ihrem letzten Telefonat verlangt hatte.
Gut. Sobald er an einen PC gelangen würde, hätte er Gelegenheit, sie sich durchzusehen.

Johnsen steckte das Handy wieder ein, atmete tief durch und stieg aus dem Wagen.
Dann trat er an die Hintertür heran und öffnete Janina die Tür.

Olaf Gertsen und Hendrik Hendriksen waren getrennt in zwei verschiedenen Wagen untergebracht worden.
Während der Fahrt gab Hendrik dem Fahrer einen Hinweis zu einem weiteren Mann im Bunde, der sich gewiss über Besuch freuen würde:
Roal in der Badewanne. Die beiden Beamten in der Fahrerkabine sahen sich verwundert an und entschieden stumm nickend, einen Umweg zu machen.
Also fuhr der Streifenwagen, in dem Hendriksen sich befand, eine Schleife und holte Ventren gleich mit ab.
Im Präsidium angelangt, hatte Roal sich immer noch nicht beruhigt und die beiden Beamte hatten alle Hände voll damit zu tun, ihn davon abzuhalten, Hendriksen zu attackieren.
Hendriksen trottete brav vor den beiden Männern her, die Roal zwischen sich festhielten und folgte den Anweisungen, die von hinten kamen.
Ein nicht enden wollender Regen aus Beschimpfungen prasselte fortwährend auf den Mann nieder, der es gewagt hatte, ihn Schachmatt zu setzen.
Hendriksen schien sich über seinen ehemaligen Komplizen königlich zu amüsieren und wich elegant seinen Angriffen aus, den verbalen, wie den körperlichen.
Irgendwann wurde es den Dienstleuten zu bunt und sie beförderten Ventren in eine kleine Einzelzelle, in der er warten musste, bis er zum Verhör gebracht wurde.

Johnsen begab sich sofort zu dem Abteilungschef. Er bekam Arbeitsmittel und Unterstützung, genau, wie er es sich erhofft hatte.
Janina musste im Wartebereich Platz nehmen.

Johnsen versprach sich am meisten von dem anstehenden Gespräch mit Hendriksen, weshalb dieser als erster an der Reihe war.
Der Kommissar hatte insgeheim nicht die geringsten Zweifel, dass er kooperieren würde.
Manche Antworten auf gewisse Fragen konnte er sich bereits selbst zusammenreimen. Beispielsweise, dass Hendriksen sicherlich Drohungen von Seiten des Neffen, wahrscheinlich durch den Vietnamesen erhalten hatte.
Doch haben diese Einschüchterungen ihn dazu bewegt, einen tödlichen Unfall vorzutäuschen, um im Geheimen agieren zu können?
Oder war der Asiate selbst damals in Lomsdal-Visten dabei gewesen und Hendriksen ist ihm entkommen?
Diese zweite Option erschien ihm jedoch recht abwegig.
Wieso hatte Hendrik beispielsweise seinen Kumpanen gefesselt und eingesperrt?
Hatte es etwa Streit gegeben?
Es sah ganz danach aus, doch warum?
Es gab noch einige Fragen, die er sich nicht beantworten konnte und die ihm unter den Fingernägeln brannten.
Johnsen wollte eigentlich die Wartezeit nutzten, bis Hendriksen, dessen Personalien zuerst noch aufgenommen werden mussten, endlich auf der anderen Seite des Tisches in dem staubigen Raum Platz nehmen würde.
Er erinnerte sich an die Mail von Thor und öffnete sein E-Mailprogramm. Er konnte sich jedoch schlecht konzentrie-

ren und überflog den Großteil des Inhaltes nur oberflächlich. Schließlich druckte er sich ein paar Seiten aus, die ihm am Wichtigsten erschienen.
Hendriksen war immer noch nicht da. Johnsen hatte das Gefühl, eine Ewigkeit allein in seiner Kammer warten zu müssen, bis es endlich so weit war.
Nervös trommelte er auf seinen Schreibtisch und nippte an seinem Glas Wasser.
Er sah sich um.
Leider besaß der Raum keine Fenster und Johnsen würde das Gespräch bei künstlichem Licht führen müssen. Die Scheinwerfer an der Decke ließen in ihrem unfreundlichen, grellen Licht das Büro noch kälter und abweisender erscheinen.
Ein wenig natürliches Tageslicht wäre Johnsen durchaus willkommen gewesen.
Dann ertönte endlich ein Klopfen an der Zimmertür und der zu Vernehmende wurde hereingebracht.
Jørn Johnsen bat den Kollegen, der Hendriksen hereinbrachte, vor die Tür und nahm sich einen Moment Zeit, um den wochenlang Vermissten genau zu betrachten.
Ein dickes Veilchen prangte unter dessen rechten Auge und er hätte dringend eine Rasur und einen Friseur nötig gehabt.
Allen voran jedoch eine Dusche.
Immer noch befanden sich einzelne Blutspritzer auf den Unterarmen und das rechte Handgelenk war verbunden.
Also war er verarztet worden. Deshalb hatte Johnson wohl noch länger auf ihn warten müssen.
Bei genauem Hinsehen konnte man immer noch überall Flecken auf der Kleidung und und kleine Wunden auf der Haut erkennen.

Hendriksen wirkte selbstsicher und sah im Original sehr viel besser aus, als auf den Fotos, die Janina und seine Mutter für die Vermisstensuche beigesteuert hatten.
Johnsen konnte verstehen, warum Janina sich mit ihm ins Abenteuer Lomsdal-Visten gestürzt hatte: dieser hochgewachsene Wikinger strahlte Vertrauen und Kraft aus. In seinen saphirblauen Augen glitzerte es verwegen.
Er hatte keinen Idioten vor sich, das war ihm klar. Also war er auf der Hut. Je klüger der Ganove, desto gefährlicher. Doch war er überhaupt ein Ganove? Das galt es nun zu klären. Er würde sich jedenfalls nicht verarschen lassen.
Johnsen setzte ein freundliches Gesicht auf.
„Wie geht es Ihrer Hand?"
„Gut, danke der Nachfrage, sie ist nur ein wenig geschwollen, nichts gebrochen."
Hendriksen hob die Hand zur Bestätigung. Zu Johnsens Verwunderung erkundigte er sich nach dem Befinden des Butlers und des Vietnamesens.
Zu seinem eigenen Bedauern konnte Johnsen ihm darüber noch keine Auskünfte geben.
Dann begann er sein Verhör.
Er fing ganz am Anfang an, ließ sich von Hendriksen schildern, wie es ihm in dem Nationalpark gelungen war, seinen Sturz vorzutäuschen und dann zu verschwinden. Befriedigt stellte er fest, dass es ziemlich genau so abgelaufen war, wie er es sich gedacht hatte.
„Janina hatte absolut keine Ahnung. Ich wollte sie aus der ganzen Geschichte raushalten. Deshalb hatte ich es vorgezogen, sie, genau wie alle anderen, zu täuschen."
Johnsen verstand. Er hatte sie schützen wollen.
„Zum Schutz vor dem Vietnamesen?"

„Ja," Hendriksen nickte bekräftigend, dass seine blonden Locken wippten.
„Der Chinese..." Er korrigierte sich: „Entschuldigung, Roal hatte immer von einem Chinesen gesprochen, ich wusste bis eben nicht, welcher Nationalität er tatsächlich angehört,...also der *Vietnamese* stand eines Abends in diesem Frühjahr, vor unserer Wohnungstür.
Sie haben sicherlich mitbekommen, dass er immer ein bis zwei Messer dabei hat - die hatte er mir an diesem Abend unbedingt zeigen wollen."
Hendriksen zog mit der linken Hand den Kragen seines T-Shirts nach unten, sodass eine rosafarbene, fingerlange Narbe zum Vorschein kam.
„Sehen Sie, hier hat er unterschrieben."
Hendriksen grinste säuerlich.
„Allerdings war damals er maskiert gewesen.
Sein Gesicht habe ich heute zum ersten Mal gesehen. Im Übrigen scheint der Mann kein norwegisch zu sprechen", fuhr er beinahe amüsiert fort, „er hat uns stets auf Englisch bedroht."
Er machte eine Pause, dann sprach er weiter:
„Bei Roal war es anders, er kannte das Gesicht von diesem Hung."
„Warum das?"
Hendrik lächelte freudlos.
„Auch bei ihm stand er vor der Haustür, mehrere Male, genau wie bei mir mit einer Art Zorromaske. Aber beim letzten Mal lief es etwas anders ab. Als Roal eines Abends von einem Restaurantbesuch heimkam, hatte der Typ ihm zum wiederholten Male aufgelauert. Roal wollte sich nicht ein drittes oder viertes Mal bedrohen lassen. Es tut mir leid, ich kann Ihnen nicht genau sagen, wie oft Roal be-

droht worden ist - das müssten Sie ihn selbst fragen. Es kam jedenfalls zu einem heftigen Zusammenstoß, der in einen kurzen, heftigen Kampf mündete, der Roal beinahe das Leben gekostet hätte...die Messer, Sie wissen ja...jedenfalls war es Roal in dem Handgemenge gelungen, ihm die Maske herunterzureißen. Da hat er sein Gesicht gesehen. Roal konnte den Moment, in dem der Vietnamese erschrocken innegehalten hat, nutzen, um ins Haus rennen und sich zu verbarrikadieren."

„Wissen Sie, warum der Vietnamese, er heißt übrigens mit bürgerlichen Namen Thien Truc Ly, ihn angegriffen hat?"

Hendriksen zuckte mit den Schultern. „Ich nehme an, um ein wenig mehr Druck zu machen. Ich hatte Roal ja von Anfang an gesagt, dass der Typ gefährlich ist."

Johnsen ergänzte: „Seit diesem Vorfall, den Sie eben beschrieben haben, hat er Sie ernst genommen und ist gemeinsam mit Ihnen untergetaucht, richtig?"

„Richtig."

„Und weshalb die Bedrohung? Was wollte er denn von Ihnen?"

„Er wollte etwas haben, dass keiner von uns hatte und von dem wir keinen Schimmer hatten, wo es war."

Johnsen wartete ungeduldig darauf, dass Hendriksen fortfuhr.

Er verabscheute diese Kunstpausen in Verhören.

Der Blonde Hühne zog einen Mundwinkel zu einem schiefen Grinsen nach oben und tat ihm den Gefallen.

„Er wollte wissen, wo die Uhr sei." Erklärte er.

„Sie meinen, die Taschenuhr, die damals verschwunden ist, als Sie..." - „Ja, genau die. Ich hatte keine Ahnung, wo sie war. Bis gestern Abend. Darum auch meine Untertauchaktion."

- „Die uns übrigens sehr viel Arbeit und Kosten beschert hat!“ fügte Johnsen mit missbilligend gehobenen Augenbrauen hinzu. Hendriksen nahm die Kritik leicht betroffen hin, und da ihm keine passende Antwort einfiel, zog er es vor, dazu zu schweigen.
Dass er selbst in Besitz des begehrten Stückes war, die immer noch in der Innentasche seines Anoraks ruhte, der über der Rückenlehne seines Stuhles hing, verschwieg der Kommissar wohlweislich.
Neugierig beugte er sich vor.
„Was hat es mit dieser Uhr auf sich?“
Hendriksen schien sich darüber unsicher zu sein.
„Ich weiß es nicht. Nicht genau jedenfalls. Alles, was ich herausgefunden habe, ist, dass es sich um ein uraltes Erbstück handelt. Aber deswegen Morde zu begehen? Wenn das wirklich der einzige Grund sein soll, dann sollten Sie diesen völlig durchgedrehten Neffen der Gräfin lebenslang einsperren!“
Hendriksens Gesicht nahm bei diesen Worten eine zornige, rötliche Färbung an und Johnsen musste zugeben, dass er nicht Unrecht hatte.
Doch glaubte er nicht so ganz an diese Version. Hinter dieser Taschenuhr steckte irgendein Geheimnis, das weit mehr wert sein musste.
Er beschloss, nicht weiter in diese Richtung zu bohren und stattdessen nach Roal Ventren und diesem Sven Borklund zu fragen.
„Die beiden haben nichts mit dem Verschwinden der Uhr zu tun. Die hatte sich damals dieser scheinheilige Butler unter den Nagel gerissen! Gestern Abend habe ich ihn beobachtet, wie er die Uhr aus seinem Nachttischchen herausgeholt und aufgezogen hat. Und uns hatte man zu Un-

recht verdächtigt, sie versteckt und dann bei einem Hehler verkauft zu haben!"

Johnsen unterließ es, ihn darüber aufzuklären, dass Brant erst kurz vor dem Schlaganfall der Alten etwas von der versteckten Uhr erfahren hatte und die Gräfin diejenige war, die die Versicherung erleichtern wollte, was ihr auch ganz gut gelungen war.

Er hielt es für das Beste, einfach nur neue Informationen zu erlangen. Hendriksen würde schon noch früh genug über seine Irrtümer aufgeklärt werden.

Er bohrte weiter.

„Was ist mit Ihren Freunden, warum musste Herr Borklund sterben?"

Dem Mann auf dem Verhörstuhl schien es leid um seinen Freund aus vergangenen Zeiten zu tun. Seine Stimme wurde leiser, beinahe sanfter.

„Er hielt sich immer für so stark." Hendriksen sah den Kommissar mit traurigen Augen an.

„Ich vermute, dass er sich mit dem Vietnamesen angelegt hat...er war mal im Judo und hielt sich für unbesiegbar. Er war auch wirklich nicht schlecht, wir hatten früher schon einmal die eine oder andere Rangelei, meist aus Spaß, und er war immer der Sieger.

Ich glaube nur, dass er im Gegensatz zu dem vietnamesischen Kampfmonster,...Tintin, oder wie er heißt, kein Messer dabei gehabt hat, als er ihm in Hamburg über den Weg gelaufen ist..."

Johnsen musste über den falschen Namen lächeln.

„Sie glauben also, dass er ebenfalls bedroht und in einem Kampf umgebracht worden ist?"

„Ja, das glauben wir."

„Sie sprechen jetzt von einer Mehrzahl, wann genau haben Sie Kontakt mit Ventren aufgenommen?“
„Gleich, nachdem der Kerl vor unserer, also Janis und meiner Haustüre gestanden ist, habe ich mich ans Telefon geschwungen und Roal und Sven angerufen. Immerhin hatte er damit gedroht, Jani und mir einen neuen Haarschnitt zu verpassen...mit dem Kopf auf und dem Torso unter dem Tisch, wenn ich bis Ende Mai nicht das Teil auftreiben würde,...“
Der Zorn, der damals in ihm entfacht worden war, glimmte immer noch in ihm und war für Johnsen deutlich spürbar.
„Haben Sie daraufhin zu dritt diesen Plan ausgeheckt? Sie sollten ‚tot‘ sein, die beiden anderen auf „Geschäftsreise“ und dann wollten Sie auf Schatzsuche gehen? Das klingt in meinen Ohren reichlich abenteuerlich!“
Johnsen verschränkte die Arme vor der Brust.
Dann fiel dem Kommissar noch etwas ein:
„Wie ist es Ihnen eigentlich gelungen, Ventren von Ihrer Vorgehensweise zu überzeugen? Ich hätte an seiner Stelle so meine Zweifel an einem so waghalsigen Plan gehabt.“
Hendrik schaute den Kommissar verblüfft an.
„Ja, wissen Sie das noch gar nicht?“
„Was denn?“
„Das mit Roals Bruder?“
„Was ist mit seinem Bruder?“
Hendrik war fassungslos, wie schlecht ermittelte denn die Kriminalpolizei? Arbeiteten die einzelnen Stellen denn überhaupt nicht zusammen?! Kein Wunder, dass Sven absolut nichts davon gehalten hatte, die Bullen zu Hilfe zu holen!“

Er bemühte sich, diplomatisch zu klingen und wählte weniger angriffslustige Worte.
„Roals eineiiger Zwillingsbruder Erik ist erstochen in einer DNT–Hütte gefunden worden, kurz nachdem wir alle drei bereits Besuch bekommen hatten.
Roal glaubt, dass er durch die Ermordung seines Bruders zur Zusammenarbeit gezwungen werden sollte. Oder dass Erik ausgefragt worden war und als er keine Antworten geben konnte, abgestochen worden war.
Ich glaube schlicht und ergreifend an eine Verwechslung. Die beiden glichen sich wirklich wie das sprichwörtliche eine Ei dem anderen.
Außerdem war es so, dass Roal in der Zeit, in der Erik in den Bergen unterwegs war, kurzfristig auf Geschäftsreise musste. Ich bin der festen Überzeugung, dass Tarjan, Ti..., der Vietnamese davon nichts gewusst hatte, jedoch von dem geplanten Urlaub, den Roal antreten wollte und dass er Erik für Roal gehalten hat."
Er unterstrich seine Worte mit einigen Gesten und verschränkte die Arme, nachdem er geendet hatte, vor der Brust.
Seine Missbilligung gegenüber dem Kommissar war offensichtlich.
Johnsen blätterte peinlich berührt seine Unterlagen durch.
„Der gute Mensch heißt Thien Truc Ly, genannt Hung Truc Ly" ‚verbesserte er, ohne von seinen Unterlagen aufzusehen. Er suchte etwas Bestimmtes.
Richtig, hier hatte er es! Weyn hatte ihm eine Seite mit Details über den Tod eines Erik Ventren zugemailt.
Er musste sie wohl übersehen haben, als er vorher die von Weyn zusammengestellte, ausgedruckte Recherche durchgesehen hatte. Peinlich, peinlich.

‚Naja, macht ja auch nichts', dachte er sich und nahm sich vor, sich bei der nächsten Gelegenheit den ganzen Wust an Papieren doch noch einmal genauer anzusehen.
Rasch überflog er den Text. Nichts widersprach dem, was Hendriksen gerade behauptet hatte.
Er hob seinen Blick und ermunterte Hendriksen, fortzufahren, der verstummt war, nachdem er ihn auf den richtigen Namen von Eriks und Svens Mörder hingewiesen hatte.
Hendriksen fuhr fort.
„Jedenfalls ist Roal der reinste Racheengel. Er hätte sich blindlings auf den Vietnamesen gestürzt und wäre dabei wahrscheinlich draufgegangen. Deshalb hielt ich es für besser, ihm einen netten Aufenthalt in der Badewanne einzurichten."
Johnsen nickte. Das machte durchaus Sinn.
Für den Moment hatte er genug von Hendriksen gehört.
Er rief den Wachmann herein, der Hendriksen in eine Zelle brachte, erlaubte ihm jedoch, Besuch zu empfangen und dachte dabei an Janina die sicherlich immer noch völlig verwirrt im Wartebereich saß und sich danach sehnte, mit ihm reden zu können.
Ob es noch eine Chance für ihre Beziehung gab?
Er nutzte die Zwischenzeit bis der nächste, Olaf Gertsen, hereingebracht wurde, um sich Notizen zu machen. Er hatte zwar das Gespräch von eben mit dem Diktiergerät aufgenommen, doch es half ihm immer besser, wenn er sich selbst auf einem Blatt Papier Aufzeichnungen machte.
Im Vergleich zu der Vernehmung des ehemals Verschollenen, war die des reichen Neffens eine Tortour. Es war so gut wie nichts aus ihm herauszukriegen. Eine Welle an Beschimpfungen und die Weigerung, ohne seinen Anwalt

auch nur sein Geburtsdatum zu bestätigen, bewegten Johnsen dazu, ihn bereits nach fünf Minuten wieder zu entlassen. Er hoffte, dass sich der Anwalt nicht allzu viel Zeit lassen würde.
Von dem anderen, dem Handlanger aus Vietnam, konnte er vorerst keine Antworten erwarten. Er war momentan im OP, wo die Ärzte damit beschäftigt waren, ihm die beiden Kugeln herauszuoperieren, die Johnsen ihm reingejagt hatte.
Also knöpfte er sich als nächstes Roal Ventren vor, der wirklich nur aus Hass und Rachsucht zu bestehen schien.
Das einzig Neue, das er erfuhr, war der Grund für Roals heimlichen Besuch bei Janina, der nicht mit Hendriksen abgesprochen gewesen war und von dem dieser auch immer noch keine blasse Ahnung hatte.
Ventren hatte es angeblich nicht mehr ausgehalten, tatenlos herumzusitzen, nachdem Hendriksen ihn dazu verdonnert hatte (verständlicherweise, Johnsen hätte es selbst auch nicht für ratsam gehalten, diesen Hitzkopf auf Observierungstouren mitzunehmen) und sich dazu entschlossen, Janina zu warnen.

Es war dem Kommissar nicht ganz klar, ob Ventren nicht auch andere Beweggründe gehabt hatte, doch er hatte seine Sache vielleicht einfach nur etwas besser machen wollen als sein Partner.
Bestimmt spielte der Tod seines Bruders dabei eine entscheidende Rolle. Ventren gab sich immer noch die Schuld daran und der Gedanke, einen weiteren Menschen zu gefährden, musste zu viel für ihn gewesen sein.
Dabei gab es doch keinen größeren Schutz als die Unwissenheit! Gerade *weil* er Janina gewarnt hatte, ist sie ja

erst auf delikate Details aufmerksam geworden und hatte sich in Gefahr begeben.
Johnsen musste sich eingestehen, dass er die Badewannenaktion immer besser nachvollziehen konnte.
Er überlegte, was er nun noch alles tun wollte.
Janina war inzwischen nach Hause gebracht worden, wie er erfuhr.
Also machte er sich daran, die angefallenen Verwaltungsarbeiten zu erledigen.
Zu guter Letzt stand ein Besuch im Krankenhaus an. Brant hatte das Bewusstsein wiedererlangt und war bereits ansprechbar. Er hatte viel Blut verloren, doch der alte Mann war nicht zu unterschätzen. Sein tadelloser Gesundheitszustand, die körperliche Fitness durch die viele Haus- und Gartenarbeit hatten ihm das Leben gerettet.
Leider erfuhr der Kommissar nichts Neues von ihm. Er wünschte ihm gute Besserung und versprach, wieder zu kommen.
Ein Besuch bei Thien Truc Ly wurde ihm verwehrt. Er befand sich noch immer im Operationssaal.
Man versprach, ihm so bald wie möglich Bescheid zu geben, wenn er wieder ansprechbar sei.
Nachdenklich lief Johnsen den langen Gang des Krankenhauses entlang, als er abrupt stehen blieb.

Er hatte ein bekanntes Gesicht gesehen. Es dauerte einen Moment, bis er es zuordnen konnte, doch dann hellte sich seine Miene auf und er trat mit eiligen Schritten an das Zimmer, in das die junge Dame in dem weißen Kittel eben verschwunden war.
Er steckte den Kopf durch die offen gelassene Tür und lächelte hinein.
Die Frau hatte ihm den Rücken zugewandt und war an einer Apparatur beschäftigt.
„Mia, schön, dich zu sehen!“ Verblüfft drehte sich die kleine Person um und ihr zunächst verwunderter Gesichtsausdruck wich einem strahlendem Lächeln.
„Jørn, was machst du denn hier?“ Sie trat auf ihn zu und schloss ihn in die Arme.
Er erklärte ihr kurz angebunden, dass er einen Bekannten besucht hatte und fragte sie dann über ihre Arbeit in diesem Hospital aus. Sie berichtete ihm von den anstrengenden Schichten und der Strenge, die hier herrschte, doch auch davon, wie viel sie hier bereits dazugelernt hatte. Die beiden unterhielten sich noch eine Weile über dies und das, bis dem Kommissar einfiel , worum er sie bitten konnte. Er fragte sie, ob sie ihm nicht sagen könnte, wo denn die „Gräfin“ läge.
Mia runzelte die Stirn und Johnsen beeilte sich, zu erklären, wer der Bekannte war, den er vorhin besucht hatte. Mia schien den alten Brant zu kennen und bedauerte es, dass er verletzt worden war. Mia versicherte ihm, dass es sich bei Brant um einen herzensguten Menschen handelte, worin Johnsen ihr zustimmte.

Sie bat ihn eine Sekunde zu warten, dann würde sie ihm den Weg zu dem Zimmer der alten Frau zeigen. Während sie noch ein paar Handgriffe erledigte - Johnsen beobachtete staunend ihre geschickten kleinen Hände - berichtete sie ihm von dem bedauernswerten Zustand der alten Frau. Gelegentlich wachte sie kurz auf, war dann jedoch ziemlich verwirrt und gerade, wenn sie zu begreifen schien, wo sie sich befand und was geschehen war, dämmerte sie wieder weg.
Als sie ihre Arbeit erledigt hatte, gingen die beiden nebeneinander den langen Flur entlang.
Auf dem Weg zu Frau Gertsens Zimmer bestätigte Mia ihm auch das, was ihm bereits Olé Brant erzählt hatte, nämlich, dass dieser sie regelmäßig besucht hatte. Sie äußerte ihre Vermutung, dass der alte Butler viel für Frau Gertsen empfinden musste.
Auch Johnsen zweifelte nicht an der Echtheit der Gefühle, die der alte Mann immer noch für diese Frau hegte.
Kurz darauf befand er sich allein in dem Raum, in dem Frau Gertsen lag. Mia konnte sich nun nicht mehr länger vor der Arbeit drücken und verabschiedete sich mit einer weiteren herzlichen Umarmung von ihm.
Johnsen war jetzt allein mit der „Gräfin" im Zimmer.
Die alte Frau schlief tief und fest. Johnsen zog sich einen wackelig aussehenden Stuhl neben das Bett und setzte sich. Es vergingen lange Minuten, in denen nichts geschah. Johnsen hielt den Blick auf ein abstraktes Gemälde gerichtet, das neben dem Bett an der Wand hing. Es war ein abscheuliches Bild, bestehend aus kreuz und quer verlaufenden Strichen und Klecksen, die Johnsen ganz wirr im Kopf machten.

Er beschloss lieber aus dem Fenster zu sehen und dachte nach.
Er versuchte alle Ereignisse des heutigen Tages zu verarbeiten und sie in einen Zusammenhang mit den Geschehnissen zuvor in Verbindung zu bringen. Johnsen musste sich eingestehen, dass er sich auf einige Ereignisse noch immer keinen Reim machen konnte. Diverse Puzzleteile fehlten ihm noch.

Tief in seinen Gedanken versunken, bemerkte er zunächst gar nicht, dass sich die Kranke zu regen begann. Erst zuckten ihre Finger, dann die Hände und schließlich schlug sie mit zitternden Lidern die Augen auf.
Den Kopf nach links und rechts wendend, schien sie zu versuchen, sich zu orientieren.
Jørn Johnsen zog es vor, sich still zu verhalten und abzuwarten.
Schließlich nahm sie ihren Besuch wahr und ihr Blick blieb auf ihm ruhen. Mit heiserer Stimme fragte sie ihn, wer er denn sei.
Er beobachtete ihre Reaktion, als er sich ihr vorstellte. Sie machte einen einigermaßen hellen Eindruck auf ihn. Die alte Frau schien zu begreifen, dass etwas Schlimmes geschehen sein musste, wenn sich ein Polizeibeamter die Ehre gab, sie zu besuchen.
Er begann vorsichtig, zu erzählen, dass ihr Bediensteter ein Stockwerk tiefer in diesem Gebäude lag und erläuterte oberflächlich in abgeschwächter Version, wie es dazu gekommen ist.
Frau Gertsen regte sich fürchterlich darüber auf und er beeilte sich ihr zu versichern, dass er wieder auf die Beine kommen würde.

Sie hatte mit einer Hand den Hilfsgriff gefasst und versuchte, sich hochzuziehen. Ihr Versuch scheiterte jedoch und sie sank wieder auf die Matratze zurück.
Johnsen hatte Mitleid mit ihr. Aus einem Impuls heraus, griff er in die Tasche seines Mantels, den er über die Lehne des Stuhls gehängt hatte und holte die Taschenuhr heraus.
Die Augen der Frau schienen schier aus den Höhlen zu springen, als sie die Uhr erblickte. Stumm fordernd steckte sie ihm die offene Hand hin und Johnsen ließ die Uhr in ihre Finger gleiten, die sich mit erstaunlicher Geschwindigkeit darum schlossen.
Sie schloss für einen Atemzug die Augen und seufzte tief.
Sie schien nun ganz klar bei Verstand zu sein und bat ihn, ihr alles genau zu erzählen, was vorgefallen war. Der Kommissar gehorchte. Er gab alles wieder, was er wusste, ließ jedoch gewisse Details absichtlich weg.
Sie musste beispielsweise nicht wissen, wie schwer Brant verletzt und dass ihre Lucy etwas abbekommen hatte!
Als er geendet hatte, bat sie ihn, die Taschenuhr an sich zu nehmen. Als er getan hatte, wie ihm geheißen, forderte sie ihn mit schwacher Stimme auf, die Klappe auf der Rückseite zu öffnen, unter der sich das Uhrwerk befand. Er gehorchte und betrachtete fasziniert das rege Innenleben dieses Wunderwerkes Technik.
Auf ihre Bitte hin las er ihr die verschlungene Inschrift der Gravur vor.
Dann machte er den Deckel wieder zu und hielt ihr das Erbstück erneut hin. Doch sie schüttelte den Kopf, schloss seine Hand darum und hielt sie fest.
Die wässrigblauen Augen in ihrem faltigen Gesicht schlossen sich und eine einzelne Träne rann ihre Wange herunter und tropfte auf ihr Kissen.

Sie sagte nur ein einziges Wort, dann sackte ihr Kopf zur Seite und sie blieb regungslos liegen.
In dieser plötzlichen, bedrückenden Stille hatte der Kommissar sich nach hinten auf einen Stuhl sinken lassen, seine Hand hielt immer noch die Uhr und wurde von der der Gräfin umschlossen. Er spürte, wie ihr Griff erschlaffte und legte seine freie Hand auf die ihre.
Einen Sekundenbruchteil später begannen die Geräte, an denen sie angeschlossen war, zu pfeifen und zu piepen, doch der Kommissar blieb ruhig sitzen und hielt die Hand der alten Frau fest in der seinen.
Mia und eine weitere Krankenschwester kamen hereingeströmt, schnell wurde ein Arzt gerufen.
Er konnte nur noch ihren Tod feststellen.
So schied sie aus dieser Welt. Doch mit ihrem letzten Wort hatte sie eine Lawine ins Rollen gebracht. Ein weiteres Puzzlestück war gefunden.

38.) Hausdurchsuchung

Johnsens Telefonat mit seinem Vorgesetzten war ausnahmsweise annähernd angenehm verlaufen. Mikkel hatte eingesehen, dass es richtig gewesen war, den Fall als solchen zu sehen und zu verfolgen. Er ließ Johnsen einen Durchsuchungsbeschluss übermitteln und erwartete natürlich baldige Ergebnisse.
Damit war der Kommissar völlig zufrieden.

Ein paar Anrufe später hatte Johnsen erreicht, was er wollte: eine kleine Truppe aus Osloer Polizisten betrat, unter der gemeinsamen Leitung von ihm und des ortsansässigen Kriminaloberst, die Villa.
Sie begannen damit, sie zu durchstöbern.
Es dauerte nicht lange, bis sie Erfolg hatten; der Safe war entdeckt worden.
Die Eigentümer des Hauses hatten sich für die klassische Version entschieden. Der Tresor war in der Wand hinter einem Gemälde, dem Porträt des verstorbenen Herrn Gertsen, verborgen.
Trotz dieses miserablen Versteckes war der Inhalt sehr gut gesichert: durch eine besondere Zahlen - Wortkombination aus insgesamt 25 einzugebenden Zeichen, bestehend aus acht Zahlen und 17 Buchstaben. Eine schier unlösbare Aufgabe für einen darauf nicht vorbereiteten Einbrecher. Der Tresor war so massiv, dass bei einer Explosion, die das gesamte Haus in Schutt und Asche legen würde, der Safe als einziger unbeschadet in den Trümmern stehen bliebe!

Also war der Code von höchster Bedeutung und niemand außer der Gräfin selbst hatte ihn gekannt - bis kurz vor ihrem Tode. Bis zu dem Moment, in dem sie Johnsen das Erbstück, die kleine Uhr, in die Hand gelegt und ein einziges Wort der Erklärung hinzugefügt hatte, bevor sie für immer verstummt war.

Ihre Stimme war nur noch ein schwaches Flüstern gewesen, trotzdem hatten Johnsen ungläubig lauschende Ohren genau verstanden, was über ihre fahlen Lippen gekommen war. Es war ein unmissverständlicher Hinweis gewesen, der bei richtiger Deutung alles bisher Geschehene mit einem Mal sinnvoll erscheinen lassen sollte.

Die einzelnen Silben hatten das Wort „Code“ ergeben .

Dann war es still geworden.

Dieses eine Wort hatte der Kommissar am allerwenigsten erwartet, viel eher, dass sie ihm auf dem Sterbebett so etwas anvertraute, wie:

„Dies ist die Uhr meiner verstorbenen Urgroßmutter, eine sehr wertvolles, altes Familienerbstück, bitte geben Sie es...“, oder irgendetwas in der Art. Vielleicht auch, dass sie ihn bitten würde, irgendjemandem (Brant?) etwas auszurichten, eine letzte Botschaft zukommen zu lassen, aber dass Sie ihm zum Abschied ein kleines Rätsel aufgegeben hatte, damit hatte er nicht gerechnet.

Was sollte denn mit „Code“ gemeint sein? Wie konnte denn eine Taschenuhr ein Code sein??

Erst als zwei Schwestern hereingelaufen waren, um das piepsende Gerät, an das die Alte angeschlossen war, zu begutachten und abzuschalten, hatte Johnsen seinen Griff gelöst.

Wie aus einem tiefen See war er aus seinen Gedanken wieder an die Oberfläche getaucht. Der Lärm, der um ihn herum entstanden war, war schlagartig in sein Bewusstsein

eingedrungen und hatte in ihm einen Fluchtreflex ausgelöst.
Seine Hand, in die die Uhr gelegt worden war und die dann von der Sterbenden umschlossen worden war, war in seine Manteltasche gewandert.
Er hatte das Zimmer verlassen und wie er so den langen, in weißes Licht getauchten Flur entlang gegangen war, hatte er die Faust geöffnet und die Uhr aus der Tasche gezogen.
Im Gehen hatte er ein wenig ratlos die Uhr in den Händen gedreht und gewendet, hatte die Rückseite erneut geöffnet, hatte die unentwegten Bewegungen der Unruh und die regelmäßigen Drehungen der winzigen Zahnräder verfolgt, bis ihm dann schließlich beim Betrachten der Deckelrückseite ein Licht aufging.
Die Gravur!
Seine Schritte hatten sich beschleunigt, er hatte sich unverzüglich auf den Weg ins Büro gemacht, ans Telefon geschwungen, seinen Vorgesetzten angerufen und anschließend mit den Kollegen vor Ort ein Team „Safesuche" zusammengestellt.

Die Suche nach dem Tresor hatte nicht lange gedauert und nun warteten alle gespannt, ob die Beweise zu den Vermutungen im Inneren des Safes zu finden waren und ein sehr nervöser Kommissar stand mit einer antiken Uhr in der Linken vor einem unzerstörbar aussehenden Sicherheitsschloss.
Johnsen fühlte die Blicke der anderen Menschen im Raum auf sich ruhen und schickte ein Stoßgebet in den Himmel, dass er sich nicht geirrt hatte und nun vor allen fürchterlich blamieren würde.

Er nahm einen tiefen Atemzug, trat entschlossen an die unterhalb der dunkelgrauen Tür angebrachte Tastatur und tippte:

„22.08.1883, Bergen, in Liebe Ilva“

Punkte und Kommas ließ er bei der Eingabe weg und nahm anschließend seine schwitzig - feuchte Hand wieder von den Tasten. Unmittelbar darauf ertönte ein leises, metallisches Klicken.
Offenbar war ein Mechanismus in Gang gesetzt worden.
Es stellte sich nur die Frage, was für einer das war: etwa eine zusätzliche Sicherheitseinrichtung, die bei einer falschen Eingabe ein Öffnen der Türe für einen gewissen Zeitraum verhinderte? Oder hatte sich der Riegel vielleicht doch nach hinten geschoben und erlaubte es nun, dass sich der Hebel bewegen und damit der Safe entriegeln ließe?
Johnsen wischte seine Hand an seinem Mantel ab und legte sie auf den Hebel.
Vorsichtig, als könnte er ihn anspringen und beißen, umfasste er ihn und zog daran.
Seine Augen leuchteten in triumphierenden Glanz, als er sich bewegen ließ.
Innerlich jubelnd packte er ihn fest mit beiden Händen, drehte ihn im Uhrzeigersinn und freute sich wie ein Schneekönig, als die Tür des Tresors vor zehn gebannt hinsehenden Augenpaaren lautlos aufschwang.
Sofort verstellte er ihnen die Sicht und spähte hinein.
Neugierig stellten sich die Männer hinter ihm auf die Zehenspitzen, um über seine Schulter hinweg einen Blick in das Innere erhaschen zu können.

Jørn Johnsens Kopf war in dem ca. einen Meter hohen, ebenso breiten und offenbar auch ziemlich genauso tiefen Raum verschwunden. Man hörte das Rascheln von Papieren und ein leises Klirren, als würde edles Metall über eine Fläche geschoben werden.

Als er wieder auftauchte, hatte er eine Dokumentenmappe und einen weiteren, unförmig ausgebeulten Umschlag in der Hand. Er hielt sie sehr vorsichtig, als könnte sie beim Herunterfallen zerbrechen.

Die Schmuckstücke aus Gold, darunter auch eine Kette, die mit dicken weißen Perlen verziert war, hatte er beinahe achtlos, zur Seite geschoben.

Seine Siegessicherheit verblasste ein wenig. Er fragte sich, was er da wohl in den Händen hielt.

Johnsen trat einen Schritt zur Seite und ließ die beiden neugierigen Kollegen, denen die Aufgabe der Besichtigung und Dokumentierung des Tresorinhaltes zugefallen war, herantreten.

Mit der Mappe in der Hand trat er zu dem unscheinbaren, rotblonden Herren, der sich bislang zurückgehalten hatte.

Fynn Gertsen, der Sohn der verstorbenen „Gräfin“ stand dicht neben einem schmalen, hochgewachsenen Mittvierziger, seinem Anwalt.

Während Fynn Gertsen nervös wirkte und seine Hände unruhig in den Hosentaschen knetete, machte sein Anwalt einen beinahe gelangweilten Eindruck.

Johnsen wandte sich an den Rechtsbeistand.

„Wie Sie sicherlich wissen, habe ich das Recht, mir diese Dokumente anzusehen, da die Möglichkeit besteht, dass diese einen wertvollen Beitrag zu unseren Ermittlungen bezüglich zweier Mordfälle leisten können.“

Der Anwalt nickte gnädig und beugte sich zu seinem Mandanten hinunter, dem er etwas zuraunte.
„Aber ich habe das Recht, auch hineinzusehen!"
Rief dieser prompt und richtete sich dabei ruckartig zu voller (nicht gerade beeindruckender) Größe auf.
Johnsen trat auf den großen Tisch, der in der Mitte des Raumes stand, zu und begann, den Inhalt der Mappe darauf auszubreiten.
Aufmerksam besah er die Dokumente, die sich in der edlen blauen Hülle befunden hatten. Fynn Gertsen drängte sich, in dem Bemühen, mitzulesen, neben ihn. Der Geruch nach Schweiß drang in Johnsens Nase. Unter der ihm zugewandten Achsel des Rothaarigen konnte er einen feuchten Fleck erkennen.
Der Kommissar entschied sich, sich dadurch nicht stören zu lassen und widmete seine Aufmerksamkeit den Papieren.
Gertsen war schneller im Lesen als der Kommissar.
Er überflog die einzelnen Passagen in Windeseile und sein ohnehin schon sehr heller Teint wurde nach jeder Zeile noch blasser. Bleich wie die Wand, in die der Tresor eingebaut war, sah er auf und leckte sich über die trockenen Lippen.
Sein suchender Blick fand seinen Rechtsanwalt, der es sich auf einem Stuhl mit übereinander geschlagenen Beinen bequem gemacht hatte und mit Hilfe der rahmenlosen Brille auf der Nase eingehend den Durchsuchungsbeschluss studierte.
„Herr Lovgren, nun sehen Sie doch bitte auch einmal her!"
Lovgren ließ den Durchsuchungsbeschluss* langsam sinken und drückte ihn einem nahestehenden Polizeibeamten in die Hand.

„Hiermit scheint alles seine Ordnung zu haben."
Sagte er mit weicher Stimme. Erst dann stützte er sich an den Stuhllehnen ab und stand gemächlich auf.
Er war die Ruhe selbst.
Seine Langsamkeit brachte den unruhigen Gertsen an den Rand der Verzweiflung, doch er biss sich auf die Lippen und unterdrückte eine harsche Zurechtweisung, die ihm nicht zugestanden hätte.
Der Anwalt nahm seine Position zwischen Johnsen und Gertsen ein, rückte mit einer eher symbolischen Geste seine Brille zurecht und begann laut vorzulesen:

„„*Mein Testament*"", eine sehr schöne Schrift hatte ihr werte Frau Mutter", lobte er, doch Fynn Gertsen hatte andere Sorgen und brummte nur etwas Unverständliches, ohne den Blick von dem Papier zu wenden.

Der Anwalt fuhr fort:

„Ich, Elise Gertsen, (geb. am 13.10.1940), verfüge als meinen letzten Willen:
Folgende Personen sollen Erben meines Nachlasses sein:
Mein Neffe, Olaf Gertsen, (geb. 23.09.1970), soll alles, was über den Pflichtteil*** hinausgeht, den ich des Gesetzes wegen leider meinem unfähigen Sohn, Fynn Gertsen, (geb. am 11.07.1965) hinterlassen muss, erben.
Da meine Tochter, Svenja Gertsen, (geb. am 16.06.1963) bereits im Jahre 2000 beschlossen hat, auf ihren Erbteil zu verzichten (siehe Anlage), möchte ich ihren Wunsch gerne respektieren.

Oslo, 24.12.2015

Elise Gertsen

Der Kommissar hatte die Reaktion von Fynn Gertsen genau beobachtet und schloss daraus, dass dieser nicht die geringste Ahnung von dem gehabt haben musste, was seine Mutter in ihrem Testament festgelegt hatte.
Er wirkte fassungslos und wandte sich hilfesuchend an Lovgren.
„Was bedeutet das im Detail? Wie viel von dem Erbe werde ich denn nun bekommen? Und wie viel mein...“ er schluckte, „...Cousin?“
Der Anwalt räusperte sich und blickte seinen Mandanten über den Rand seiner Brille hinweg in die Augen.
„Nun, das wird sich herausstellen. Zunächst einmal müssen wir herausfinden, wie hoch das Vermögen Ihrer Frau Mutter ist. Die gesetzliche Pflichtteilsquote beträgt 2/3 des Gesamtvermögens, so viel kann ich Ihnen bereits jetzt sagen. Wir haben hier jedenfalls noch eine Menge Arbeit vor uns.“
Johnsen hatte nur mit einem Ohr zugehört, sein Augenmerk lag auf dem zweiten Umschlag, den er dem Tresor entnommen hatte und den er ebenfalls auf dem Tisch abgelegt hatte. Jetzt nahm er ihn, riss die Oberseite auf und leerte den Inhalt auf den Tisch. Heraus fielen klackernd sechs beschriftete und befüllte CD-Hüllen und vier USB-Sticks. Der Leiter der Spurensicherung trat neugierig nach vorne und nahm die oberste Hülle in die Hand. Enttäuscht ließ er sie wieder sinken, als er feststellen musste, dass er nicht lesen konnte, was darauf geschrieben stand.
„So schreiben dann wohl die Vietnamesen“, äußerte er sich mit hörbarer Enttäuschung.
Johnsen fragte Gertsen: „Können Sie das lesen?“
Doch dieser schüttelte bedauernd den Kopf.

„Ich nicht, aber meine Mutter konnte es. Und Olaf, mein Cousin.“ Als er den Namen seines Vetters nannte, verfärbte sich seine Stimme und nahm einen verächtlichen Unterton an.
Johnsen ließ sich nicht entmutigen, er hatte große Hoffnungen auf den Inhalt dieses Safes gesetzt, wegen dessen Code solch ein Aufhebens veranstaltet worden ist.
Als er mit dienstlicher Strenge das Wort ergriff, sah er gar nicht erst den Sohn an, sondern richtete seine Worte direkt an den Anwalt.
„Aufgrund des dringenden Verdachtes, dass sich auf diesen Datenträgern Informationen kriminellen Hintergrundes befinden, werden die USB-Sticks und die CD-ROMs konfisziert. Wir werden sie übersetzen und deren Inhalte auswerten müssen.“
Johnsen wurde nicht widersprochen.

*Die Durchsicht von bei der Durchsuchung aufgefundenen Papieren ist dem Staatsanwalt vorbehalten, der diese Aufgabe jedoch auf seine Ermittlungspersonen übertragen kann.
Nach Beendigung der Maßnahme ist dem Betroffenen auf Verlangen eine schriftliche Mitteilung über den Grund der Durchsuchung zu machen und ein Verzeichnis über die beschlagnahmten Gegenstände zu übergeben.
Dies erfolgt in der Regel auch ohne ausdrückliches Verlangen durch Übergabe einer Ausfertigung der Durchsuchungsanordnung, soweit diese schriftlich vorliegt, und einer Durchschrift der Niederschrift, in der die beschlagnahmten Gegenstände aufgeführt werden.
Zufallsfunde, die auf andere Straftaten hinweisen als der Genehmigung der Durchsuchung zugrunde lagen, können beschlagnahmt werden.

**Testament und Erbvertrag
Auch in Norwegen gilt der Grundsatz der Testierfreiheit, d.h. der Erblasser kann beliebige Personen zu seinen Erben bestimmen, ohne dafür Gründe angeben zu müssen.
Die Formvorschriften zur Errichtung eines Testaments sind allerdings deutlich strenger als in Deutschland:
Die Unterschrift unter einem Testament muss entweder vor zwei Zeugen geleistet werden oder der Erblasser muss das Testament vor den Zeugen als seinen letzten Willen anerkennen (§ 49 ErbG).

Dafür kann – anders als in Deutschland – bereits ein gedrucktes Formular den Formerfordernissen genügen.

***Pflichtteil
Der Pflichtteil ist nach norwegischem Recht der Teil des Nachlasses, über den der Erblasser nicht frei verfügen kann. Testamentarische Verfügungen, die den Pflichtteil verletzen, müssen nicht angefochten werden, sondern sind ipso jure (kraft Gesetzes) unwirksam. Anders als in Deutschland ist das Pflichtteilsrecht damit als Noterbrecht ausgestaltet und Testamente müssen entsprechend ausgelegt werden. Pflichtteilsberechtigt sind der Ehegatte und die Abkömmlinge (Kinder, Enkel, Urenkel usw.).

„Na, Mädel, jetzt hast du keinen Grund mehr, zu trauern, dein Lover ist wieder auferstanden von den Toten! Aber eines kann ich dir sagen, von mir aus hätte dein feiner Freund wirklich im See ersaufen können!"

Ein nachdrücklicher Stoß durch den Polizeibeamten, der Roal in den Verhörraum führte, brachte ihn aus dem Konzept, nicht jedoch zum Verstummen. Er schimpfte weiter, spieh Gift und Galle.

Der Beamte warf Janina einen entschuldigenden Blick zu, den sie mit zusammengepressten Lippen und einem dankbaren, knappen Nicken erwiderte.

Er schob den stehen gebliebenen Ventren, der sich lauthals über die grobe Behandlung beschwerte ruppig weiter. Doch niemand interessierte sich für das Gezeter des Verhafteten. Janina wandte den Blick von dem in Handschellen gelegtem, hasserfüllten Mann ab und starrte wie zuvor stumm auf ihre Schuhspitzen.

Sie hatte auf einem Stuhl vor dem Verhörraum Platz genommen, denn sie durfte nach Ventrens zweiter Vernehmung auch noch einmal mit Kriminalkommissar Johnsen sprechen. Sie nahm sich vor, Roal zu ignorieren, sollte er sie beim Herauskommen erneut so schwach von der Seite anmachen.

Es war gut, dass sie sich am Vortag, nachdem sie nach Hause gefahren worden war, ein heißes, entspannendes Bad eingelassen hatte und früh zu Bett gegangen war.

Als sie heute Morgen aufgestanden war, hatte sie sich stark genug gefühlt, erneut herzukommen, um mit dem Kommissar zu sprechen. Sie hatte damit gerechnet, Roal, Hen-

drik oder Olaf zu begegnen und versucht, sich darauf vorzubereiten. Und doch trafen ihn seine Worte.
Sie bemühte sich, tief ein und aus zu atmen. Das hatte sie vor Jahren einmal von ihrem Bruder gelernt, der täglich mit kritischen Situationen fertig werden muss, ohne dabei den Kopf zu verlieren: Entspannung durch richtige Atmung. Sie versuchte, sich auf ihre Atmung zu konzentrieren und dabei das Geschehen um sie herum völlig auszublenden. Wie ein Mantra sprach sie mit sich selbst:
‚Tief durch die Nase einatmen, spüren, wie mit jedem Atemzug neue, frische (naja, so frisch konnte die Luft hier drinnen aber nicht sein…) in die Lungen transportiert wird und langsam durch den Mund wieder ausatmen. Dann noch einmal.'
Sie massierte sich mit einer Hand den Nacken und streckte den Rücken durch. Ok, die verspannten Nackenmuskulatur konnte sie so zwar ein wenig lockern, doch das Wirrwar ihn ihrem Kopf wurde auf diese Weise auch nicht besser.
Sie erhoffte sich viel von dem Gespräch mit dem netten Kriminalbeamten, der ihr so vertrauenswürdig und einfühlsam vorkam. Bestimmt konnte er ihr einige Antworten auf ihre quälenden Fragen geben. Und wenn sie dann endlich mit Hendrik sprechen durfte, klärte sich hoffentlich alles auf.
‚Ach, Hendrik, was hast du mir da nur angetan?'
Sie rieb ihre kalten Hände aneinander und warf einen Blick auf die Uhr an der Wand. Roal war erst seit knappen fünf Minuten beim Kommissar…seufzend begann sie einzelne Fädchen aus dem Ärmel ihrer Jacke zu zupfen.

40.) Hart ohne herzlich: ein Neuanfang!

Janina schloss die Tür zu Johnsens Büro hinter sich und blieb im Gang stehen.
Sie fühlte bittere Enttäuschung in sich aufsteigen. Herr Johnsen hatte beinahe eine Stunde mit ihr geredet. Die meiste Zeit hatte sie nur zugehört, wie er ihr die Sachverhalte schilderte. Nun war sie im Bilde.
Und nun? Was sollte sie jetzt tun?
Wohin sollte sie jetzt gehen?
Ihr erster Impuls war gewesen, Hendrik aufzusuchen, der nur eine Etage weiter unten in Einzelhaft untergebracht war, bis geklärt war, ob er wirklich eine so weiße Weste hatte, wie er den Kommissar glauben machen wollte.
Janina rang mit sich, ob sie das wirklich tun sollte und was sie sagen sollte.
Sie zog eine ernüchternde Bilanz.
Sie hatte ihn so sehr vermisst, dabei hatte er sie getäuscht. Er hatte sie belogen, sein Unfall war nur vorgespielt. Es war ihm völlig egal gewesen, welche Strapazen sie auf sich genommen hatte, um ihn zu retten.
Sie war zweimal in Ohnmacht gefallen, schier an ihrer Einsamkeit verzweifelt, hatte sich aus Trauer betrunken und zu guter Letzt wäre sie um ein Haar erschossen worden!
Warum hatte er es für unnötig gehalten, sie in seinen Plan einzuweihen?
Wollte sie wirklich den Mann aufsuchen, dem sie all das zu verdanken hatte?
Zornesröte breitete sich auf ihrem Gesicht aus, ihre Hände ballten sich zu Fäusten.
‚Oh ja, genau das will ich!'
Wütend stapfte sie los.

Sie war noch nicht weit gekommen, als eine Stimme in ihrem Rücken ihren Namen rief.
Sie drehte sich mit wehenden Haaren um, ihre Augen blitzten wütend. Jørn Johnsen hatte die Bürotüre geöffnet und trat aus dem Raum heraus auf sie zu. Er hatte eine Hand erhoben, mit der Absicht, sie aufzuhalten.
Sie verharrte ungeduldig und wartete, bis er zu ihr aufgeschlossen hatte.
Der Blick aus Johnsens dunklen, tiefgründigen Augen war freundlich und verständnisvoll.
„Möchten Sie gerne Ihren...möchten Sie Herrn Hendriksen besuchen?“ Fragte er mit leiser Stimme und legte beinahe beschwichtigend die Hand auf ihre Schulter.
Der warme Druck auf ihrer Schulter fühlte sich gut an, ihr Zorn wurde minimal gedämpft, doch sie kochte viel zu sehr, um ihre Gefühle verbergen zu können.
Der Kommissar las in ihren Augen wie in einem offenem Buch. Er verstand nur zu gut, was in ihr vorging. Er beugte sich zu ihr hinunter, dass er Janinas Ohrläppchen beinahe mit den Lippen berührte und flüsterte:
„Wenn Sie mit ihm Tacheles reden wollen, hier und jetzt, wenn Sie ihn anschreien, beschimpfen, ihm eine knallen wollen, dann muss ich Ihnen eines sagen...“
Janina hob erwartungsvoll die Augenbrauen und rührte sich keinen Millimeter. Die Stimme in ihrem Ohr hatte einen strengen Klang, sie fürchtete, in die Schranken gewiesen zu werden. Regungslos lauschte sie, was die Stimme an ihrem Ohr weitersprach:
„Der Raum, in dem sich Hendriksen befindet, ist schallisoliert, der Mensch trägt immer noch Handschellen und die Wache in der Nähe werde ich jetzt auf einen Kaffee einladen.

Sie haben also quasi freie Hand."
Janina traute ihren Ohren nicht. Ungläubig drehte sie den Kopf, um den Kommissar anzusehen. Machte er sich etwa über sie lustig?
Doch er stand da wie ein Baum, sein war Blick fest und ernst. Er war noch nicht fertig.
Jetzt erhob er erneut die Stimme. Leise jedoch, in einem vertraulichen Ton und fügte augenzwinkernd hinzu:
„Frau Schwalb, Sie müssen mir jedoch eines versprechen: Richten Sie ihn nicht gar zu sehr zu, sonst bekommen wir noch Ärger, klar?"
Janina war baff.
Sie hatte gerade einen Freifahrtschein bekommen, sich im wahrsten Sinne des Wortes voll und ganz abzureagieren!
Sie suchte nach passenden Worten, doch der Kommissar drehte sich nach seinen Worten rasch um und schritt zügig vor ihr den Gang entlang.
Hastig lief sie ihm nach.
Kurz darauf stand sie in Hendriks Zelle. Die Schritte des Wachmannes und des Kommissars hallten immer leiser durch die geschlossene Türe hindurch.
Sie hörte, wie sich die Zwischentüre zum Treppenhaus öffnete und schloss.
Dann wurde es still draußen.
Sie fixierte die Gestalt, die von der Pritsche aufgestanden war, als sie hereingekommen war und seitdem wort- und regungslos vor ihr stand.
Sie musterte ihn. Er stand aufrecht, die Hände vor dem Körper in Handschellen, die Haare hingen ihm strähnig ins Gesicht.

Er wirkte unsicher auf sie, beinahe ängstlich, als befände er sich auf einer Schlachtbank. Unsicher, was ihn nun erwartete, wagte er es nicht, sich von der Stelle zu bewegen.
So standen die beiden da, Auge in Auge, jeder einen inneren Kampf führend und nach den rechten Worten suchend.
Janina konnte förmlich riechen, wie ihr einstiger Geliebter, der Mann, den sie für den Rest ihres Lebens an ihrer Seite haben wollte, zu schwitzen begann.
Da brach es aus ihr heraus.
Sie sprang nach vorne, hob die Hand und gab ihm eine Ohrfeige, dass ihm Hören und Sehen verging. Völlig perplex entfuhr ihm ein überraschtes Keuchen. Sein Kopf verharrte seitlich in der Position, in die sie ihn geschlagen hatte.
Dieses Verhalten ähnelte dem eines getretenen Hundes und machte sie nur noch wütender. Eine zweite Ohrfeige auf die andere Wange rückte seinen Kopf wieder gerade.
Dann explodierte sie.
„Du dreckiges, mieses, stinkendes Arschloch!“ Fuhr sie ihn an.
„Weißt du eigentlich, was du mir mit deiner bescheuerten Aktion angetan hast? Hast du eine Ahnung, was für Sorgen ich mir um dich gemacht habe? Ich hielt dich für tot! Und du Mistkerl wolltest das auch noch so!“
Sie zitterte am ganzen Körper und kleine Speicheltropfen sprühten beim Sprechen in seine Richtung.
Jetzt erst öffnete er zaghaft den Mund. „Jani, ich...“
„Schnauze!“ Unterbrach sie ihn.
„Nenn mich nie wieder so, du BIST FÜR MICH GESTORBEN, SCHON VERGESSEN?“

Hendrik versuchte es erneut: „Bitte hör mir zu, ich wollte dich schützen…“
Er blickte sie flehentlich an, auf seinen beiden Wangen glühten die einzelnen Abdrücke ihrer Finger. Er musste einige Male blinzeln, um seine Tränen zurückzuhalten, die ihm in die Augen treten wollten.
Janina konnte nicht sagen, ob sie psychischer oder physischer Natur waren, doch das war ihr auch egal.
„Schützen?! Eine blödere Art, mich zu schützen“, sie spie ihm das Wort ins Gesicht, „ist dir wohl nicht eingefallen, oder? Anstatt dass du mit mir redest, mit mir gemeinsam eine Lösung suchst, mich einweihst, ehrlich zu mir bist, hast du es vorgezogen, dich tot zu stellen?! Wie kommt man den auf so etwas? Hendrik, du hast echt `ne Macke!“
Fassungslos schüttelte sie den Kopf.
Hendrik trat einen Schritt an sie heran.
„Bitte gib mir noch eine Ohrfeige oder schlag, wohin du sonst magst, aber dann hör mir zu!“
Seine Stimme war ein einziges Flehen.
Janina hätte am liebsten noch einmal zugeschlagen. Wenn sie eines auf den Tod nicht leiden konnte, waren es Jammerlappen!
Dieser Mann vor ihr war nicht der Typ, in den sie sich verliebt hatte. Hier stand ein flennender Lügner vor ihr, nicht der ehrliche, starke Hendrik von einst.
Mit einem Mal waren ihre Gedanken glasklar.
Janina wusste nun, was sie tun würde.
Sie würde ihn spüren lassen, wie sie sich gefühlt hatte und befahl der Stimme in ihr, die sie immer noch anschrie, sich in seine Arme zu werfen und an seine Schulter zu pressen, still zu sein.
Sie wich einen Schritt vor ihm weg und blickte ihn fest an.

Ihr eisiger Gesichtsausdruck ließ ihn zur Salzsäule erstarren.
„Hendrik, ich habe nicht mehr leben wollen, ohne dich. Doch du hast mein Vertrauen zu dir zerstört.“
Diese leisen Worte trafen ihn mehr, als alle Flüche der Welt und er schluckte hörbar.
Dann drehte sie sich auf dem Absatz um und verließ mit schnellen Schritten den Raum, ohne sich noch einmal umzusehen.
Sie ließ einen am Boden zerstörten Mann in seinem Gefängnis zurück.
Fassungslos starrte Hendrik die geschlossene Tür an. Seine Welt brach zusammen. Er hatte einen Fehler gemacht. Nein, er hatte nur Fehler gemacht!
Ihr Verhalten war völlig nachvollziehbar, er hatte ihr Herz gebrochen. Roal hatte Recht gehabt, als er ihn davor gewarnt hatte, sie so zu hintergehen, doch er hatte seine Bedenken über Bord geworfen.
Er hatte doch nur gewollt, dass ihr nichts passiert! Er war so blind gewesen. Wie furchtbar musste sie sich gefühlt haben, als sie glauben musste, dass er in den Tod gestürzt war!
Er hatte daran gedacht, sich bei ihr zu melden, viele Male, doch immer, wenn er sie anrufen wollte, war etwas dazwischen gekommen, oder...nein, er musste sich eingestehen, dass das alles Ausreden waren.
Er hatte sich zu sehr davor gefürchtet, dass der Killer herausbekommen könnte, dass Jani etwas von ihm wusste und ihr etwas antat. Er war sich so sicher gewesen, dass Unwissenheit der beste Schutz für sie war.
Mit hängenden Schultern ließ er sich auf das Bettgestell plumpsen und vergrub das Gesicht in seinen Händen.

Er empfand keine Trauer, nur Wut, unsagbare Wut über sich, nicht über Jani, nicht einmal über den Vietnamesen oder dessen Boss, nein er hasste sich selbst für das, was er getan hatte.
Dabei hatte er sich noch bis vor kurzem für genial gehalten...Idiot!

Janina riss die Tür auf und ließ sie krachend hinter sich ins Schloss fallen. Sie musste sich beherrschen, um nicht zur Treppe zu *rennen*.
Als sie die Türe zum Treppenhaus öffnete, kam ihr der Beamte, den Johnsen zuvor weggelockt hatte, entgegen.
Er grüßte freundlich und seine Miene verriet nichts.
Janina nickte ihm abwesend zu.
Sie hastete die paar Stufen nach oben und wäre beinahe mit dem Kommissar zusammengestoßen, der im Erdgeschoss den Gang entlang ging.
Janina hatte es eilig, sie wollte schnell wie möglich hinaus aus dem Revier. Nur noch weg, weg von Hendrik und allem, was sie an ihn erinnerte! Sie murmelte ungelenk eine Abschiedsfloskel, hängte ein „Dankeschön für die Privatsphäre, die Sie mir eben ermöglicht haben", an und wollte an ihm vorbei hinaus huschen. Doch ein fester Griff um ihr Handgelenk hielt sie zurück. Erschrocken blieb sie stehen.
Johnsen hielt sie in sanftem aber hartnäckigem Griff und zog sie mit sanfter Gewalt ein Stückchen näher an ihn heran zu treten.
„Frau Schwalb, ich kann ihre Wut und Enttäuschung sehr gut verstehen, doch bitte ich Sie, überlegen Sie es sich gut, ob Sie ihrem Freund wirklich den Laufpass geben wollen.

Er hat sich nicht gerade gentleman – like verhalten, aber ich bin mir sicher, dass er Ihnen niemals schaden wollte und Sie einfach nur" - er benutzte den selben Begriff, den Hendriksen selbst verwendet hatte - „raushalten wollte."
Sie wand sich aus seinem Griff und funkelte ihn an. Ihre Dankbarkeit war wie weggeblasen.
„Wagen Sie es nie wieder, mich anzufassen!"
„Und mischen Sie sich gefälligst nicht in mein Privatleben ein!"
Fauchte sie ihn an und marschierte von dannen.
Der Kommissar sah ihr entrückt nach, bis sie aus seinem Sichtfeld verschwunden war. Der leicht süßliche Duft ihrer Haare, die aus Versehen sein Gesicht gestreift hatten, hing in der Luft.
Der Kommissar rieb sich den Nacken und lenkte seine Schritte in Richtung Büro. Auf dem halbem Weg dorthin machte er kehrt und verließ ebenfalls das Gebäude.
Ohne darüber nachzudenken, wohin ihn seine Füße trugen, lief er die Straße entlang.
Als er sich irgendwann umsah, um herauszufinden, wo er eigentlich gelandet war, stellte er fest, dass er sich im Frognerpark, der südöstlich am bekannten Vigelandpark angrenzenden Grünanlage befand.
Links und rechts von ihm befand sich Wasser. Er stand auf einer Holzbrücke, die über einen unbeschwert plätschernden Bach führte, der zwei Seen miteinander verbindet.
Er trat an die Brüstung und lehnte sich über das Geländer. Zwei Enten schwammen gerade leise schnatternd unter ihm hindurch. Er ging hinüber zu der gegenüberliegenden Brüstung und sah die beiden wieder unter sich hervorkommen.

Plötzlich, ohne erkennbare Vorwarnung brach das braun gefärbte Weibchen flügelschlagend in zeterndes Geschnatter aus und verscheuchte den erschrockenen Erpel, der sich kleinlaut ans Ufer verdrückte.

Johnsen hob die Hand und strich sich über die Stirn.
‚ Seltsames Betragen…dem menschlichen Verhalten erschreckend ähnlich…'
Er stand mit beiden Ellenbogen auf das Holzgeländer gestützt da und grübelte.

‚Mir gefällt das alles nicht. Es wäre einfach nicht richtig, wenn sie ihn nun, nachdem sie ihn endlich wieder haben könnte, verließe. Achja, die Frauen…'
Er hob seine Augen von den sanften Wellen des Sees und richtete sie nach oben, auf eine der kleinen Wolken, die langsam über den Himmel zogen.
Hendriksen hatte Mist gebaut, ganz klar, er selbst hatte sich ebenfalls viel zu oft daneben benommen. Vielleicht empfand er gerade deshalb Mitgefühl mit dem jungen Mann. Doch er verstand auch Janina, ja, er verstand sie sogar sehr gut.
Sie fühlte sich zu Recht betrogen, ausgeschlossen und hintergangen.

Der Kommissar sann über Hendriksens Verhalten nach.
Hatte er wirklich geglaubt, seine Freundin würde ihn, wenn alles vorbei war, mit offenen Armen voller Dankbarkeit empfangen und vergessen, dass er seinen Tod vorgetäuscht hatte?
Er schüttelte unwillkürlich den Kopf. Mitten in dieser Bewegung stutzte er.

Ihm war plötzlich etwas aufgefallen.
Was hatte er da gerade gedacht? Wie bezeichnet er die beiden in Gedanken? Ihn als „Hendriksen“, ganz klar.
Doch wie nannte er sie? „Janina“? Warum nannte er sie in Gedanken beim Vornamen? Er versuchte sich daran zu erinnern, ob er das immer schon getan hatte und geriet ins Schwanken.
Nein, vermutlich nicht. Es muss sich wohl irgendwann eingeschlichen haben...

‚Was ist nur los mit mir?‘
Warum machte er sich überhaupt so viele Gedanken?
Konnten die beiden ihm nicht völlig egal sein? Er hatte seinen Fall gelöst, einen Verschollenen wiedergefunden, einen Verbrecher überführt und zwei Morde aufgeklärt. War das nicht das, was für ihn zählen sollte? Warum war er nicht einfach glücklich und zufrieden und sonnte sich in seinem Erfolg?

Er ahnte die Antwort, wollte sie sich jedoch selbst nicht eingestehen, weil sie keinen Sinn ergab.

Jørn Johnsen hatte sich verliebt.

41.) Love hurts

Janina betrat ihre Wohnung, ließ lieblos ihre Jacke auf ihre Schuhe vor die Garderobe fallen, lief ins Schlafzimmer und warf sich aufs Bett.
Dort verweilte sie allerdings nur einige Sekunden, bis sie sich aufraffte, die Beine über die Bettkante schwang und auf den Balkon heraustrat.
Der alte Kater begrüßte sie mit freundlichen Maunzen. Sie beugte sich herunter und streichelte ihn.
„Ach du treue Seele, warum meinen die Männer eigentlich immer, alles alleine besser machen zu können und halten die Frauen für unfähig?"
Das Schnurren wurde lauter und zwei hellgrüne Augen sahen zu ihr auf.
„Ok, hast ja Recht, es sind nicht alle Männer so...aber dass ausgerechnet der, den ich mag...so sein muss, ist doch blöd, oder? Stimmt's?"
Sie hob Fussel hoch und kraulte ihm mit der freien Hand die Ohren.
Während sie den genüsslich schnurrenden Kater auf dem Arm hielt, dachte sie nach.
Was wollte sie eigentlich?
Die Antwort lag offen vor ihr und war unumstößlich: Hendrik!
Doch was hielt sie davon ab, zu ihm zu gehen und einfach da weiter zu machen, wo die beiden aufgehört hatten? - es war zu viel geschehen...er hatte sie nicht miteinbezogen und betrogen! Der Schmerz war nahezu physisch zu spüren.
Sie seufzte und setzte Fussel wieder auf den Boden.

Im Grunde war es ganz einfach: er hatte ihr Vertrauen verspielt. Sie wollte sich nicht auf eine Beziehung einlassen mit jemandem, dem sie nicht vertrauen konnte.
Die Worte des Inspektors hallten in ihrem Kopf wieder. Sie bereute ihre heftige Reaktion auf seinen Rat.
Er hatte es nur gut mit ihr gemeint.
Sie holte sich aus der Küche ein Glas Wasser, nahm es mit auf den Balkon und legte die Beine aufs Geländer.
Ihr kleiner Gast war wieder da, sprang auf ihren Schoß und schmiegte sich an sie.
Abwesend strich sie mit der Hand über sein tiefschwarzes Fell.
Als er irgendwann genug von ihren Streicheleinheiten hatte, sprang er behände wieder herunter und stolzierte mit hochaufgerichtetem Schwanz davon.
Unwillkürlich musste sie grinsen. Typisch Katze.
Janina ging hinein und holte ihre Schatzkiste, die sie sorgsam auf dem Balkontischchen abstellte und holte ihren Brief hervor. „Lieber Hendrik,…“
Mit versteinerter Miene zog sie eine Streichholzschachtel aus der Schublade des Tischchens und entzündete ein Schwefelhölzchen. Dann hielt sie den Brief darüber und ließ ihn in Flammen aufgehen.
Er brannte lichterloh und als sie ihn fallen lassen musste, um sich nicht die Hand zu verbrennen, fühlte sie sich etwas besser.
Sie sah zu, wie aus ihrem ersten und einigen Liebesbrief ein Häufchen Asche wurde, die glimmenden Funken auf dem kalten Steinboden erloschen.
Eine Mischung aus Bedauern und Erleichterung breitete sich in ihr aus, als sie das kleine Häufchen zusammenkehrte und in den Mülleimer leerte.

Sie hatte beschlossen, sich heute Abend mit einem guten Film abzulenken und verschwand nach drinnen.

Hendrik machte in dieser Nacht kein Auge zu.

42.) Leben nach dem Tod

Ein paar Monate später bekam Johnsen einen freudigen Anruf von dem genesenen Olé Brant. Dieser berichtete ihm stolz, dass er weiterhin in der Gertsen - Villa wohnen durfte. Fynn Gertsen hatte es geschafft, sich mit seinem Cousin darauf zu einigen, dass sich sein Anteil allein auf Haus und Grundstück bezogen.
Das große Haus samt Grundstück sollte nun zu einem Waisenhaus umfunktioniert werden und dem ehemaligen Butler ist eine Anstellung als Hausmeister angeboten worden.
„Die habe ich natürlich sofort angenommen!"
Die Stimme des alten Mannes klang hoch erfreut.
Johnsen war bereits darüber informiert, dass sämtliche Geldanlagen, solange sie nicht aufgrund nachweisbarer krimineller Machenschaften beschlagnahmt worden waren, tatsächlich dem Testament gemäß Olaf Gertsen zugefallen waren.
Was ihm nach Abzug der Gerichtskosten und der ihm aufgebrummten Strafe übrigblieb, war immer noch genug, um es anzulegen und nach seiner Entlassung ein schönes Leben zu führen. Ein Leben, wie er es eigentlich nicht verdient hatte...
Immerhin waren dem Sohn Haus und Grundstück zugefallen. Ob sich Olaf Gertsen schlichtweg die Arbeit ersparen wollte, es ausräumen zu lassen? Oder hatte er etwa gar Gefallen an dem Vorschlag seines Vetters gefunden, es zu einem Waisenhaus umfunktionieren zu lassen? Steckte vielleicht doch ein Fünkchen Anstand in diesem unsympathischen Kerl?

Weder Johnsen, noch Brant kannten die Antwort auf diese Frage.
Sie war allerdings auch völlig nebensächlich.
Über die Erblasserin verloren die beiden kein Wort. Doch Johnsen wusste, dass der alte Brant sie sicher nur schwer vergessen konnte. Die längsten Jahre seines Lebens hatte er an ihrer Seite verbracht. Ob er wirklich von ihren finsteren Machenschaften nicht den blassesten Schimmer gehabt hatte, wie er es steif und fest behauptete?
Wenn Johnsen ehrlich war, war es ihm im Grunde egal. Die Fadenziehern war tot, ihr Komplize und dessen vietnamesischen Hiwi waren eingebuchtet, was wollte er mehr? Dass von Brant eine Gefahr ausgehen sollte, konnte er sich in seinen kühnsten Träumen nicht vorstellen.
Zufrieden mit sich und seiner Arbeit schlenderte Johnsen mit den Händen in den Hosentaschen den Flur hinunter.
Ein Grinsen stahl sich auf sein Gesicht.
Zeit um ins Präsidium zu gehen und sich bei Mikkel ein Lob abzuholen!
Dann wollte er vorzeitig Feierabend machen - verdient ist verdient - und mit Weyn einen hübschen Angelausflug machen.
Das Leben konnte so schön sein!
Wenn Johnsen nur wüsste...

Epilog

Ein leichtes Zucken an der Angelschnur verriet, dass etwas angebissen hatte. Phil kommentierte dies mit einem freudigen Bellen und blickte mit wedelndem Schwanz erwartungsvoll sein Herrchen an. Weyn verzog das Gesicht und rührte sich nicht vom Fleck. Er hatte es sich auf seiner alten Angeldecke bequem gemacht, die Schuhe ausgezogen und die Angel mit einer Astgabel in den Sand gesteckt.
„Ach Phil, sei still! Blöder Fisch...hey Jørn, magst du nicht zufällig den dummen Fisch `rausholen?"
- „Ach Thor, warum musstest du auch die Angel mitnehmen?"
- „du kennst doch meine Frau, wenn ich nicht mit irgendetwas heimkomme, wirft sie mir nur wieder vor, faul herumzuliegen."
Jørn musste lachen. „Tja, scheinbar kennt sie dich doch ein bisschen", fotzelte er, stand jedoch brav auf und holte die Schnur ein.
„Ist nichts dran, dein Köder ist aber trotzdem weg."
„Ach, dann lass das mit dem Köder sein und wirf sie so wieder aus."
Sein Kollege tat wie ihm geheißen. Das schönste am Angeln war für ihn ohnehin das in der Sonne sitzen und warten. Ob und wie viel man dabei fängt, war völlig zweitrangig.
Nun hatten sie endgültig ihre Ruhe.
Weyn lächelte zufrieden, als er sah, dass Jørn sich wieder zu ihm setzte und zog seinen Hut über die Augen. Mit einem Grunzen ließ er sich nach hinten fallen und streckte behaglich die Beine aus. Jørn hatte seine eigene Decke, auf der er sich niederließ. Die

Hände locker in den Schoß gelegt genoss er die traumhafte Aussicht über den Hundalvatnet. Einzelne Schönwetterwolken standen bewegungslos am Himmel und ein leichter Windhauch kräuselte leicht die Oberfläche. Ab und an sprang ein Fisch aus dem Wasser, um nach einem Insekt zu schnappen und hinterließ immer größer werdende Ringe auf dem Seewasser.
Die Mücken waren heute nicht allzu nervig, was dem beständigen, jedoch sanften Luftzug zu verdanken war.
Der Kommissar fühlte, wie sich Glückseligkeit und Schwermut zu einer seltsamen, melancholischen Mischung vereinten. Seine Gedanken wanderten zurück zu den Ereignissen der letzten Tage.
'Auferstanden von den Toten', sinnierte er. Ihr Vertrauen zu ihm musste sicherlich einen gehörigen Knacks bekommen haben, doch er wollte wetten, dass die beiden wieder zueinander finden würden. Er hatte selten ein Paar gesehen, das besser für einander geschaffen schien, als dieses. Wie schon so viele Male zuvor tauchte Janinas Gesicht in seinem Kopf auf. Diese Augen, die ihm damals den direkten Blick in ihre Seele offenbart hatten, würde er wohl bis an sein Lebensende nicht vergessen.
Er hatte in ihren Augen ihren Schmerz und ihre Sehnsucht sehen können. Eine zerstörte Liebe, unsagbare Enttäuschung und verlorenes Vertrauen.
Es hatte ihn verwirrt, wie offen sie zu ihm gewesen war. Diese Offenheit, ihre mentale Stärke, hatte ihn beeindruckt. Für einen kurzen Moment hatte er sich später, als sie bei ihr ihn der Wohnung in Oslo gesessen und geredet hatten, gewünscht, dass auch nur ein Teil

dieser Liebe, die er in Janinas Augen gesehen hatte, für ihn gelten würde...
Mittlerweile war ihm klar geworden, dass er damals ihre Gefühle auf sich bezogen hatte, dabei hatten sie stets Hendrik gegolten. Sie hatte ihm nie einen Anlass gegeben, zu glauben, dass sie sich für ihn interessierte. Es war wohl nur sein eigener, geheimer Wunsch gewesen, dabei war er niemals zur Debatte gestanden. Sie hatte ihn niemals als Mann wahrgenommen, er hatte nie auch nur den Hauch einer Chance gehabt.
„Alles Gute euch beiden, ich hoffe, ihr findet wieder zueinander", murmelte er leise. Ein Seufzen entfuhr seinen Lippen. Man konnte eben nicht alles im Leben haben.
Ein derbes Geräusch ließ ihn plötzlich erschrocken zusammen zucken: Weyn hatte laut zu schnarchen begonnen.

Nachwort

An dieser Stelle möchte ich die Gelegenheit wahrnehmen, meinen herzlichsten Dank an meine Unterstützer auszusprechen, ohne die dieses Buch niemals gelungen wäre.

Danke lieber Michi, dass Du mir im Kampf gegen diverser Computerprobleme beigestanden hast!

Vielen, vielen Dank an meine liebe Verwandtschaft, die von mir genötigt wurde, mein Manuskript so kritisch wie möglich zu lesen! (Beinahe erschreckend, wie viele Verbesserungsvorschläge kamen...)

Auf der nächsten Seite möchte ich auch einige inhaltliche Erklärungen abgeben.

Nun zu den inhaltlichen Aspekten:

Als alter Norwegenfan habe ich Wert auf geografische Genauigkeiten gelegt.
Den „Hundalvatnet" gibt es genauso wie auch das Örtchen Mosjøen, in dem sich in der Skjervgata 41 eine Polizeistation befindet.
Allerdings ist der See nicht gar so schroff, mit steil abfallenden Klippen, wie in dem Buch von mir beschrieben. Diese Anpassung habe ich mir als künstlerische Freiheit erlaubt.
Da in Norwegen die Polizeiaufgaben etwas anders verteilt sind (siehe Fußnote auf Seite 48), als bei uns in Deutschland, würde ein Mordfall durchaus in Johnsens Zuständigkeitsbereich fallen.
Von dem Präsidium in Oslo, in dem die Verhöre stattfinden, sind es tatsächlich nur sieben Gehminuten zu dem Vigelandpark, neben dem sich der Frognerpark befindet. Sogar die Brücke, die unser Kommissar überquert existiert tatsächlich!
Im Bohuslän bin ich selbst bereits zweimal gewesen einmal davon auch in Tanumshede (Kapitel 28). Eine wirklich beeindruckende Gegend. Ich bin froh darüber, dass ich einige Orte in diese Geschichte einbauen konnte, die mir am Herzen liegen.
Selbstverständlich ist der liebe Hauptkommissar ein Konstrukt meiner Phantasie, genauso wie auch alle anderen Personen, die in der Geschichte auftauchen.
Sollte jemand glauben, sich hier wiederzufinden, so handelt es sich um einen Zufall und ich hoffe, dass er oder sie sich nicht gerade in einer der unsympathischeren Figuren wiederfindet.

Zu guter Letzt noch eine klitzekleine Einführung in die norwegischen Sonderbuchstaben, die im deutschen Alphabet nicht vorkommen.
Im Text findet sich nur das „ø“ (großgeschrieben: Ø). Es wird wie ein tiefes „ö“ ausgesprochen. Ich hätte natürlich auch „Jörn“ und „Mosjöen“ schreiben können.
Diese Schreibweise ist jedoch ein wenig authentischer und gefiel mir einfach besser.

Des Weiteren gibt es noch das „Æ“, „æ“, sprich „ä“, wie in „mähen“ und das „Å“, „å“.
Die Norweger nennen es „bolle – a“, was so viel wie „Kringel – a“ bedeutet.
Dieses wird je nachdem, welcher Buchstabe voransteht, unterschiedlich ausgesprochen.
Steht das „ å“ nach einem „r“, so wird es wie das deutsche „o“, in „Torte“ ausgesprochen. Ansonsten klingt es in etwa wie das „o“ in „Hose“.

Quellen

Titelbild: Selbst aufgenommenes Foto in Norwegen
Bild auf Buchrückseite: Copyright Agcuesta | Dreamstime.-com

Alle mit „*“ versehenen Erklärungen stammen aus Wikipedia:

https://de.wikipedia.org/wiki/DNT
https://de.wikipedia.org/wiki/Vermisste_Person
https://de.wikipedia.org/wiki/Polizei_(Norwegen)
https://de.wikipedia.org/wiki/Durchsuchung_(Recht)
https://de.wikipedia.org/wiki/Testierfreiheit
https://de.wikipedia.org/wiki/Pflichtteil

Folgende Schriftarten wurden verwendet:

Dancing Script:

Sacramento:

9515608R00163

Printed in Germany
by Amazon Distribution
GmbH, Leipzig